La celda de cristal

Patricia Highsmith

La celda de cristal

Traducción de Amalia Martín-Gamero

EDITORIAL ANAGRAMA
BARCELONA

Título de la edición original:
The Glass Cell
William Heinemann
Londres, 1964

Ilustración: Iacopo Bruno / *the*World*of*DOT

Primera edición en «Quinteto»: octubre de 2004
Primera edición en «Compactos (Anagrama Negra)»: junio 2016

Diseño de la colección: Julio Vivas y Estudio A

© De la traducción, Amalia Martín-Gamero, 2004

© Diogenes Verlag AG, Zúrich, 1993

© Patricia Highsmith, 1964

© EDITORIAL ANAGRAMA, S. A., 2016
  Pedró de la Creu, 58
  08034 Barcelona

ISBN: 978-84-339-7797-7
Depósito Legal: B. 10743-2016

Printed in Spain

Liberdúplex, S. L. U., ctra. BV 2249, km 7,4 - Polígono Torrentfondo
08791 Sant Llorenç d'Hortons

A mi querido gato SPIDER, nacido en Palisades, Nueva York, que ahora reside en Positano, y que ha sido mi compañero de celda mientras escribía la mayoría de estas páginas.

1

A las tres treinta y cinco de un martes por la tarde, los reclusos del centro penitenciario estatal volvían de los talleres. Vestidos con uniformes arrugados de color carne, cada uno con un número en la espalda, avanzaban en tropel por la larga galería del pabellón A, dejando oír un murmullo de voces apagadas, aunque no parecía que hablasen entre ellos. Era este murmullo un coro extraño y poco armónico que a Carter le había atemorizado el primer día –era entonces tan novato como para pensar que podía ser la preparación de un motín–, pero que ahora aceptaba como una peculiaridad del penal o, quizá, de todas las prisiones. Las puertas de las celdas estaban abiertas y los reclusos iban desapareciendo a medida que entraban en ellas, unos en las que se alineaban en el piso bajo y otros en las de los cuatro pisos superiores, hasta que la galería se quedó casi desierta. Como el timbre para la cena no sonaba hasta las cuatro, ahora les quedaban veinticinco minutos para asearse en el lavabo de la celda, para cambiarse de camisa si lo deseaban o si tenían una limpia, para escribir cartas o para escuchar con los auriculares el programa de música que se emitía siempre a esa hora.

Philip Carter avanzaba lentamente porque le atemorizaba el tener que encontrarse y que convivir con Hanky, su compañero de celda. Hanky era un tipo fornido y bajo de estatura, condenado a treinta años por robo a mano armada y homicidio, proeza de la que parecía estar muy orgulloso. A Hanky no le caía simpático Carter y decía que era un esnob. En los noventa días que Carter llevaba conviviendo con él, ya habían tenido varios altercados, aunque sin importancia. Hanky se había dado cuenta, por ejemplo, de que a Carter le molestaba utilizar en su presencia el único retrete, sin tapa y a la vista, que había en la celda, y, para fastidiar, hacía sus necesidades de la manera más ruidosa y grosera posible. Carter lo había aceptado al principio con paciente indiferencia, pero hacía diez días, cuando la broma había dejado de tener gracia, había exclamado:

–¡Por Dios, Hanky, déjalo ya!

Hanky se había enfadado y había llamado a Carter algo peor que esnob. Entonces se habían puesto de pie dispuestos a darse de puñetazos, pero un celador los había visto y los había separado. Después de esto, Carter se había mantenido frío y distante, aunque cortés, con Hanky, pasándole el único par de auriculares con que contaban, si los tenía cerca, o pasándole la toalla o lo que fuera. La celda, con las dos literas, era demasiado estrecha para que dos hombres pudiesen andar por ella cómodamente al mismo tiempo y, por acuerdo tácito, si uno de los dos estaba de pie, el otro se quedaba en la litera. Pero esta semana Carter había tenido una mala noticia de Tutting, su abogado. No iba a revisarse su causa y, como habían transcurrido noventa días, no se podía pensar en la posibilidad de un indulto. Carter se enfrentó entonces con el hecho de que iba a tener que compartir la celda con Hanky durante bastante tiempo todavía, y que quizá fuese mejor no mostrarse ni hostil ni distante. La relación entre ellos no era agradable, pero ¿qué conseguía con ello? Hanky se había torcido el tobillo el viernes anterior al bajarse del camión que traía y llevaba a los reclusos que trabajaban en el campo en tareas agrícolas. Debería al menos preguntarle por el tobillo.

Hanky estaba sentado en la litera de abajo manoseando las sucias cartas de su incompleta baraja.

Carter le saludó con la cabeza y le miró el tobillo vendado:

–¿Cómo tienes hoy el pie? –le preguntó desabrochándose la camisa y dirigiéndose hacia el lavabo.

–Vaya, regular. Aún no puedo apoyarlo al andar. –Hanky

levantó la ropa que había a los pies de la litera y sacó dos cajetillas de Camel que tenía escondidas.

Carter las vio cuando se incorporó para secarse con la pequeña y áspera toalla. Hanky no fumaba. La ración de tabaco, que los reclusos pagaban de su propio dinero, era de cuatro cajetillas a la semana. La paga de un recluso era de catorce centavos diarios, y los cigarrillos costaban veintidós el paquete. Hanky guardaba su ración y la vendía, lucrándose, a otros presos. Los celadores estaban al tanto del negocio pero hacían la vista gorda porque a veces les regalaba una cajetilla, o incluso les daba un dólar.

–¿Me haces un favor, Cart? Lleva éstas al número trece de aquí abajo y al número cuarenta y ocho del tercer piso. Una a cada uno. No estoy como para andar hasta allí. Ya están pagadas.

–Bueno. –Carter las cogió con una mano y echó a andar, abrochándose la camisa con la otra.

El número 13 no estaba más que a dos celdas de la suya.

Un negro viejo, con pelo blanco, estaba sentado en la litera de abajo.

–¿Cigarrillos? –preguntó Carter.

El negro se dio la vuelta sobre una descarnada cadera, sacó del bolsillo un pedacito de papel, que era el recibo de Hanky, y, con sus rígidos dedos de color caoba, se lo metió a Carter en una mano.

Carter se lo introdujo en el bolsillo, tiró una cajetilla sobre la litera y salió, encaminándose hacia el final de la galería, donde estaban las escaleras. El celador llamado Moony –diminutivo de Moonan– apresuró su lenta marcha, frunció el ceño y se dirigió hacia Carter. Éste llevaba en la mano el otro paquete de cigarrillos, y se dio cuenta de que Moony lo había visto.

–¿Conque repartiendo cigarrillos? –El rostro flaco y alargado de Moony se contrajo aún más en un gesto de furia–. A lo mejor vas a repartir leche y periódicos también.

–Los llevo de parte de Hanky, que se ha torcido un tobillo.

–A ver las manos. –Moony cogió las esposas que llevaba colgadas de la hebilla del cinturón.

11

–Yo no he robado los cigarrillos. Pregúnteselo a Hanky.

–¡Las manos!

Carter extendió las manos.

Moony le sujetó las esposas en las muñecas. En ese momento sonaron dos cisternas simultáneamente y, al mismo tiempo, Carter vio, por encima del hombro de Moony, a un recluso gordinflón con la cara llena de granos esbozar una sonrisa, que denotaba cierta satisfacción, mientras observaba la escena. Unos segundos antes, Carter había pensado que Moony quizá estuviese bromeando. Más de una vez había visto a Moony y a Hanky riéndose, e incluso había visto al celador amenazar a Hanky de broma con su porra. Ahora se había dado cuenta de que Moony iba en serio. Éste no le tenía simpatía, le llamaba «el profesor».

–Ve al final del pabellón –ordenó Moony.

La voz de Moony era chillona y, mientras hablaba a Carter, las dos o tres celdas, a uno y otro lado del pabellón, desde donde podían verles se habían quedado en silencio, silencio que se extendió por todo el piso bajo. Al final de la galería había dos escaleras que subían al segundo piso, la puerta cerrada del ascensor que Carter no había visto abierta más que dos veces para subir a algún enfermo a la enfermería, y dos puertas con las hojas al ras del muro de piedra, provistas de grandes cerraduras redondas. Una daba acceso al pabellón siguiente, el B, la otra a la «cueva». Moony adelantó a Carter y cogió el gran llavero que le colgaba del cinturón.

Carter percibió un suave clamor colectivo que partía de los hombres que los observaban. Era un murmullo tan anónimo como una ráfaga de viento.

–¿Qué pasa, Moony? –preguntó una voz que denotaba tanta seguridad en sí mismo por parte del que hablaba como para que Carter intuyese, antes de mirar hacia atrás, que se trataba de la de otro celador.

–Que he pescado a este ingeniero repartiendo cigarrillos –contestó Moony abriendo la puerta–. ¡Venga, abajo! –le dijo a Carter.

Las escaleras descendían. Allí estaba la «cueva».

Carter se detuvo después de bajar un par de peldaños. Había oído hablar de la «cueva». Aun en el caso de que los reclusos exagerasen, y estaba seguro de que exageraban, se trataba de una cámara de tortura.

—Oiga, una falta como ésta, por hacer un favor a Hanky, no debe de ser más que una falta leve.

Moony y Cherniver, que iba con ellos, se rieron entre dientes con superioridad, como si el comentario fuese de un demente.

—Sigue para delante —dijo Moony—. Tienes tantas que ya he perdido la cuenta de tus faltas. Ni tú mismo sabes cuántas son. —Moony le empujó.

Carter mantuvo el equilibrio y empezó a bajar los escalones teniendo cuidado de no pisar en falso, pues, con las manos esposadas, no podía protegerse fácilmente si se caía. El día que ingresó en el penal se había caído y, en aquella ocasión, las esposas iban sujetas a una gruesa correa de cuero. Era verdad que había cometido muchas faltas, pero éstas se debían, en su mayoría, al hecho de que todavía no sabía lo que podía y lo que no podía hacer. Era una falta no guardar el paso al ir en fila al comedor, pedir «perdón», o decir cualquier otra cosa, al ir al taller (pero no al volver), pasarse un peine por el pelo en algunos momentos, mirar demasiado a un visitante (a un desconocido, tanto si era hombre como si era mujer) a través de la doble reja que había al final del pabellón A; y, a causa de sus faltas, a Carter no le habían dejado ver a su mujer el domingo por la tarde en cuatro ocasiones. Esto era doblemente irritante porque, todas las veces, las dos cartas semanales que le estaba permitido escribir se las había enviado a Hazel demasiado pronto como para prevenirla de que al domingo siguiente no podría verla. No existía un reglamento que los reclusos pudieran consultar para evitar las faltas. Carter había preguntado a algunos presos cuáles eran los casos en que se cometía una falta, y le habían enumerado treinta o cuarenta, hasta que uno de ellos había dicho con una sonrisa de resignación: «¡Ay!, debe de haber unas mil. Así tienen algo en que entretenerse los carceleros.» Carter suponía que ahora le esperaban veinticuatro o cuarenta y ocho horas de aislamiento en la oscuridad. Respiró profundamente y trató de tomárselo con filosofía: eso no iba a durar eternamente, y ¿qué suponía perderse tres o seis comidas del repugnante rancho que les daban? Únicamente sentía perderse la carta diaria de Hazel que le llevarían a la celda hacia las cinco y media de la tarde.

Los pies de Carter pisaron suelo firme. Había en el aire una humedad que le era desconocida y un hedor a orina rancia con el que sí estaba familiarizado.

Moony llevaba una linterna que utilizaba para ver dónde pisaban él y Cherniver, que iba detrás, mientras que Carter les precedía avanzando en la oscuridad. Ahora veía a derecha e izquierda las pequeñas puertas de las celdas de que había oído hablar. Eran unos agujeros negros, diminutos, en los que un hombre no podría ponerse de pie, con grandes escalones en las puertas que obligaban a entrar a gatas. Carter recordaba que la prisión se había construido en 1869 y esas celdas debían de formar parte del edificio original, la parte que no había sido posible transformar. Decían que el resto del penal se había reformado en algún momento.

–¿... la manguera? –preguntó Cherniver en voz baja.

–Algo más duro. Ya estamos. ¡Para! ¡Sigue para dentro!

Estaban junto a una celda que no tenía puerta pero cuyo vano era muy alto. Al entrar, Carter oyó un gemido, o quejido, y un jadeo nasal procedente de otra celda. Ahí abajo había, por lo menos, otra persona. Eso era consolador. La celda era enorme en comparación con la que compartía con Hanky, pero estaba vacía; no había en ella ni un camastro, ni una silla, ni retrete; no había más que un desagüe redondo en el centro del suelo. Las paredes no eran de piedra, sino de metal, de color negruzco y rojizo a causa de la oxidación. Entonces, Carter advirtió que del techo colgaban un par de cadenas rematadas por unas abrazaderas negras.

–Venga, las manos –dijo Moony.

Carter extendió las manos.

Moony le quitó las esposas.

—Oye, Cherny, ¿puedes traerme un taburete de algún sitio?

—Sí, jefe —contestó Cherny, y salió sacándose una linterna del bolsillo.

Cherniver volvió con un taburete cuadrado de madera, como una mesa pequeña, que colocó debajo de las cadenas.

—Sube —dijo Moony.

Carter se subió y Moony lo hizo detrás de él. Carter levantó las manos antes de que se lo ordenase. Las correas eran de cuero forradas de goma y se cerraban con una hebilla.

—Los pulgares —dijo Moony.

Obediente, Carter volvió los pulgares hacia arriba y entonces se dio cuenta, con horror, de lo que Moony pretendía hacer. Moony le colocó las correas entre la primera y la segunda articulación de los dedos pulgares y se las ajustó con fuerza. A lo largo de las correas había un agujero cada centímetro. Moony se bajó.

—Da un puntapié al taburete.

Carter estaba tan empinado que se mantenía de puntillas y no podía hacerlo.

Moony dio una patada al taburete, que fue a parar boca abajo a unos dos metros de Carter. Éste se balanceó. El primer dolor fue prolongado. La sangre fluyó a la punta de los pulgares. Estaba de espaldas a sus centinelas y esperaba que le diesen un golpe.

Moony se echó a reír, y uno de ellos le largó un puntapié en el muslo, por lo que empezó a bascular de delante atrás girando ligeramente. Entonces le dieron un empujón en el trasero. Carter sofocó un quejido y contuvo el aliento. Empezó a sudar y las gotas de sudor le resbalaban por las mejillas hasta la mandíbula. Los oídos le zumbaban fuertemente. Olía a humo de tabaco. Carter se preguntaba cuánto tiempo duraría aquello, aproximadamente cuánto tiempo, ¿una hora, dos horas?, ¿cuánto tiempo había transcurrido ya?, ¿tres minutos?, ¿quince? Carter temía empezar a gritar de un momento a otro. No grites, se dijo. Los músculos de la espalda le empezaron a vibrar. Le costaba trabajo respirar. Tuvo una breve sensación de que se estaba ahogando, de que estaba en el agua en vez de en el aire. Entonces el zumbido de sus oídos ahogó las voces de los celadores.

Algo le golpeó la espalda. En el suelo, delante de él, caía agua y un cubo salió rodando ruidosamente. Todo parecía discurrir a ritmo lento. Era como si pesase más, y tuvo la impresión de que los dos celadores estaban colgados de sus piernas.

—¡Oh, Hazel! —murmuró Carter.

—¿Hazel? —preguntó uno de los celadores.

—Es su mujer. Recibe carta suya todos los días.

—Hoy no. Hoy sí que no la recibirá.

A Carter le parecía que los ojos se le salían de las órbitas.

Trató de parpadear. Tenía los ojos secos e hinchados, y tuvo la visión de que Hazel iba y venía por la celda nerviosamente, retorciéndose las manos y diciendo algo que él no oía.

La escena se cambió por la del juicio. Wallace Palmer. Wallace Palmer había muerto. *Entonces, ¿qué cree usted que hizo con el dinero?... Vamos, señor Carter, usted es un hombre inteligente, un universitario, un ingeniero, un neoyorquino de mundo.* (Excelencia, esto no viene al caso.) *¡No se firman papeles sin saber lo que se firma!* Yo sabía lo que firmaba. Eran recibos, facturas. No era asunto mío saber el precio exacto de las cosas. Palmer era el contratista. Los precios pudieron haber subido después de firmar yo los recibos. Palmer los pudo subir... Yo sabía, efectivamente, que nuestro material era de segunda clase y se lo dije. *¿Dónde está el dinero, señor Carter? ¿Dónde están los doscientos cincuenta mil dólares?* Y luego Hazel declaró como testigo, explicando con su voz clara: Mi marido y yo siempre hemos tenido la cuenta bancaria conjunta... Nunca hemos tenido secretos el uno para el otro en asuntos de dinero... de dinero... de dinero...

—¡Hazel! —gritó Carter, y eso fue el final.

Varios cubos de agua cayeron sobre él.

Le parecía que detrás de él canturreaban unas voces. Oía canturreos y risas que se desvanecieron, quedándose solo de nuevo. Entonces se dio cuenta de que el canturreo lo producía el latido de su propia sangre en los oídos. Tenía la impresión de que, de tanto estirarlos, sus dedos pulgares ahora medían un palmo. No estaba muerto. Wallace Palmer estaba muerto. Palmer, quien podría haber hablado si no se hubiera muerto. Palmer se había caído al suelo, al lado de una hormigonera, desde el tercer piso de un andamio. Ahora el edificio del colegio estaba terminado. Carter lo veía: era de color rojo oscuro y tenía cuatro pisos. Tenía la forma de una gran U, como un bumerán. Una bandera americana ondeaba en lo alto. Se mantenía en pie, pero estaba hecho con materiales de mala calidad. El cemento no servía, la fontanería no funcionaba. El yeso había empezado a agrietarse antes de que el edificio estuviese terminado. Carter había hablado con Gawill y Palmer acerca de los materiales, pero Palmer había dicho que estaban bien, que era lo que querían, que la dirección del colegio estaba haciendo economías y que no era asunto suyo el que los materiales de construcción fuesen malos. Entonces corrió la voz y la comisión encargada de la seguridad, o como se llamase, declaró que los niños no debían poner los pies en aquel edificio que podía derrumbarse sobre ellos y que la dirección del colegio no había hecho economías, que habían pagado para que se utilizase lo mejor y que quién era el responsable. Wallace Palmer era el responsable, y quizá no fuese el único en Triumph que hubiese sacado tajada de los 250.000 dólares –Gawill no podía ser ajeno a lo que estaba sucediendo–, pero Philip Carter era el ingeniero jefe, el que trabajaba en contacto más directo con el contratista Palmer, era forastero en la ciudad, era un neoyorquino, un individuo que había venido a hacer su agosto a costa del Sur, un profesional que había traicionado el honor y la confianza de su profesión y el Estado iba a cobrarse su sangre. «Que el colegio se mantenga vacío hasta que el próximo vendaval lo derribe», dijo el fiscal. «Una vergüenza, y una vergüenza muy cara ante los ojos del Estado.»

Vinieron dos hombres y lo descolgaron. La cabeza de Carter retumbó contra el suelo de piedra. Los intentos para llevárselo fueron torpes. Se oyeron blasfemias. Le dejaron como un fardo en el suelo y se volvieron a marchar. Carter tenía náuseas, pero no podía vomitar. Los hombres volvieron con una camilla. Fue un largo viaje, recorriendo pasillos que Carter apenas veía a través de sus ojos entornados. Subieron escaleras, y más escaleras, Moony y otro. ¿Cómo se llamaba, el de la noche anterior?, ¿o de cuándo? Le subían dejándole deslizarse de la camilla de cabeza hacia atrás. A lo largo de los pasillos, pasillos estrechos, había reclusos –Carter los reconocía por su ropa color carne–, y unos pocos negros, vestidos con guardapolvos azules, también reclusos, miraban en silencio cuando pasaban. Después advirtió un olor a yodo y a desinfectante. Entraban en la sala de la enfermería. Yacía en la camilla colocada sobre una dura mesa. Una voz murmuraba indignada. Carter pensó que era una voz agradable.

La voz de Moony replicó:

–Se pasa la vida haciendo lo que le da la gana. ¿Qué se puede hacer con tipos como éste?... Ya vería si estuviese usted en mi lugar... Muy bien, hable con el director, ya le diré yo un par de cosas también.

El médico volvió a hablar levantando la muñeca de Carter.

–Pero ¡mire esto!

–Bueno, cosas peores he visto –dijo Moony.

–¿Cuánto tiempo ha estado colgado?

–No lo sé. Yo no lo colgué.

–¿Que no lo hizo usted? ¿Pues quién lo hizo?

–No lo sé.

–Pues haga el favor de averiguarlo. Haga el favor de averiguarlo.

Un hombre con gafas redondas de concha y una chaqueta blanca le lavó la cara a Carter con un gran trapo mojado que escurrió dejándole unas gotas en la lengua.

–... Morfina, Pete –dijo el médico–, cinco miligramos.

Le subieron más la manga y le pusieron una inyección. El dolor empezó a remitir rápidamente, como la marea que baja, como un océano que se seca. Era el paraíso. Un hormigueo agradable y adormecedor le invadió la cabeza bailando suavemente, como una música tenue. Empezaron a curarle las manos y mientras tanto se quedó dormido.

2

Al despertarse, Carter se encontró tumbado en una firme cama blanca con la cabeza reclinada en una almohada. Tenía los brazos fuera de las sábanas y sus dedos pulgares eran unas enormes protuberancias de gasa, cada uno de ellos de igual tamaño que el resto de la mano. Miró a derecha e izquierda. La cama de la izquierda estaba vacía; en la de la derecha dormía un negro con la cabeza vendada. El dolor volvía a brotar en sus pulgares y se dio cuenta de que era el dolor lo que le había despertado. Iba empeorando y eso le asustó.

Miró con ojos asustados al médico que se acercaba y, dándose cuenta de que había puesto cara de miedo, Carter parpadeó. El médico sonrió. Era un hombre bajito, de unos cuarenta años.

—¿Cómo te encuentras? —preguntó el doctor.

—Me duelen los pulgares.

El médico asintió con la cabeza mientras seguía sonriendo levemente.

—Están muy castigados. Necesitarás otra inyección. —Miró el reloj, frunció un poco el ceño y se fue.

Cuando volvió con la jeringa, Carter le preguntó:

—¿Qué hora es?

—Las seis y media. Has echado un buen sueño. —La aguja penetró durante unos segundos—. ¿Te apetece comer algo, antes de que esto te haga dormir otra vez?

Carter no respondió. Sabía, por la luz de la ventana, que eran las seis y media de la tarde.

−¿Qué día es hoy?

−Jueves. ¿Huevos revueltos? ¿Una tostada mojada en leche? Creo que eso sería lo mejor para empezar. ¿O un helado? ¿Te apetece?

Carter pensó con cansancio en el hecho de que aquélla era la voz más agradable que había oído desde que había ingresado en el penal.

−Huevos revueltos.

Carter llevaba dos días en la enfermería cuando le quitaron el vendaje y, al verse los dedos, le parecieron enormes, además de que estaban muy enrojecidos. Tenía la impresión de que no eran los suyos, de que no eran de sus manos. La uña resultaba pequeñísima, incrustada como estaba en la masa de carne. Y le dolían todavía. La inyección de morfina era cada cuatro horas y Carter hubiese deseado que se la pusiesen con más frecuencia. El médico, que se llamaba Stephen Cassini, trataba de tranquilizarle, pero Carter se daba cuenta de que estaba preocupado porque el dolor no remitía.

El domingo no le permitieron visitas, no porque le hubiesen penalizado a causa de alguna falta, sino porque estaba en la enfermería.

A la una y media de la tarde, que era la hora de las visitas, Carter se imaginó a Hazel en el gran vestíbulo gris verdoso de abajo protestando porque había venido a ver a su marido y no se quería marchar sin verle. El doctor Cassini le había escrito una carta, que le había dictado Carter, comunicándole que no lo podría ver; la carta se había sacado subrepticiamente el viernes, pero Carter no estaba seguro de que su mujer la hubiese recibido el sábado. Además, sabía que, aunque la hubiese recibido, vendría de todas maneras, pues en la carta le decía que se había «lesionado ligeramente» las manos; también sabía que las puertas dobles de reja gris del vestíbulo, y los funcionarios de uniforme que controlaban la identificación de los visitantes y comprobaban la situación de los confinados, acabarían, finalmente, derrotando a Hazel. Al pensar en esto se retorció en la cama apretando la cara contra la almohada.

Cogió entonces sus dos últimas cartas de debajo de la almohada y las volvió a leer sosteniéndolas con dos dedos.

Mi queridísimo: Timmie se está portando muy bien, así que no te preocupes por él. Le sermoneo a diario, pero procuro que lo que le digo no parezca un sermón. Naturalmente, los niños se meten con él en el colegio, pero me imagino que el ser humano dejaría de ser humano si no lo hiciesen...

Y en la última carta:

Queridísimo Phil:

Acabo de pasar más de una hora con el señor Magran, ya sabes, el abogado que David ha recomendado siempre en vez de Tutting, y me gusta mucho. Habla con sentido común, es optimista, pero no tan optimista (como Tutting) como para que le haga a uno sospechar. En todo caso, Tutting ya ha dicho que él «no puede hacer más». Como si no existiese el Tribunal Supremo, claro que yo no querría, ni mucho menos, que él se ocupase de eso. Ya he terminado de pagar a Tutting, o sea, que le he entregado los últimos 500 dólares de su minuta, así que si estás del todo de acuerdo, Magran puede sustituirle. Magran me ha dicho que el mecanografiado de la transcripción del juicio para el Tribunal Supremo costará 3.000 dólares, pero ya sabes que tenemos dinero suficiente. Quiere, naturalmente, verte lo antes posible. ¡Ay!, querido, malditas sean esas reglas idiotas con que me encuentro todos los domingos: Las faltas del 37765 no le permiten recibir visitas esta semana. Y, según dijiste, fue por no guardar el paso en la fila para ir a la cafetería. Por el amor de Dios, querido, haz todo lo posible por acatar esas reglas estúpidas.

Magran va a escribir también al gobernador directamente. Te enviará una copia de la carta. No debes preocuparte. Lo mismo que tú, sé que esto no puede durar para siempre, y ni siquiera por mucho tiempo. ¡De seis a doce años! ¡No van a ser ni siquiera seis meses!

La minuta de Magran sería por lo menos de 3.000 dólares, pensó Carter, y los 3.000 más para la copia les dejarían, más o menos, sin liquidez. Todas las cantidades le parecían astronómicas. Por ejemplo, los 75.000 dólares para su fianza que no habían conseguido reunir, y que Carter no había querido pedir a la tía Edna. Su casa, valorada en 15.000 dólares, estaba hipotecada; su Oldsmobile valía 1.800 dólares, pero Hazel lo necesitaba para vivir y para el recorrido de cuarenta y cinco kilómetros que hacía todos los domingos para verle, o para tratar de verle.

Y ahora tenía los dedos descoyuntados. Éste era el absurdo resultado final. El médico lo llamaba de otra manera, pero de eso era, en esencia, de lo que se trataba, y, según el doctor Cassini, no era seguro que operarle fuese a dar resultados positivos. La cárcel –que durante un par de semanas a Carter no le había parecido insoportable y que no había pensado que iba a constituir un episodio serio en su vida– le había marcado ahora para siempre. Ya no volvería a recuperar del todo el movimiento de la segunda articulación y debajo de ésta quedaría una especie de orificio. Le iban a quedar unos pulgares de aspecto un tanto extraño y sin apenas fuerza. Al vérselos, las personas con imaginación podrían adivinar a qué se debía esa deformación. Ya no podría repartir las cartas con tanta habilidad al jugar al bridge, ni afilar el arco y las flechas de Timmie; claro que, para cuando le pusiesen en libertad, a Timmie, de todas maneras ya no le interesarían el arco y las flechas. Había escrito a Hazel a las dos horas de que le quitasen el vendaje ese día, que era domingo, empuñando la pluma con poca seguridad entre los dedos índice y corazón, y había tenido que contarle lo que le había pasado, a pesar de lo brutal que era el episodio, para explicar la razón de su mala letra; pero le había quitado importancia y le había dicho que había durado unas horas en vez de cerca de cuarenta y ocho. Sus pulgares estaban deformados para siempre porque un individuo llamado Hanky, por no se sabe qué extraña razón, se la tenía jurada. ¿Por qué? ¿Acaso porque no le había enseñado la foto de Hazel? «¿Tienes mujer?... ¿Tienes su foto?... Enséñamela», había dicho Hanky la tarde en que se conocieron. Carter le había contestado lo más amablemente posible: «Ya te la enseñaré.» «Anda, si es que no la tienes.» Quizá hubiese sido ése el momento oportuno de enseñársela y tranquilizar a Hanky, pero él lo había desperdiciado. La fotografía de Hazel que llevaba en la cartera estaba recortada de la ampliación de una foto en color en que ella aparecía de pie sobre la nieve, delante de su apartamento de Nueva York de la calle 57 Este; iba sin sombrero con su pelo oscuro ondeando al aire y riéndose con una expresión maravillosa, típica suya, que era por lo que a Carter le gustaba esa foto. Y ¿qué le podía importar a un cerdo como Hanky el ver la fotografía de su mujer con el cuello de castor del abrigo subido hasta la barbilla?

El domingo por la tarde, hacia las cuatro, el doctor Cassini entró en el dormitorio de la enfermería para hacer la ronda de los cuarenta y tantos pacientes que había allí. Al llegar a Carter le dijo:

—Bueno, Carter, ¿quieres tratar de dar unos pasos?

—Desde luego —contestó Carter incorporándose. Un agudo dolor le recorrió rápidamente la espalda, pero no dejó que se le viese en la cara. Se deslizó vacilante hasta los pies de la cama y mantuvo el equilibrio agarrándose a la mano que el médico le ofrecía.

El doctor Cassini sonrió y sacudió la cabeza.

—No haces más que pensar en tus dedos. ¿No sabes que esos nódulos de las piernas te obstruían la circulación de la sangre y que se te ha podido declarar una gangrena? ¿No sabes que ayer mismo, por la mañana, tenías treinta y nueve y medio de fiebre y creí que ibas a padecer una neumonía?

Carter se alegró de sentarse. Se sentía desfallecido.

—¿Cuándo se me irá esto de las piernas?

—¿Los nódulos? Con el tiempo y con masaje. Si quieres, da la vuelta hasta los pies de la cama, pero no te esfuerces más —dijo el doctor Cassini, y se acercó al enfermo siguiente.

Carter se quedó sentado respirando como si hubiese corrido y recordó lo que el día anterior le había dicho el doctor: después de todo, tenía más de treinta años y no podía reponerse de una experiencia como la que había sufrido como si tuviese diecinueve. La animación y la naturalidad con que el doctor Cassini hablaba cuando se refería a la «cueva» y a las víctimas de ella que había asistido, le daba a Carter la terrible sensación de que estaba en un manicomio en vez de en una cárcel, un manicomio en el que los celadores eran los locos, como en el viejo cliché. Al doctor no parecía preocuparle lo que sucedía en el penal. ¿O es que realmente no le preocupaba? El día anterior le había preguntado por qué estaba recluido y Carter se lo había contado. «A la mayoría de los individuos no me molesto en preguntarles por qué están aquí», había dicho el doctor Cassini. «Ya lo sé de antemano: robo y allanamiento, estafa, robo de coches, pero tú no eres como la mayoría.» Le había preguntado a qué universidad había ido –Carter había estado en Cornell– y luego por qué había venido al Sur. Carter pensaba que eso era lo que él debía haberse preguntado hacía dieciocho meses, cuando Hazel y él tomaron la decisión de venir. Carter había venido porque la oferta de la constructora Triumph parecía muy buena, 15.000 dólares al año, además de varios pluses. «¿Qué crees que hizo Palmer con el dinero?», había preguntado Cassini, y Carter le había respondido: «Bueno, tenía una amiga en Nueva York y otra en Memphis. Iba a ver a una de las dos todos los fines de semana. Los viernes siempre cogía un avión para algún sitio. Les compraba coches y cosas.» Cassini había asentido con la cabeza y había añadido: «¡Ah!, ya entiendo», y Carter pensó que le había creído. Y era verdad, pero el Tribunal no se lo había creído. Ni siquiera cuando habían traído a las chicas para interrogarlas se había creído que, en casi un año, Palmer se hubiese podido gastar 250.000 dólares en dos mujeres que, entre las dos, no podían aportar más que un abrigo de visón de unos 5.000 dólares y una pulsera de brillantes de unos 8.000. Nadie parecía saber, o a nadie parecía importarle, que Palmer podía gastarse, y se había gastado, 6.000 dólares al mes en comer y beber, que tenía que pagar los billetes de avión, que las dos chicas se habían deshecho de unos coches muy caros antes de acudir al juicio, y que Palmer podía haber ocultado algo en Brasil.

Carter volvió a meterse en la cama. Mientras estaba sentado en el borde, el negro con la cabeza vendada le había mirado sin pestañear, como si estuviese viendo una película aburrida. Carter había tratado de hablar con él varias veces, pero no había obtenido respuesta, y el doctor Cassini le había contado esa mañana que el negro tenía abscesos en ambos oídos, que ya había tenido antes otros muchos, y que no esperaba que conservase mucho, si es que conservaba algo, del oído.

Volvió a leer las cuatro últimas cartas de Hazel, una que llevaba en el bolsillo cuando le colgaron, y las tres que le habían entregado desde entonces. Carter las sostuvo entre los dedos mientras sus abultados pulgares, como unos tambores silenciosos, latían al unísono entre sus ojos y las cartas. Hazel había vertido unas gotas de su perfume en la última carta, que era la más alegre de las tres. El enfermero Pete se aproximó con la jeringa de morfina y la preparó en silencio. Pete no tenía más que un ojo, el otro era un agujero hundido. Carter no sabía si se debía a una enfermedad o a un accidente.

La aguja penetró suavemente en su brazo. Pete se retiró silenciosamente y Carter levantó de nuevo sus cartas. Cuando la morfina empezó a recorrer sigilosamente su sangre, comenzó a oír la voz de Hazel leyendo sus propias palabras, y leyó todas las cartas como si fuesen enteramente nuevas. Oyó también la voz de Timmie interrumpiéndola y a Hazel que le decía: «Espera un momento, cariño, ¿no ves que estoy escribiendo a papá? Ah, bueno, tu guante de béisbol. Sí, está ahí, justo delante de ti, sobre el sofá. Buen sitio para dejarlo, ¿no puedes subirlo a tu cuarto?» Timmie introdujo su manita en el pequeño guante. «¿Cuándo vuelve papá a casa?...» «Tan pronto como...» «¿Cuándo vuelve papá a casa?...» Carter cambió de postura en la cama y se esforzó por apartar esa visión, permaneciendo pasivamente con los ojos fijos en la letra de Hazel hasta que otra visión se deslizó en su lugar. Vio su dormitorio. Hazel estaba de pie al lado del tocador cepillándose el pelo por la noche. Él estaba en pijama. Al dirigirse hacia ella, le sonrió a través del espejo. Se besaron, se besaron largamente. Con la memoria estimulada por la morfina, era casi como si Hazel estuviese tumbada a su lado en la dura cama.

Carter veía sus visiones como si tuviesen lugar en un escenario. En el teatro no había nadie más que él. Era el único espectador. Nadie había visto jamás la función, nadie más que él la vería nunca. Allí no llegaban las voces de los reclusos. A cambio de sus dedos destrozados le habían concedido, al menos, unos días de más o menos tranquilidad. Un quejido de dolor de un enfermo, el resonar de los orinales, eran sonidos musicales comparados con los ruidos evacuatorios de las seis y media de la mañana, o con las risitas alocadas de la noche, que eran como risas de mujer, y con los otros sonidos, no menos perturbadores, de los hombres que trataban de aliviarse solos sexualmente. ¿Quién estaba loco?, se preguntaba Carter. De los miles de jurados y de jueces que habían enviado a aquellos seis mil hombres a aquel lugar, ¿cuántos estaban locos?

3

Hasta el miércoles, Carter no estuvo en condiciones de andar. El doctor Cassini le consiguió un equipo nuevo de presidiario que le sentaba mejor que el que había estado usando. Todavía estaba débil y su debilidad le preocupaba.

–No es extraño –le dijo el doctor Cassini.

Carter asintió con la cabeza y, como le ocurría siempre que el doctor hablaba con aquella impasibilidad de la «Cueva», se quedó desconcertado y confuso.

–Pero usted me dijo que había visto otros casos como el mío.

–Efectivamente, he visto algunos. Después de todo llevo aquí cuatro años. Pero no es que quiera decir que me parece bien lo que hacen. He escrito varias cartas al director. Promete ocuparse de ello y, de vez en cuando, echa a un celador o hace que lo trasladen. –El doctor Cassini hizo un gesto de impotencia levantando las manos, se ajustó las gafas de concha con nerviosismo y miró a Carter pestañeando–. Cuando se trata de luchar con las autoridades se vuelve uno loco. Ya no me voy a quedar aquí mucho tiempo. –Movió la cabeza como para confirmar lo que decía, y Carter empezó inmediatamente a desconfiar–. Me parece que ya es hora de ponerte otra inyección.

Carter escribió una carta al director, cuyo nombre era Joseph J. Pierson, sobre Moonan y Cherniver. Lo que se había propuesto era que la carta fuese breve, ecuánime y directa. El resultado fue un eufemismo epistolar tal, que a Carter le dio un breve ataque de risa.

Distinguido Señor Director Pierson:

Deseo poner en su conocimiento que, en la tarde del 1 de marzo, fui suspendido por los dedos pulgares en una de las habitaciones del sótano de este establecimiento, durante casi cuarenta y ocho horas. Cada vez que me desmayaba era repetidamente reanimado con cubos de agua fría. Como consecuencia de esto, las lesiones de mis dedos pulgares son irremediables, ya que la segunda falange de cada uno se ha descoyuntado y la cosa no tiene arreglo. Los celadores que llevaron a cabo esto son el señor Moonan y el señor Cherniver. Con el mayor respeto le ruego que ejerza su autoridad en relación con este incidente.

Le saluda atentamente,

PHILIP E. CARTER
(37765)

P. D. Le quedaría muy agradecido si tuviese a bien el proporcionarme un reglamento completo a fin de que, en el futuro, pueda evitar que se me acumulen faltas.

Carter se había enterado por uno de los presos de que el director Pierson era muy escrupuloso en cuanto a tener en cuenta lo que se le comunicaba en las cartas de todo tipo, pero que nunca las contestaba. De todos modos, Carter echó la carta en el buzón que decía «Interior» y sanseacabó. Iba a ser una lucha larga y lenta, aunque Hazel no lo creyese así. La vería el domingo, pues el doctor Cassini había pedido un permiso especial para que pudiese verla. Dentro de exactamente setenta y dos horas estaría con ella durante veinte minutos. Eso le infundió un alegre fatalismo: no era muy probable que le matasen antes del domingo por la tarde, así que no parecía que hubiese ningún obstáculo para ver a Hazel. En la sala de la enfermería le era imposible cometer faltas porque, en realidad, no hacía nada, no iba a ninguna parte y no utilizaba ni el material ni las instalaciones del penal, a excepción del retrete.

Volvió a leer *Cumbres borrascosas,* y escribió a Hazel:

Mi queridísima:

¿Te imaginas lo que supone estar sentado en la cárcel leyendo a Emily Brontë? Al fin y al cabo no se está tan mal, ¿verdad? Por favor no te preocupes y, sobre todo, no te enfades, si puedes evitarlo. Yo estaba furioso las primeras semanas que pasé aquí y con ello no conseguí más que cometer faltas y ganarme la antipatía de los celadores. Lo mejor es ni siquiera enfadarse, de poderse evitar. Adoptar la actitud de los yoguis o de los pasotas. Estamos luchando contra algo más fuerte que nosotros.

Me alegro de que Timmie ya lea mejor, también me alegro de que en el colegio hayan dejado de meterse con él. Pero ¿estás segura de esto? Claro que ¿no crees que él te lo contaría? Sin embargo, tengo mis dudas. A lo mejor es que está contrariado y no habla. ¿Está enfurruñado y callado? Cuéntamelo. La próxima vez le escribiré a él, así que a ti te faltará una carta mía, pero, entretanto, dile que me parece estupendo que haga tan bien el papel de hombre de la casa mientras yo no estoy. Me refiero a lo de quitar la nieve. Después de todo, ¡quitar un centímetro de nieve es un trabajo muy duro!

Ayudo en la enfermería lo más posible –con los orinales, y en otras agradables faenas–. No te preocupes por mis manos. No escribo demasiado mal, como ves.

Ya sabes que te quiere,

PHIL

El esfuerzo de escribir le cansó como si hubiese hecho un trabajo muy pesado, y la letra era bastante mala: temblona y con los trazos separados unos de otros.

–¡Señor Carter! –exclamó el negro precipitadamente–. ¡Señor Carter!

Carter se acercó a los pies de la cama del negro, levantó con las palmas de las manos el orinal que estaba en una mesita baja y lo metió debajo de las sábanas.

–Gracias, señor.

–No hay de qué –murmuró Carter, aunque el negro no le podía oír.

El domingo Carter puso especial cuidado al afeitarse. Otra gran ventaja de la enfermería era que se podía duchar y afeitar a diario, en vez de que dos veces por semana le llevasen en manada, con los demás, a las duchas y a la barbería. Se dio una segunda ducha al mediodía, y también se sacó brillo a los pesados zapatos. Se aseó con tanto cuidado como para su boda y pensó en contárselo a Hazel, pero luego cambió de idea porque quizá no le hiciese gracia. Carter se planchó los holgados pantalones en una habitación situada debajo del vestíbulo de la enfermería en la que había una plancha, una tabla de planchar y un lavadero. Después se puso la camisa blanca que les permitían usar a los reclusos los domingos si tenían visita. Era una camisa de manga corta con las puntas del cuello demasiado largas. Lo que les estaba prohibido era ponerse corbata. Carter suponía que era para que no pudiesen ahorcarse. Pero, al menos, la camisa era blanca; que no fuese color carne era un alivio.

Se miró al espejo que había al lado de la puerta de la enfermería y trató de verse como Hazel lo veía. Tenía los ojos hundidos, pero no tenía ojeras. Tenía la cara más delgada y pensó que por lo menos representaba treinta y cinco años, en vez de los treinta que tenía. Incluso le parecía que tenía los labios más finos y tirantes y la cabeza más estrecha, pero eso era debido, naturalmente, al corte de pelo de la cárcel. Sus ojos azules le miraban como si fuesen de otra persona, cansados y duros, y su mirada expresaba cierta desconfianza.

El doctor Cassini pasó a su lado y le dio una palmada en el hombro.

–Ya te has acicalado, ¿eh, Philip?

Carter asintió con la cabeza y, súbitamente, le empezó a latir el corazón más deprisa a causa de la ilusión y tuvo cierta sensación de vértigo ante lo que le esperaba. Era como si el tiempo hubiese retrocedido y él estuviese a punto de ir a recoger a Hazel en Gramercy Park, en un taxi y con un ramo de flores en las rodillas, de subir las escaleras a toda prisa de dos en dos, y de encontrarse con que Hazel le abría la puerta de color marrón con el tirador de bronce, antes de que él llamase.

–¿Quieres otra inyección?

–No, estoy bien, gracias.

Los dedos pulgares empezaron a dolerle un poco, pero no quería volverse a pinchar ahora, a las doce y media. Le habían puesto una inyección a las diez y pensó que debería durarle hasta las dos menos diez, cuando ya habría finalizado la visita de Hazel. A la una y diez, las punzadas de los dedos se habían agudizado y Carter tuvo la tentación de pedirle a Pete que le pinchase rápidamente, lo que hubiese hecho con sólo indicárselo, pero decidió cumplir la pequeña promesa que se había hecho de no inyectarse antes de ver a Hazel. Y para que ésta no se asustase hizo que Pete no le vendase muy abultadamente los dedos.

Bajó en el ascensor con el pase que le habían firmado el doctor Cassini y Clark, el celador del pasillo de la enfermería. Carter tuvo que enseñarlo tres veces, y las tres se lo firmaron o rubricaron antes de llegar a su antiguo pabellón, el A, al final del cual estaba la salida al locutorio. Entonces empezó a sentir cierta debilidad en las rodillas.

Carter vio la silueta rechoncha de Hanky que avanzaba delante de él por el lado izquierdo de la galería, dirigiéndose probablemente hacia su antigua celda. Carter amainó el paso para no alcanzarle y que no le viese. Al acercarse a la reja, Carter miró a través de los barrotes, pero no pudo distinguir a Hazel entre las personas que estaban en la zona de los visitantes. El vestíbulo, o sala de espera, tenía bancos como los de una iglesia, con un pasillo central. Al fondo, cerca de la puerta de salida, había una máquina de café y otra de caramelos y chicles. Entre el pabellón y la sala de espera había una zona de unos dos metros cuadrados limitada en dos de sus lados por muros y los otros dos por rejas que iban desde el techo hasta el suelo. A esa zona se la llamaba la «jaula». En ella había siempre dos funcionarios, y sus dos puertas de acceso no estaban nunca abiertas al mismo tiempo; tampoco se permitía jamás que un visitante entrase en la «jaula» mientras hubiese un recluso en ella, incluso cuando el recluso no iba más que a entregar la saca del correo de salida a un celador. En el lado derecho de la jaula, mirando hacia la sala de espera, había una puerta cerrada con llave por la que entraban los visitantes al locutorio, que estaba en un piso más bajo que el pabellón. Los presidiarios que tenían visitas entraban por una puerta que había en el pasillo, cerca de la jaula.

Cuando estaba a unos seis metros de la jaula, Carter vio a Hazel. Estaba de pie frente a una alta mesa, situada a la derecha de la sala de espera, enseñando la tarjeta de identificación al funcionario de turno. A Carter se le hizo un nudo en la garganta y se volvió lentamente para que el celador que estaba apoyado en la pared, a su derecha, no fuese a imaginarse que había venido para mirar.

—¡Santoz! —voceó el celador que estaba al lado de la puerta de entrada de los reclusos.

—¡Soy yo! —contestó un hombre adelantándose.

—¡Colligan!

Unos rostros hoscos, indiferentes, aunque dejaban traslucir cierta expresión de envidia, observaban a los reclusos que, con camisas blancas, se apartaban de la masa indolente, precipitándose hacia la puerta de la sala de visitas con sus pases en la mano.

—¡Carter!

El celador le cogió el pase, hizo un garabato en él y le indicó que siguiese. Carter bajó la escalera, muy deficientemente iluminada, que conducía a una habitación alargada dividida por una cristalera con una especie de mostrador de la altura de una mesa, con sillas a uno y otro lado. Casi todas las sillas estaban ocupadas. Las visitas entraban por el otro extremo de la sala y del otro lado de la separación. Cuatro celadores armados hacían guardia, Carter tenía la mirada fija en la puerta destinada a las visitas buscando a Hazel.

Entonces la vio entrar y se dirigió, sin dejarla de mirar, hacia una silla libre que había del otro lado de la barrera, se la señaló y consiguió encontrar otra silla vacía para él. Hazel llevaba puesto su abrigo de tweed azul con una bufanda de colores brillantes alrededor del cuello. A Carter los colores de su ropa le parecieron espectacularmente vivos y bonitos, como flores, o como el plumaje de un pájaro. En sus labios rojos se dibujó una sonrisa, aunque en la mirada se advertía cierta preocupación. Le miró las manos.

Carter hizo un gesto con el labio inferior, sonrió y se encogió de hombros.

–No me duelen. Estás guapísima. –Trató de hablar alto y con claridad a causa del cristal.

–¿Qué te dicen de los dedos? ¿Han dicho algo más? –preguntó Hazel.

–No, nada más. –Carter tragó saliva y miró el reloj. Estaba sentado al borde de la silla. Antes de que se diese cuenta habrían pasado los veinte minutos y, aunque la estaba viendo, ya estaba malgastando en silencio unos segundos preciosos–. ¿Cómo está Timmie?

–Timmie está bien. Está estupendamente. –Hazel se mojó los labios con la lengua–. Estás más delgado.

–No mucho más.

–El señor Magran me dijo que vendría a verte hoy. –Su voz le evocó el agua fresca y transparente. Llevaba seis semanas sin oír la voz de una mujer.

–Es maravilloso verte. –A Carter le fastidiaba la voz del hombre que estaba a su izquierda, y que estaba hablando con un individuo vestido con traje oscuro que estaba a la derecha de Hazel y que quizá fuese su abogado: «Yo qué sé, sencillamente no lo sé. ¿Por qué me pregunta siempre lo mismo?» La voz del recluso sobresalía por encima de la de Hazel.

–¿Tienes ya un informe del médico? –preguntó ella.

Los dedos le latían más deprisa. Tenía la frente húmeda de sudor.

–Tiene que hacerme más radiografías. No sabe todavía qué pasa. No lo sabe bien.

–Entonces es más grave de lo que me dijiste, ¿no es cierto?

–No lo sé, cariño. Es algo de las articulaciones. –*Dime los nombres de los celadores que lo hicieron,* le había escrito Hazel en una de sus cartas. *Es totalmente ilegal en estos tiempos.* La palabra ilegal le parecía extraña teniendo en cuenta algunas de las cosas que había visto en el penal. ¿Qué decir del viejo del pabellón A, al que se le había partido en dos la dentadura postiza y no se la podía arreglar por lo que no le era posible comer más que sopa? ¿Era ésa una forma legal de tratar a un hombre en la cárcel? Carter tuvo la sensación de que se estaba ahogando, como si fuese a romper a llorar. Lo único que deseaba era apoyar la cabeza en su regazo, y al pensar esto se sentó más derecho.

–Le pediré el informe a Cassini en cuanto pueda.

–David puede utilizarlo, ¿sabes? –dijo Hazel muy seriamente.

–¿David? Creí que era Magran quien lo quería.

–David dijo que se lo llevaría al gobernador en persona. Ya sabes que David también es abogado. Lo llevaría antes que Magran. Lo llevaría inmediatamente.

–¿Quién se ocupa de mi caso, Sullivan o Magran? –dijo Carter rápidamente. Tenía las manos apoyadas sobre la mesa, como las de un boxeador. Los pulgares le latían como si la sangre le fuese a salir disparada por las puntas del vendaje de un momento a otro–. Tengo entendido que ves mucho a Sullivan –dijo, y vio en la expresión de su mujer que su comentario la había molestado.

–Lo veo siempre que digo que lo he visto. Phil, sin él estaría sumida en la más tremenda de las depresiones. Todos los vecinos me llaman y vienen a verme, pero ¿qué pueden hacer? David, por lo menos, sabe algo de leyes.

–Eso es..., es algo que es preferible que olvidemos todos.

–¿El qué?

–Las leyes. ¿Dónde están? ¿De qué sirven?

Hazel suspiró.

–Oh, cariño, estás cansado y tienes dolores. –Cogió nerviosamente un cigarrillo del bolsillo y ofreció la cajetilla a Carter antes de acordarse que la barrera llegaba hasta el techo–. ¿No tienes cigarrillos?

–Me los olvidé. Pero no quiero. No importa. –Sí que le apetecía uno, y la observó más atentamente mientras lo encendía. Le temblaban las manos ligeramente. Frunció el ceño y al hacerlo se le quedó marcada una arruga en la frente, que era tersa y lisa: tenía un cutis muy claro y a Carter le parecía ahora tan bonito como irreal, como algo pintado sobre lienzo o cristal. Los labios y las mejillas eran de un color sonrosado natural. Tenía la boca pequeña y los labios más suaves que Carter había visto o besado jamás. Le entró la duda de si Sullivan los habría besado o si los besaría alguna vez.

–¿Cómo se llaman los celadores? –preguntó Hazel–. ¿Tenías miedo de escribírmelo en una carta?

Carter miró de izquierda a derecha automáticamente.

–No tenía miedo, pero pensé que podrían censurármela. Se llaman Moonan y Cherniver.

–Moonan y ¿qué? –Sus ojos azules le miraron fijamente.

–Cherniver. C-h-e-r-n-i-v-e-r.

–Me acordaré. Pero quiero que consigas inmediatamente ese informe médico. Las radiografías pueden esperar. Conseguiremos otro informe una vez que te las hayan hecho.

–Muy bien, vida mía. –Hizo un esfuerzo por contarle algo alegre, algún incidente que la hiciese sonreír. En la enfermería se habían reído algunas veces, pero ahora no se acordaba de nada gracioso–. ¿Vas a salir a cenar con Sullivan esta noche? ¿Como siempre?

–¿Como siempre? –volvió arrugar el entrecejo.

–Quería decir que como es domingo. Generalmente lo ves los domingos por la noche, ¿no es cierto?

–No diría que generalmente. Phil, siempre que lo veo te lo cuento, y te cuento de lo que hablamos e incluso hasta lo que comemos.

Eso era verdad, y Carter apretó los dientes. Lo que sucedía es que Gawill había hecho un par de alusiones en su última carta; pero, sin duda, Gawill exageraba, o se lo había inventado.

–Tú nunca cuentas lo que comes –dijo Hazel.

Carter se echó a reír de repente.

–No creo que te gustase... Cerdo en adobo... –Y otras cosas inidentificables que tenían su nombre específico en la cárcel.

–Puedes quejarte conmigo. Lo que me gustaría es compartirlo contigo.

El dolor de los dedos le turbó la mente. Siguió hablando para mantenerse alerta.

–No me gusta pensar en ti aquí. No quiero que sepas lo que pasa porque es demasiado repugnante. A veces no quiero ni mirar aquí la foto que tengo tuya.

Pareció sorprendida y hasta asustada.

–Cariño...

–No quiero decir que no me vengas a ver. ¡Por Dios!; no es eso lo que quiero decir. –El sudor le resbalaba por las mejillas.

–Dos minutos –dijo el celador, deambulando detrás de Carter.

Carter miró alocado el reloj. Era verdad.

–El señor Magran dijo que ya había escrito al director sobre lo de tus dedos –dijo Hazel.

–Bueno, el director no contestará –dijo Carter rápidamente.

–¿Qué quieres decir? Es una carta de tu abogado.

–Quiero decir –dijo, tratando de parecer más tranquilo– que acusará recibo de la carta, pero que probablemente no hará referencia a lo de colgarme. Sé que no lo hará.

Hazel se retorció los dedos. El cigarrillo temblaba.

–Bueno, ya veremos. Oh, cariño, cómo me gustaría poder prepararte algo de comer.

Carter se rió; fue una risa que surgió como si alguien le hubiese oprimido el pecho.

–Hay un viejo aquí que se llama Mac que tiene cerca de setenta años. No habla más que de lo que guisa su mujer: tartas de manzana, *Sauerbraten* de venado y buñuelos! ¡Imagínate, buñuelos!

Carter soltó otra carcajada, los hombros le temblaban a causa de la risa y vio que Hazel se reía también, casi como en los viejos tiempos, y que la risa le había transformado la cara.

–Es gracioso, porque... –Carter se limpió las lágrimas de los ojos– porque todos los demás tipos hablan de lo que echan de menos a sus mujeres o a sus novias en la cama, o cosas parecidas, y él habla de comida. Se pasa todo su tiempo libre haciendo maquetas de barcos, o, mejor dicho, haciendo un barco con el que está desde que yo llegué aquí. Tiene algo más de un metro de largo y su compañero de celda se queja porque ocupa demasiado espacio. Está justo aquí arriba. –Carter hizo un gesto con la mano hacia arriba y hacia la derecha, como si se pudiese ver la celda de Mac.

–Ya es hora –dijo el celador.

Carter se puso medio de pie, con los labios entreabiertos, mirando fijamente a Hazel. Hazel ya estaba de pie para despedirse de él.

–Ésa es la primera persona de aquí de quien me has hablado. Cuéntame más cosas. Escríbeme. Te veré el próximo domingo. –Le envió un beso, dio media vuelta y se fue.

Él emprendió el largo camino de vuelta a través del pabellón. Tenía que ponerse otra inyección para poder aguantar sentado otros veinte minutos con Magran. Cerca del final del pabellón miró hacia la izquierda y al fin llegó a la celda de Mac. La puerta estaba abierta y Mac estaba sentado allí en su silla, tan absorto en la delicada tarea de lijar el casco de su barco que no se dio cuenta de que Carter le estaba mirando. El barco no estaba terminado todavía, pero Mac había adelantado mucho desde la última vez que Carter lo había visto.

–Hola, Mac –dijo Carter–. Me llamo Carter.

–Hola, hola –contestó Mac cordialmente, pero sin reconocerle, y se volvió a su trabajo–. ¿Tienes tiempo para una visita?

–No, lo siento, no puedo. Otra vez será. –Carter siguió su camino. Mac había conseguido estar en paz consigo mismo, y Carter le envidiaba por eso. Mac no se había dado cuenta ni de sus manos vendadas, y eso era, en cierto sentido, tranquilizador para Carter también. Mac ni siquiera lo había visto, pensó, únicamente había oído su voz.

4

Pete le puso la inyección a Carter y éste se sentó después en una de las sillas de mimbre que había al fondo de la enfermería. Estaba tan nervioso que no podía evitar que los talones le tembleteasen contra el suelo de linóleo gris. La visita de Hazel le había hecho darse cuenta de algo terrible, que deliberadamente había aguantado los últimos tres meses en una especie de nube, en una especie de escafandra de metal que, después de todo, no era lo bastante resistente. Entre los reclusos y con el doctor Cassini lo podía aguantar, pero con Hazel había vuelto a ser él mismo durante unos minutos. El dolor de los dedos había sido el *coup de grâce* a su estado de ánimo. Había gimoteado con ella, había dado muestras de amargura y de ingratitud. Se había comportado, en todo, como no debe hacerlo un hombre con su mujer.

Se recostó en la silla y dejó que la morfina produjese su efecto milagroso. La morfina estaba atacando el dolor y, como de costumbre, estaba ganando la batalla –la ganaría durante cerca de dos horas–. Entonces el dolor recobraría sus fuerzas y contraatacaría a la morfina, y sería al dolor al que le tocaría vencer. Era otra modalidad de juego, un juego pueril e irreal, como lo era el de ser presidiario. Carter lo veía como una serie de sobresaltos y como una serie de esfuerzos de adaptación. Su primer sobresalto lo había experimentado al tenerse que quedar desnudo con otros doce individuos a quienes se encarcelaba el mismo día que a él. Uno tenía unas llagas rojas en la espalda, otro una herida en la cabeza y estaba todavía borracho y con ganas de armar camorra, otro era un chiquillo de diecinueve o veinte años, con cara de susto y una boquita simétrica como de niña, cuyo semblante había intrigado a Carter durante un momento, al pensar que ese tipo de cara inocente podría enmascarar al peor delincuente de todo el grupo. Después vinieron las primeras comidas, la monotonía de la hora de queda y la interrupción del sueño hasta que era hora de levantarse, antes del amanecer, las primeras noches frías de diciembre, y la noche aquella en que se había quitado el pijama y la ropa de cama, los había empapado en el lavabo y, mientras Hanky tenía una cerilla encendida para que pudiese ver, había embutido todo ello en las grietas que había entre las piedras del muro del fondo de la celda. Hanky había pensado que era muy buena idea por su parte lo de mojar la ropa para que se endureciese al helarse, pero había más grietas que ropa. Recordaba también las navidades que había pasado en la cama con bronquitis, y la primera insinuación de un homosexual en el taller de zapatos. A todo esto se había acostumbrado Carter más o menos, o había aprendido a tolerarlo sin enfurecerse. Pensó que incluso había tolerado con cierta fortaleza el que le colgasen, pero ¿y si le fallaba esa fortaleza? ¿Y si le fallaba de pronto a causa del dolor machacón de los dedos? ¿Se pondría a correr dando gritos, atravesaría corriendo las galerías chillando y atacando a los celadores, dando puñetazos en la cara a quien se le pusiese delante hasta que le derribasen a balazos o se estrellase de cabeza contra un muro de piedra?

Apareció Clark y le dijo que abajo tenía una visita. Carter se hizo un café instantáneo con agua del grifo, le puso tres cucharadas de azúcar para que le diesen energía y se lo tomó de un trago. Luego cogió el pase que Clark le entregó y bajó en el ascensor.

Volvió a hacer el largo recorrido hasta el locutorio. Si era Magran, pensó Carter, no tenía ni idea de cómo era, pero Magran le reconocería por los dedos vendados. Carter se encogió de hombros. Tenía que procurar causarle la mejor impresión posible, no en cuanto a su inocencia, sino en cuanto a estar seguro de sí mismo: Magran informaría a Hazel de la entrevista.

En el locutorio un hombre se puso de pie y le hizo una seña sonriéndole.

—Soy Lawrence Magran. ¿Cómo está usted?

—Muy bien, gracias. —Carter se sentó al ver que Magran se sentaba.

Magran era un hombre bajito, regordete, de pelo negro ralo, llevaba gafas sin montura y era cargado de hombros, y daba la impresión de que se pasaba el tiempo sentado ante una mesa. Le preguntó a Carter qué tal se encontraba, si le dolían mucho las manos, si su mujer había venido a verle más temprano. Magran hablaba sorprendentemente bajo y con voz apacible. Carter se veía obligado a inclinarse hacia delante para oírle.

—Creo que su mujer le ha hablado del recurso ante el Tribunal Supremo; es una tramitación lenta pero es la única esperanza que nos queda.

—Sí, ya me lo ha dicho. Me alegro de que usted utilice la palabra esperanza. Me viene bien tener una poca —dijo Carter.

—Me lo imagino. Sin embargo, no quiero darle demasiada. Hay casos en que se ha recurrido ante el Tribunal Supremo con éxito, y eso es lo que vamos a intentar si está usted de acuerdo.

—Claro que estoy de acuerdo.

—Pero hágase a la idea de que podemos tardar más de siete meses en obtener respuesta y que ésta puede ser negativa.

Carter asintió con la cabeza. Seis o siete meses, lo mismo que había dicho Tutting, así que ¿qué diferencia había?

Magran le hizo unas preguntas que traía apuntadas. Carter respondió:

—Como declaré en el juicio, yo firmaba las facturas y los recibos cuando Palmer estaba ausente de la obra. Se ausentaba con mucha frecuencia del barracón, es decir, del lugar al que entraban los camioneros.

—Su mujer me dijo que a usted le parecía que Palmer se ausentaba con frecuencia deliberadamente para que tuviese que firmarlos usted. ¿Es eso verdad?

–Sí, sí que es verdad. Así es como lo recuerdo.

Después de tomar unas notas, Magran se puso de pie y le dijo que le escribiría al cabo de unos días. Y, tras despedirse alegremente con la mano, desapareció.

Carter se sintió animado. Magran no le había mencionado las costas, no le había dado ninguna esperanza falsa, en realidad ni siquiera le había hecho concebir ninguna esperanza.

–Consiga el informe del médico sobre sus dedos pulgares –le había indicado, y no había hablado más del asunto. Cuando Carter pasaba por delante del celador que estaba en el locutorio, éste le tocó el brazo y le dijo:

–Tiene otra visita.

–Gracias. –Carter miró hacia la jaula. Supuso que sería Sullivan. Dio la vuelta y bajó las escaleras hacia el locutorio.

Era Gregory Gawill. Carter le distinguió al momento. Era fuerte, de pelo oscuro, aproximadamente de un metro ochenta de estatura y llevaba una cazadora con botones blancos que le estaba grande. Gawill señaló con un dedo una silla vacía y se sentó en ella. Carter arrimó otra enfrente. Gawill era uno de los vicepresidentes de Triumph Inc., y era la segunda vez que lo iba a ver a la cárcel. La primera había estado animado y alegre y le había dicho, como todo el mundo, que no era más que cuestión de «dar con las personas indicadas» y que estaría fuera en seguida. Hoy estaba serio y compasivo. Se había enterado de que habían denegado la revisión de la causa y de lo ocurrido con los dedos de Carter.

–Dio la casualidad de que llamé a tu mujer por teléfono el mismo día en que se había enterado de la denegación. Se notaba que estaba muy deprimida; hubiese ido a verla, pero me dijo que había quedado en salir con David Sullivan esa noche.

–¿Ah, sí? –Carter se puso en guardia. Gawill parecía haber ensayado de antemano lo que estaba diciendo.

–Sullivan tiene mucha influencia sobre Hazel. Ha conseguido que crea que, después de Dios, él es lo más importante.

Carter se rió un poco.

—Hazel no tiene un pelo de tonta. Dudo mucho que crea que hay alguien tan importante.

—No estés tan seguro. Sullivan es muy cauto. La tiene muy dominada ahora. ¿No te has dado cuenta de eso?

Carter se sintió turbado y furioso al mismo tiempo. Sacó los cigarrillos con la mano izquierda.

—No, no me he dado cuenta.

—Por de pronto, Sullivan está indagando sobre mí. Seguro que te lo han soltado.

Carter sintió cierto remordimiento, pero se encogió de hombros. Él había sugerido a Sullivan que Gawill podía ser tan culpable como Palmer.

—Sullivan se ocupa de sus propios asuntos. Es abogado y yo no lo soy. Pero no es mi abogado.

Gawill sonrió sin ganas.

—No has captado lo que quiero decir. Sullivan está tratando de conquistar a Hazel y lo está haciendo sumamente bien, convenciéndola de que averiguará algo contra mí. En relación con el asunto de Wally Palmer, naturalmente. Y a mí me basta con desearle mucha suerte al señor Sullivan.

—¿Cómo sabes eso?

—Me lo cuentan. Mis amigos me son fieles. ¿Por qué no lo iban a ser? Yo no soy un estafador. Podría propinarle a Sullivan un puñetazo en los morros. Ya está bien con que quiera ligar con tu mujer. ¿No es una cerdada que un hombre le ponga los puntos a la mujer de otro cuando éste está enchironado y no puede hacer nada?

No te creas ni la mitad, se dijo Carter a sí mismo, ni la décima parte.

—¿Qué quieres decir con ponerle los puntos?

Gawill entornó sus ojos oscuros.

—Lo sabes de sobra. ¿Acaso voy a tener que darte detalles? Tu mujer es muy, muy atractiva.

Carter se acordó de la noche en que Gawill intentó proparse con Hazel en una fiesta en casa de Sullivan. Gawill llevaba unas copas de más y se abalanzó sobre ella, volcándole el plato a alguien (pues era una cena fría), y la agarró con tanta fuerza por la cintura que le desabrochó un automático del vestido blanco. Carter sintió de nuevo el impulso que había sentido entonces de arrebatársela a Gawill y de darle a éste un puñetazo. Hazel también se había indignado, pero había mirado a Carter como para decirle que no hiciese nada y él no lo había hecho. Mientras tanto, Carter doblaba y desdoblaba la tapa de un estuche de cerillas.

–Bueno, y ¿por qué no me das detalles?, si es que los tienes –dijo Carter.

–Sullivan está allí todo el tiempo. ¿Es que necesito ser más explícito? Los vecinos lo comentan. ¿Es que nadie te ha dicho nada por carta o algo así?

Los Edgerton no lo habían hecho y tenía dos cartas de ellos. Los Edgerton vivían en la casa de al lado, a la vista de la suya.

–Francamente, no.

–Vaya... –Gawill se contuvo, como si el tema fuese demasiado desagradable para continuar con él...

Carter apretó con más fuerza la tapa de las cerillas.

–Obviamente, al decir estas cosas estás poniendo en evidencia a mi mujer también.

–Oh, noo... –Gawill prolongó la palabra con su acento de Nueva Orleans–. Estoy criticando a Sullivan. Le considero un canalla escurridizo y no me importa decirlo. Tiene buen aspecto y nada más. Está bien educado, se viste bien. Es perspicaz –dijo gesticulando– y sé que ha puesto los puntos en tu mujer. Lo sé de verdad.

–Gracias por comunicármelo. Pero da la casualidad de que confío en ella. –Carter trató de sonreír un poco, pero no pudo.

–Vaya, vaya –dijo Gawill de tal forma que a Carter le dieron ganas de abofetearle a través del cristal–. Bueno, pasando a un tema más agradable, Drexel te va a pagar cien dólares a la semana de tu sueldo mientras estás en chirona, con carácter retroactivo y durante el período de tiempo que hubiese durado tu contrato. Tuve una larga conversación con él el viernes por la noche sobre ti.

Carter se quedó sorprendido. Alphonse Drexel era el presidente de Triumph y se había mantenido en una fría neutralidad durante el juicio de Carter. Cuando le presionaron había hecho una declaración favorable de la manera más escueta posible: *Que yo sepa, ha cumplido bien su tarea en lo que le correspondía hacer. Si me preguntan si creo que cogió el dinero, o parte de él, la verdad es que no lo sé.*

Carter añadió:

–Muy amable por parte del señor Drexel. ¿Qué ha ocurrido?

–Bueno, pues yo hablé mucho con él –dijo Gawill sonriendo–. He convencido prácticamente a Drexel de que el estafador en este asunto era Wally Palmer, así que le hice comprender que no había sido bastante explícito en el juicio para ayudar a un hombre inocente a salir del lío en que tú estabas, de modo que, naturalmente, se siente culpable de ello. El pagarte un sueldo le hace sentirse mejor. En todo caso, yo se lo sugerí, pues pensé que te vendría bien.

Carter ponía en duda que hubiese sido tan sencillo y tan directo. Evidentemente, Gawill quería que todo el mérito recayese sobre él. ¿Por qué? ¿Sería porque era tan culpable como Palmer? Carter, en realidad, no lo sabía. Que Carter supiese, Palmer y Gawill no habían sido muy amigos, pero eso no probaba nada. A no ser unos papeles, unos cheques o unos billetes de Banco que Palmer y Gawill podían haberse pasado, no había nada que pudiese utilizarse como prueba.

–Muchas gracias –dijo Carter–. A Hazel también le parecerá bien.

–No era la primera vez que le hablaba de ello –murmuró Gawill, mirando los dedos vendados de Carter y sacudiendo la cabeza–. Tu mujer me dijo que todavía te duelen los dedos.

–Sí –dijo Carter.

–Eso es un coñazo. ¿Te dan calmantes?

–Morfina.

–¡Uf! Es fácil aficionarse a ella.

–Ya lo sé. El médico me va a dar otra cosa. Algo así como «Demerol».

Gawill asintió con la cabeza.

–Bueno, supongo que siempre tiene que haber un chivo expiatorio y no cabe duda de que esta vez te ha tocado a ti la china.

Carter miró con asco el sucio cenicero metálico que tenía delante. ¿Qué significaba todo eso? ¿Es que Drexel pensaba ahora que era totalmente inocente? ¿O sólo a medias? ¿Por qué no le escribía Drexel sobre ello? ¿O es que temía dejar constancia de algo por escrito? Carter se dio cuenta repentinamente de a quién le recordaba Drexel: a Jefferson Davis. Un anciano mustio de pelo gris con un genio imprevisible.

–Es una buena cosa que Hazel se vaya unos días. Tiene que haberlo pasado muy mal estos últimos meses.

–¿Que se va?

–Sí, a Virginia con Sullivan, para Pascua. ¿No te lo ha dicho? ¿Pero es que no la has visto hoy?

En su interior hizo explosión una emoción dolorosa, una mezcla de celos, de furia, una sensación infantil de que le habían dejado fuera del juego.

–Sí, la he visto. Pero teníamos tantas cosas de que hablar que no me lo ha dicho.

Gawill le observó atentamente.

–Ah, ya... Sullivan tiene unos amigos allí con una gran casa. Una finca con caballos, piscina y de todo. Los Fennor.

Carter no había oído hablar nunca de los Fennor. ¿Acaso no se lo habría mencionado Hazel, pensó Carter, porque creía que un plan tan agradable podía hacerle sentirse peor encerrado en la cárcel?

–Sullivan es muy atento con ella –continuó Gawill–. No creo que consiga nada, pero me parece que está enamorado de ella de verdad; claro que ella es como para enamorarse. –Gawill sonrió con satisfacción–. Me acuerdo de la noche en que yo había bebido y me tiré encima de ella. Espero que no te cabreases por eso, Phil. Ya sabes que no ha vuelto a pasar.

–Ya, ya lo sé.

–Estoy seguro de que Sullivan se arrimará con más cuidado –dijo Gawill riéndose entre dientes.

Carter trató de aparentar que no le importaba pero se revolvió en la silla, se retorció por dentro. Sullivan era muy suave, muy educado, sus avances eran civilizados. Tenía muchas cosas en su haber que a Hazel le gustaban. Si no había nadie cerca, ¿no podía Hazel tener un asunto discreto con él? Hazel sabía ser muy discreta. A él no se lo contaría nunca porque sabía que le mataría. Y estaban empezando pronto, pensó Carter, cuando él no llevaba más que tres meses en la cárcel. Claro que así era como tenían que empezar estas cosas, o pronto o nunca.

Era la hora. Carter se puso en pie de un salto al ver al celador que se acercaba. Gawill también se puso en pie, hizo un chiste muy malo: que le traería una lima la próxima vez que viniese a verle, saludó con la mano y se fue. Carter salió del locutorio andando muy rígidamente.

Cuando llegó a la enfermería estaban sirviendo la cena. Pete recogía las bandejas a medida que subían en el montaplatos que estaba al lado del ascensor. La comida venía de muy lejos y estaba siempre fría.

Carter comía sentado de lado en la cama porque no había una mesa al fondo de la sala que fuese lo suficientemente grande como para colocar la bandeja, además de un libro. Puso el libro abierto sobre la cama y se apoyó en el brazo izquierdo. Era una novela histórica mediocre y muy larga que al principio no le había gustado, pero que luego encontró que le servía para pasar el tiempo, porque el ambiente que describía era muy diferente del suyo. Ahora, sin embargo, aunque miraba el libro entre cada bocado, no veía las palabras. La comida de la bandeja consistía en una hamburguesa que emanaba un hedor putrefacto, unas judías y puré de patatas que nadaban juntos en una salsa de color gris claro que, al enfriarse, se había convertido en una grasa dura y seca. No había plato. La comida venía en los compartimientos que tenía la bandeja. Lo único realmente comestible era el pan, del que había siempre dos rebanadas, y una pequeña porción de mantequilla. Comía con cuchara. A los presidiarios no se les permitía el uso de cuchillos y tenedores. Se bebió de un trago el café, que les servían en una taza de plástico y que era muy flojo, y llevó la bandeja al vestíbulo, donde la colocó en el suelo al lado del montacargas. Más tarde, Pete tiraría las bandejas, las tazas y las cucharas por una rampa.

Carter volvió a la cama, cogió de la mesilla de noche la pluma y la carta que había empezado el día anterior para Hazel y añadió debajo lo siguiente:

Domingo, 4.25 de la tarde

Mi queridísima Hazel:

Como habías previsto, Magran me causó muy buena impresión. Siento haber estado tan desanimado hoy. ¿Me perdonas? Estabas en lo cierto, me dolían los dedos (no me había pinchado antes de verte) y es como una especie de dolor de muelas que sigue y sigue hasta que ataca los nervios. Ahora ya estoy mejor.

G. Gawill vino trayendo buenas noticias: Drexel ha decidido pagarme cien dólares a la semana con efectos retroactivos hasta la finalización del contrato. Gawill también me dijo que te ibas para Pascua con David Sullivan. No cabe duda de que es una buena idea.

Cuídate, querida mía. Te quiero y te echo de menos. Ya no me queda sitio. P.

Había tan poco sitio que su inicial era muy pequeñita. Dio varias vueltas en la cama y acabó tendiéndose boca abajo, con la cabeza hundida en la almohada, agotado por el esfuerzo de escribir, agotado también por lo que reconoció como un sentimiento de compasión de sí mismo. Se sentía heroico por haber dicho a Hazel que se alegraba de que se fuese con Sullivan y, sin embargo, evidentemente, no era nada heroico. ¿Qué tenía de heroico el hacer un favor a Hanky por el motivo por el que lo había hecho, que era el hacerse el simpático a ese andrajoso? ¿No podía haberse imaginado que Hanky se traía algo entre manos? Era sencillamente idiota por su parte no haberlo sospechado. Y, remontándose un poco más lejos, ¿no saben hasta los idiotas que no debe firmarse nada que no se haya leído o comprobado, como los recibos de Triumph Corporation? Los precios podían muy bien haber subido cuando los firmó y no haber sabido él la diferencia. Y, remontándose aún más lejos, por puro descuido no había contestado más que dos preguntas de las tres de su examen final en Cornell, y esto porque no había leído las instrucciones completas, o no había vuelto la página. Se había graduado con bastante buena calificación, pero no tan buena como la que habría obtenido de haber contestado las tres preguntas. Uno de los profesores había escrito un informe muy elogioso sobre él por si podía serle útil para encontrar trabajo, pero a Carter ya le habían conseguido un empleo antes de graduarse. Todo había sido tan fácil para él. Hasta ahora, durante toda su vida, había tenido suerte siempre. Sus padres habían muerto; primero su madre, poco después de nacer él, y, después, su padre, cuando Carter tenía cinco años, pero su cariñoso tío John, que no tenía hijos y que tenía muy buena posición económica, se había hecho cargo de él en Nueva York. A Carter le parecía que Edna, la mujer de John, había sido más cariñosa que una madre porque no tenía hijos propios y él era un niño guapo e inteligente pariente de su marido. El dinero de sus padres se lo habían colocado de forma que había tenido más que suficiente para costearse los estudios, poder ir bien vestido, comprarse un coche cuando tenía dieciocho años, y tener dinero contante y sonante cuando salía con chicas. Nunca tuvo que trabajar los veranos. Una vez terminados sus estudios tuvo su propio apartamento en Manhattan y flirteó con muchas chicas, pero esos amoríos le parecían ahora asuntos de juventud, y se daba cuenta de que no le habían servido más que para colmar su vanidad. Entonces había conocido a Hazel Olcott, que estaba a punto de casarse con un tal Dan, un exportador con una plantación en Brasil. Carter la conoció en una fiesta que daba un amigo suyo en Nueva York, se fijó inmediatamente en ella y preguntó quién era a su anfitrión, que le contó lo del exportador, llamado Dan, que estaba en la fiesta y que era un tipo muy seguro de sí mismo, de unos treinta años. Después, esa misma noche, Hazel le preguntó si le apetecería ir a la celebración del cumpleaños de su madre que iba a organizar, y Carter, con su habitual buen talante, aceptó la invitación, aunque le pareció que, con la presencia del novio y de la madre, la invitación era de lo menos ilusionante. Pero el novio no fue y Carter lo pasó muy bien con Hazel y su madre y las amigas de mediana edad de la madre. Un encuentro había desembocado en otro, porque el novio parecía tener siempre compromisos de negocios, aunque pensaban casarse en agosto y ya era el mes de julio. Y aunque a Carter le parecía que Hazel le estaba dando marcha, no se atrevía a declararle que se había enamorado de ella, porque tenía el presentimiento de que iba a tener mala suerte por primera vez en su vida. Pensaba, además, que a Hazel le iba a parecer de mal gusto que se le declarase, puesto que él sabía que tenía novio formal. Entonces, hacia finales de julio, Carter pensó que en realidad nada tenía que perder, y le balbuceó que estaba enamorado de ella, y Hazel, nada sorprendida, le contestó: «Sí, ya lo sé, y no te preocupes porque rompí con Dan hace tres semanas.» ¡Qué fácil había sido el milagro! Carter había empezado a sentirse feliz de verdad por primera vez en su vida. Su felicidad había durado exactamente siete años y dos meses, hasta el mes en que Wallace Palmer se había caído del andamio.

Carter y su tía Edna no se escribían ahora más que un par de veces al año. Desde la muerte del tío John, la tía Edna vivía con una hermana suya en California y él no le había escrito desde antes de empezar el juicio. Por una parte, había pensado que la pesadilla pasaría, que el asunto se aclararía de alguna manera y, entretanto, no había querido apesadumbrar a Edna, que tenía más de setenta años. Pero como la pesadilla no acababa de pasar, Carter consideraba que debería escribirle. Varios amigos de Nueva York se habían enterado de lo sucedido por los sueltos aparecidos en los periódicos y le habían escrito notas amistosas que él hubiera debido contestar, pero que no había contestado. La idea de escribir le resultaba muy penosa. Y sin embargo pensaba que el no escribirles era como admitir su culpabilidad.

Carter estaba soñando cuando se despertó invadido por una gran angustia. Se medio incorporó en la cama y miró el reloj que había sobre la puerta. Las diez y veinte. Se volvió a tumbar. Un ligero sudor le cubría el rostro y respiraba con agitación. Tragó saliva y se dio la vuelta para coger el vaso de agua, pero se encontró con que estaba vacío.

Cierto movimiento en un rincón de la habitación le llamó la atención. El doctor Cassini se levantó de una silla y se dirigió hacia él sonriendo. Las gafas le distorsionaban y agrandaban los ojos.

–No, no necesito otra inyección –dijo Carter.

–No he dicho que la necesites –dijo el doctor Cassini–. ¿Has tenido una pesadilla?

–¡Uh...! –Carter se levantó de la cama para coger un vaso de agua. Lo trajo cogido con los dedos meñiques y los índices. Su manera de coger los vasos había dejado de hacerles gracia a él y a los demás. Lo que le resultaba más difícil era abrocharse los botones de la camisa y de los pantalones.

El doctor Cassini estaba todavía de pie junto a su cama.

–Estaba pensando que podrías volverte mañana a la celda, si lo prefieres.

Carter intuyó que sus palabras eran un reto. El doctor Cassini, evidentemente, pensaba que estaba lo suficientemente bien. A Carter le resonaba la cabeza a causa de la morfina.

–También podrías continuar aquí, si quieres ayudar. Como has visto, necesitamos gente, aunque sea sin pulgares. –El doctor Cassini le miró irguiendo su oscura cabeza, como si estuviese diciendo algo importante sobre lo que Carter tuviese que tomar una decisión trascendental–. En el pabellón..., bueno, no sé qué clase de trabajo podrían darte, un trabajo agrícola, de zapatero, de carpintero, nada de lo que se me ocurre es posible a causa de esos dedos. Además, dentro de una semana podríamos hacer más radiografías. Ya habrá remitido la inflamación. Sería mejor que estuvieses aquí arriba.

¿Qué estaba diciendo? Carter tuvo náuseas momentánea-mente. El olor a desinfectante, el recuerdo de los orinales, de las llagas, de las hernias, se le representaron de golpe, unidos al miedo a aficionarse a la morfina, por la sencilla razón de que allí era fácil conseguirla.

—Quiero que sepas que tampoco te será tan fácil conseguir la morfina —dijo el doctor Cassini algo crispado.

—Ya lo sé. Pero usted dijo que podía darme otra cosa.

—No te hará tanto efecto. —El doctor Cassini cruzó los bra-zos y sonrió.

Carter pensó que el doctor Cassini quizá fuese morfinóma-no. Eso ya se le había pasado antes por la mente, pero no esta-ba seguro, y en realidad no le importaba. Sin embargo, ahora le parecía que le estaba induciendo a que se quedase allí para que se enganchase como tal vez lo estaba él.

—Bueno, a pesar de todo puedo probarlo —dijo Carter, y se sentó en la cama.

—Muy bien. Te daré las pastillas mañana por la mañana y puedes bajarte al trullo, si lo deseas. —Se dio la vuelta pero vol-vió a mirar hacia atrás—. Si tienes algún lío con el trabajo que te den, me lo dices. Puedo arreglarlo.

5

A la mañana siguiente, con una docena de pastillas en el bolsillo, sus cosas envueltas en una camisa y un pase, Carter bajó al pabellón A. El doctor Cassini le había vendado los dedos para protegérselos. Eran alrededor de las nueve. Los presidiarios estaban en su trabajo. El celador le miró el pase y luego le miró los dedos; después le llevó a su antigua celda, la número nueve, y la abrió. El celador era nuevo para Carter. La celda estaba ahora ocupada por dos hombres, como Carter pudo deducir por las dos placas con los números que colgaban encima de la puerta y por las dos toallas y las dos manoplas para lavarse que había en la barra de la pared del fondo. Hanky seguía allí: recordaba la fotografía en color de una rubia encaramada en una mesa que Hanky tenía.

–Quizá haya que poner una cama –dijo el celador.

Carter sabía que en muchas celdas había tres hombres, aunque originalmente se habían construido para uno solo. Le horrorizaba estar de nuevo con Hanky, además de otro hombre, tropezando unos con otros si se movían.

–¿No habrá otra celda?

–Si dice la número nueve, es la número nueve –dijo el celador, enarbolando el pase de Carter–. Espera aquí –dijo, dirigiéndose hacia la jaula.

Carter sabía que sería una espera larga. Cruzó la galería y se desplomó en un banco de madera. Después de esperar cerca de cuarenta y cinco minutos, volvió el celador. Carter se puso de pie.

—Traerán una cama dentro de unos minutos, así que entra —dijo.

Carter volvió a la número nueve. Sin tener ni siquiera una cama, no sabía dónde poner sus cosas. Dejó el hatillo de la camisa en el suelo en un rincón y se tumbó suavemente en la litera de abajo con las piernas colgando de lado.

Al fin apareció la cama, la traía un recluso que Carter no había visto nunca. Carter trató de ayudarle a instalar el catre pero fue inútil con los dedos vendados.

—Vale, no importa. —El recluso armó el catre rápidamente, como si estuviese acostumbrado a hacerlo. Era un individuo joven, de pelo oscuro, que podía ser italiano—. ¿Te colgaron por los pulgares? —preguntó en voz baja.

—Sí.

El joven echó una mirada rápida a la puerta entreabierta de la celda.

—Vaya detalle el de esos mierdas de vendártelos. Bueno, espero que haya aquí algún tipo amable que te ayude con el catre.

—Gracias. Muchas gracias.

—Me llamo Joe. Estoy en el trullo A.

—Yo me llamo Carter.

El chico se marchó.

Carter se metió una pastilla en la boca, se agachó frente al grifo del lavabo y cogió agua con las manos para beber.

Se tumbó en el catre y esperó a que la pastilla le hiciese efecto. Al cabo de diez minutos no le había remitido el dolor y sospechó que el doctor Cassini le había engañado, que le había dado otras pastillas o algún placebo. Carter le maldijo en silencio. Eran las 11.05 por su reloj de pulsera. Al cabo de otros diez minutos los reclusos empezarían a llegar de los talleres para descansar quince minutos antes de la comida. El doctor Cassini le había dicho: «Si notas que necesitas que te inyecten, díselo a un celador para que te dé un pase para la enfermería», pero no se lo había dado por escrito. Tomó otra pastilla, por si le servía de algo, y salió de la celda.

El celador que estaba de guardia ahora –no había nadie más en la galería– era Cherniver, que miró a Carter con ojos de asombro, quizá por ver salir a alguien de una celda que creía que estaba vacía, quizá porque Carter fuese para él como un aparecido que salía de una tumba.

–Quisiera un pase para la enfermería.

–¿Qué te pasa?

–Tengo dolores. El doctor Cassini me ha dicho que puedo ir a ponerme una inyección cuando la necesite.

El rostro enjuto de Cherniver se contrajo en una mueca de desagrado e incredulidad.

–¿De modo que estás de vuelta en el trullo?

–Sí, señor, pero me han dado permiso para ir a la enfermería cuando lo necesite.

Cherniver dejó al descubierto sus dientes con un gesto de impaciencia y echó a andar hacia la jaula. Cruzó lentamente la jaula, pasó delante del segundo celador y desapareció detrás de la doble reja que a esa distancia aparecía borrosa.

Carter esperó. Estaba de pie hacia la mitad del pabellón. Hubiese podido ir hasta el final del pabellón y pedir el ascensor, pero no estaba seguro de que el ascensorista le hubiese dejado ir a la enfermería sin pase, aun cuando fuese evidente que se encontraba mal. Carter esperó, y como los confinados empezaban a llegar de los talleres, el tropel que iba llenando la galería no le permitía ver si Cherniver había vuelto, o si Hanky y el otro habían entrado en la número nueve. Carter empezó a temer por sus cosas, que había dejado allí. Hanky no se preocuparía de averiguar a quién pertenecían y, al ver el camastro, molesto por que hubiese llegado alguien, era capaz de tirar el hatillo a la galería, donde cualquiera podía birlarle sus libros, sus cartas y la fotografía de Hazel. El dolor y el desfallecimiento le hicieron perder a Carter todas las esperanzas de conseguir el pase. Cherniver estaría probablemente bebiendo café junto a la máquina automática de la sala de espera.

–Hola, Carter –dijo alguien con voz alegre, pero para cuando Carter miró en esa dirección, no vio más que la parte posterior de una serie de cabezas que se movían. Carter miró en torno suyo en busca de otro celador, mientras se agarraba a los barrotes de la puerta de una celda que estaba abierta. Tuvo entonces la rápida visión de la cara sorprendida de un negro, que estaba en la celda, que le decía algo que no pudo oír, y se desmayó.

Volvió en sí en el catre. Hanky le estaba mirando con sus gruesos puños apoyados en su rolliza cintura. Un negro flaco, con los ojos muy abiertos, lo que hacía resaltar más la parte blanca, estaba plantado a los pies del camastro, mirándole también fijamente. Carter tenía la frente y el pelo mojados, o bien a causa del sudor o porque le habían echado agua.

–¿Pero estás de vuelta? –le preguntó Hanky.

Carter oía las palabras de Hanky, pero no podía captar su sentido. Consiguió ponerse de pie.

–¡Tengo que ir a la enfermería! –exclamó, dando unos pasos hacia la puerta. El negro retrocedió, y lo mismo hizo otro recluso que se encontraba algo más allá observando lo que sucedía. Carter llegó hasta la galería tambaleándose y se volvió en dirección al ascensor. La masa de reclusos avanzaba en tropel hacia él, pues se dirigían al comedor, cuyo acceso estaba a la izquierda de la jaula. Algunos hombres tropezaban con él, o él tropezaba con ellos. Al chocar contra los recios hombros de los reclusos se tambaleaba y rebotaba, a su vez, con otras personas.

–Vaya, ¿es que estás trompa?

–¿Dónde has cogido esa cogorza?

Se oían risas.

–¡Que vas hacia el lado contrario!

No le faltaban más que unos metros para llegar al ascensor, pensó. Exigiría que el doctor Cassini bajase si él no podía subir.

–¡Hola, Carter!

–¡Pero si es Carter!

–¡Eh! ¿Qué pasa? –preguntó una voz más sonora: era la de un celador.

En ese momento le dieron un bastonazo en la cabeza, y la cabeza le resonó como una campana. Al derrumbarse recibió otro golpe en el estómago. La vista se le nubló y oyó un inmenso clamor, era como si estuviese en medio de un inmenso océano. Sonó una sirena. Le pisoteaban los dedos. Le pisoteaban por todas partes, pero, en realidad, no le dolían más que los dedos pulgares. Entonces le arrastraron hacia atrás por los brazos hasta que le dejaron apoyado en una reja, pero se desplomó en el suelo.

Sonaron tres silbidos y se hizo un repentino silencio en el que no se oían más que los gritos de los celadores. Mirando de lado y con los ojos entornados, Carter vio a los reclusos, vestidos de color encarnado, aflojar el paso y dispersarse sin que se oyese más que el rechinar de las suelas de los zapatos sobre el pavimento de piedra. Un celador yacía en el suelo a tan sólo unos seis metros de Carter. Sangraba por la cabeza, cerca de la cual estaba tirada su gorra. Dos celadores, empuñando sendas pistolas, se acercaron al que estaba en el suelo sin dejar de vigilar a los reclusos que seguían retrocediendo. Uno de los celadores se puso de puntillas y exclamó:

—¿Quién ha hecho esto? ¿Quién ha tocado a este hombre?

Los centenares de presidiarios se detuvieron en seco, cada uno donde estaba; el silencio era tan grande que no se les oía ni respirar.

—¡A las celdas todos! ¡Todos! ¿Habéis oído?

Al fondo surgió un gruñido de protesta, inidentificable, ilocalizable, seguido de una carcajada aguda y sonora, casi femenina. La masa encarnada fue volviendo lentamente a la vida y, a medida que los hombres se dirigían a sus celdas, el ruido de los pies sobre el suelo iba en aumento. Uno de los celadores miró, desencajado el semblante, a Carter, y entonces tropezó con un compañero que estaba de rodillas junto al que estaba en el suelo. Carter vio en ese momento que el caído era Cherniver.

Rechinó la puerta de la jaula y entraron otros cuatro celadores, adelantando con paso rápido a algunos reclusos que volvían rezagados a sus celdas. Los cuatro empuñaban pistolas. Sus zapatos resonaban sobre las piedras.

–¿Es Cherny? –preguntó uno.

–Está muerto.

–¿Quién lo ha matado?

–¡Huy, todos! ¡Todos ellos! El pabellón estaba lleno.

–Lógico, y el muerto debías haber sido tú –gritó una voz desde una celda del fondo. El alarido fue coreado con risas y aplausos–. ¡Tirarle donde echáis vuestra mierda!

Los cuatro celadores recién llegados corrían de arriba abajo por el pabellón blandiendo las pistolas y vociferando contra los hombres de las celdas.

–¡Callaos! ¡Callaos, hijos de mala madre, si no queréis que os acribillemos a balazos a través de los barrotes!

Un celador con una voz más profunda gritó:

–¡Cerrad las puertas! ¡Todas las puertas cerradas! ¡Cerrad esas puertas!

¡Clang! ¡Clang! ¡Clang! ¡Clang!, se oía arriba y abajo.

Ya estaban todas cerradas, pero al cerrarlas no se bloqueaban. Para bloquearlas era preciso manipular una palanca que estaba en la entrada del pabellón, al lado de la jaula.

Los vigilantes andaban a zancadas de arriba abajo mirando desafiantes las celdas. Se oyó entonces un zumbido, como el que hace un enjambre de abejas, o el viento. Al mirar a la hilera de celdas que tenía enfrente, Carter vio que todos los individuos que estaban detrás de las puertas enrejadas tenían la boca cerrada y la cara serena, sin embargo, el zumbido, que era bastante sonoro y continuado, irradiaba de todo el pabellón.

–¡Basta de zumbido! –voceó uno de los celadores–. A callar o bajáis todos a la «cueva» uno por uno.

El zumbido no hizo más que subir de tono y se cerraron un par de palancas con un crujido y dando una sacudida.

–¡Parad el zumbido! –Pero la orden no produjo el menor efecto.

Dos celadores se llevaron el cuerpo inerte de Cherniver en dirección a la jaula. Un celador tropezó y estuvo a punto de caerse. Hubo alguien que se rió alocadamente de él.

Rechinaron algunas puertas. Otras puertas sonaron después. Repentinamente se convirtió en un estrépito, en un fuerte ruido metálico, como el que hace una máquina averiada. Más celadores irrumpieron en el pabellón, corriendo de un lado para otro, gritando a todo pulmón, aunque apenas se les oía. Se disparó un tiro. Carter no sabía qué celador había disparado, pero de repente todos empezaron a disparar hacia el techo, hacia todas partes. Las pistolas humeaban. Se hizo un gran silencio, un silencio tal que, ahora, Carter percibía el jadeo de los celadores. Iban con la boca abierta, los ojos alerta, mirando a todas partes para ver si algún recluso osaba dar un paso. Arriba chirriaron más palancas.

Dos celadores, Moonan y otro, avanzaron lentamente por los extremos opuestos del pabellón empuñando todavía las pistolas y, al ver que reinaba la calma en todas partes, echaron a correr hacia la jaula, al final del pabellón. Hubo otro estruendo de voces, era un griterío colectivo de protesta. Los confinados de detrás de los barrotes sabían que se iban a quedar sin comer.

–¿Quién es este tío? –preguntó uno de los celadores al acercarse a Carter–. ¿Quién eres?

–Carter. Tres siete siete seis cinco.

–¿Qué te pasa?

Los inquietos pies del celador parecían estar a punto de propinarle una patada, así que Carter hizo un esfuerzo por incorporarse. Se agarró a la puerta de la celda que tenía más próxima, y sintió en el antebrazo la mano de un recluso que, sacándola entre las rejas, trataba de ayudarle a levantarse. Era una mano negra.

–Tengo que ir a la enfermería.

–¿Dónde está tu pase? –preguntó el celador. Carter se limpió un hilillo que le corría por la mejilla y se sorprendió al ver que era sangre.

–Iba precisamente a pedir un pase y me derribaron.

–¿De dónde eres? –preguntó el celador.

–Del pabellón A, número nueve –contestó Carter automáticamente–. El médico me dijo que podía ir a ponerme una inyección siempre que la necesitase. –Levantó ligeramente una mano.

–Ven –dijo el celador, y echó a andar hacia la jaula.

Carter consiguió llegar apoyándose y agarrándose de vez en cuando a los barrotes de las celdas por las que pasaba para darse impulso. Oyó palabras de aliento que le susurraban desde varias celdas y juramentos contra los cancerberos. El celador entró en la jaula, y Carter se aferró a los barrotes de la primera celda y esperó. El celador volvió con un pase e hizo una seña para que se acercase. Carter fue hacia él y se cayó al suelo. El celador voceó:

–¡Eddie! ¡Frank! Echadme una mano aquí.

Le cogieron por los brazos y le llevaron a empellones hacia el otro extremo del pabellón, que ahora parecía medir kilómetros. Para cuando llegaron al ascensor, los celadores le llevaban casi en volandas. Mientras subían, los celadores mascullaban con irritación que a Cherny lo habían matado a causa de *eso,* de los dedos de ese tipo.

–Vaya vida, y mira cómo nos pagan... Hijos de puta... ¡Y si accidentalmente matamos a uno, entonces...! –La puerta del ascensor se abrió.

Pete apareció con cara de asombro, con su único ojo muy abierto.

–Le han vapuleado un poco –dijo uno de los celadores a Pete.

Con la ayuda de Pete, Carter llegó a su antigua cama, protegiéndose los dedos pulgares todo el tiempo hasta que estuvo tumbado de espaldas y pudo dejar caer las manos. Pete preparaba la jeringa.

–¿Qué ha pasado? –preguntó Pete–. ¡Jesús!, tienes un chichón encima de un ojo del tamaño de una pelota de béisbol. Espera un momento. –Y dicho esto, se marchó.

La morfina no había empezado a hacer su efecto. La imaginó recorriendo enérgicamente sus venas, buscando a derecha e izquierda el dolor y, al encontrarlo, atacándolo tan rápida como el zarpazo de un tigre. Pete le estaba friccionando la frente con alcohol.

–¿Qué ha ocurrido? Me han dicho que ha habido casi un motín. Lo oíamos desde aquí arriba. ¿Han herido a uno de los celadores? Al médico lo han llamado para que bajase. ¿Te han vuelto a zurrar? ¿Te han pegado los carceleros? —En su voz no había compasión, no había más que curiosidad.

—Han matado a Cherny —dijo Carter.

—¡Qué inutilidad! —dijo Pete—. Vaya, vaya, vaya. ¿Quién le ha matado? ¿Lo has visto?

—Todos —contestó Carter soñoliento—. Pete, tengo que recoger mis cosas de la número nueve.

—Vale, bajaré yo ahora. —Pete se fue.

Entonces Carter se quedó solo, con sus sueños. Vio a Hazel con su traje de baño azul y un gorro blanco, como estaba un verano en... ¿dónde?, ¿qué verano? Vio una playa larga y soleada, y estaban a punto de echar a correr con Timmie por la arena, al borde del agua. El cielo azul se extendía hasta el infinito sobre ellos. Después fueron a un restaurante de la orilla y tomaron lubina y patatas fritas, que estaban especialmente buenas. Después volvieron en coche a la casita que habían alquilado. Hazel se quitó la cinta del pelo y dejó que su cabellera flotase al viento. Carter se acordaba: era en New Hampshire hacía dos veranos.

Más tarde, sin haberse despertado todavía del todo, Carter empezó a agitarse y a dar vueltas a medida que el dolor se iba manifestando de nuevo. Vio a Pete inclinado sobre él, su cara y su cabeza le parecieron muy grandes y, a pesar de que Carter evitaba siempre mirar la órbita rojiza y vacía de Pete, esta vez la miró fijamente como si atrajese magnéticamente a sus propios ojos. Pete sonrió con placer y con una extraña satisfacción ante la imposibilidad de Carter de apartar la vista de su órbita vacía.

Entonces Carter se despertó y miró a Pete directamente a la cara, a su ojo vacío, que ahora era más pequeño pero real, y gritó.

Carter gritó por segunda vez y se retorció para soltarse de las manos de Pete, que trataba de sujetarle. Entonces vino apresuradamente el doctor Cassini y Carter dejó de gritar, aunque se quedó con la boca abierta. Se volvió de lado, apoyado en un codo y con uno de sus abultados dedos vendados casi en la cara.

Le pusieron otra inyección.

–Esto no es sólo morfina –dijo el doctor Cassini alegremente–. Contiene, sobre todo, un sedante. Chico, qué mañana, ¿verdad, Phil? ¡Ah!, al se-ñor Cher-ni-ver se lo han cargado. –Era como si escupiese las palabras con satisfacción.

Durante los días siguientes, la muerte de Cherniver, el zumbido y el chirriar de las puertas fueron ampliamente comentados por Pete, el doctor Cassini y Alex, el que limpiaba el pabellón A.

Estaban de acuerdo en que el alboroto no se parecía en nada a un motín. Los motines no se producían por causas reales, y si las tenían, éstas eran muy poco importantes, como, por ejemplo, una comida especialmente mala en el comedor. El asesinato de Cherniver era un incidente sin importancia, y a medida que los hombres hablaban de ello, a Carter le parecía que iba perdiendo más y más importancia.

La asistencia al servicio religioso que se celebraba a las diez de la mañana los domingos era obligatoria para todos los reclusos que estaban en condiciones de andar, así que Carter acudió a él y fue saludado, silenciosamente, por más hombres de los que jamás le habían saludado hasta entonces en el presidio. No obstante, a pesar de todo, no eran más que treinta o cuarenta de los cientos que estaban presentes. El capellán, después de las preces de rutina y del canto de los himnos, habló del vigilante Thomas J. Cherniver, que perdió la vida el lunes cumpliendo con su deber en acto de servicio, y pidió a los presentes que se arrepintiesen de sus pecados, que perdonasen a los que momentáneamente habían errado y se habían ofuscado contribuyendo con ello a este suceso, y que orasen por el eterno descanso del alma de Thomas J. Cherniver. Carter inclinó la cabeza como los demás. Estaba sentado hacia el final y oyó algunos comentarios, murmurados entre dientes, y algunas risitas no disimuladas.

6

Durante el mes que siguió a la muerte de Cherniver, Carter tuvo otras dos entrevistas más con Magran, que estaba recorriendo el mismo camino que Tutting había recorrido pero de una manera más minuciosa. Magran había encontrado a otro testigo, un tal Joseph Dowdy, un empleado de Correos que recordaba haber adjudicado un apartado a Wallace Palmer el mes de julio anterior en una ciudad llamada Pointed Hill, a unos cien kilómetros de Fremont. Dowdy recordó a Palmer por una fotografía, aunque éste había alquilado el apartado bajo otro nombre. Durante el juicio se había hablado mucho de un apartado 42 en Ogilvy y de otro, el número 195, en Sweetbriar. Palmer los tenía anotados en una tarjeta en su cartera pero, después de su muerte, no había llegado ninguna carta a ninguno de los dos apartados. Algunas de las empresas de suministros a las que Triumph pagaba (con los fondos del consejo del colegio) no existían. Palmer se había inventado las empresas por las buenas y recibía dinero, destinado a ellas, en los diferentes apartados que alquilaba bajo otros nombres. Carter preguntó a Magran directamente si creía que Gawill había recibido dinero de Palmer, y Magran había contestado en su estilo solemne y cauto, «existe la posibilidad. Ese dinero ha ido a parar a algún sitio».

David Sullivan, por otra parte, visitó a Carter una vez durante ese mes, siendo ésta la tercera o cuarta visita que le hacía a la cárcel; parecía estar muy convencido de la complicidad de Gawill y más que convencido de que podría demostrarlo. Sullivan le contó que hablaba a menudo con Magran, y que trabajaban «juntos» sobre el material que estaban recogiendo para presentarlo al Tribunal Supremo. Pero Sullivan era un abogado de empresas, no un criminalista, y no estaba a sueldo de Carter. Carter tenía una vaga e inquietante sospecha de que Gawill tenía razón, que Sullivan estaba tratando de causarle buena impresión para contrarrestar el resentimiento que pudiese sentir porque andaba mucho con Hazel.

Pascua cayó dentro de ese mes. Carter vio a Magran el Domingo de Pascua. Justo antes de la entrevista se había puesto una buena dosis de morfina (Carter se pinchaba ahora él mismo, sosteniendo la jeringa entre los dedos y empujándola con la palma de la mano) y la morfina y el tono profesional de la conversación habían contribuido a contrarrestar el ligero desánimo que sentía porque Hazel no iba a verle ese día. Más tarde, mientras estaba tumbado en la cama de la enfermería, había podido hasta sonreír pensando en lo que Hazel estaría haciendo en ese momento: estaría tomando el sol al borde de la piscina de sus anfitriones mientras bebía una copa, riéndose y charlando con Sullivan y los Fennor, quizá con una buena música de fondo procedente de un aparato de alta fidelidad. Después se sentarían a una larga mesa con un mantel bien almidonado y servilletas de grueso hilo. Toda la comida sería de primera calidad y Sullivan quizá piropease a Hazel y le echase miradas afectuosas, o incluso amorosas, a través de la mesa. Esto a Carter, en realidad, no le importaba, y a Hazel le gustaba que la adulasen.

La noche del domingo de Pascua no pudo dormir, a pesar de la morfina. Se levantó tambaleándose una y otra vez en respuesta a algún gemido o a alguna llamada lastimera a Pete. Se sentía muy poca cosa esa noche. Se sentía como si no fuese nada y, en cierta manera, como si no fuese nadie, como si algo, una parca misteriosa, le hubiese cortado con sus misteriosas tijeras todo lazo de unión incluso con Hazel. La podía evocar en su memoria tan claramente como siempre, pero no sentía nada cuando lo hacía. Era como si ya no estuviesen casados y no lo hubiesen estado nunca, como si ella no le amase ni le hubiese amado nunca, y le parecía increíble, como una fantasía, que tan sólo el día antes hubiese pensado: «nada puede hacerme daño porque Hazel me pertenece y me ama».

De vuelta en la cama, Carter tuvo una visión de Sullivan y Hazel tumbados en la cama, quizá durmiendo después de hacer el amor. No, como estaban en casa de los Fennor, Sullivan, naturalmente, habría vuelto de puntillas a su cuarto. Carter se dio la vuelta en la cama. En realidad no se creía todo esto, ¿o sí se lo creía? Y si no se lo creía, ¿por qué pensaba en ello? O si realmente no lo temía, ¿por qué pensaba en ello? Pero es que, en realidad, sí que lo temía. ¿Acaso no lo había aceptado hacía tiempo? La respuesta era afirmativa.

Carter se volvió de nuevo en la cama y se esforzó por apartar los malos pensamientos. Tenía que conseguir adoptar una actitud sensata. Era preciso no perder las esperanzas y, al mismo tiempo, no tomar las cosas demasiado en serio. Pero sus dedos... Bueno, también había quien se había seccionado las manos con una máquina en la cárcel. Por otra parte, adoptar una actitud sensata resultaba difícil teniendo en cuenta que las cartas que Hazel había escrito, y las que le había hecho escribir a él también, a diferentes miembros del Congreso y a diversas organizaciones de derechos civiles no habían dado más resultado que unos breves acuses de recibo o unas respuestas de amable compasión.

Pensó en el nuevo testigo de Magran, Joseph Dowdy, y se preguntó qué tipo de persona sería. Entonces le vino a la memoria el testigo de la acusación y, repentinamente, se puso nervioso. Era Louise McVay, una cajera de banco que recordaba que Carter había entrado en el First National Bank de Fremont con un cheque de 1.200 dólares a favor de Triumph, extendido a nombre de Wallace Palmer y transferido por éste a Carter. Palmer necesitaba con urgencia dinero contante ese día y le había pedido que le cobrase el cheque, puesto que Carter tenía que ir de todos modos al banco para un asunto suyo. Y el fiscal y la dirección de la escuela, con sus fondos ilimitados para los buscadores de fortunas y su ilimitado rencor por haber sido explotados por unos contratistas y unos ingenieros estafadores, habían conseguido encontrar a la señorita McVay, que recordaba lo que Carter había hecho ese día con el cheque de Wallace Palmer: que había cobrado el dinero y se lo había metido en el bolsillo. El cheque estaba totalmente en regla, pero parecía como si fuese un pago que le hacían a Carter. Y eso había impresionado mucho al juez y al jurado.

De repente se oyó mucho ruido junto al ascensor y voces que llamaban al doctor Cassini. Al incorporarse en la cama, Carter vio en el vestíbulo a dos celadores con un recluso semi-inconsciente que sangraba.

El herido era un joven con pelo rubio rizado. Le habían hecho un corte en el cuello y tenía también una herida de arma blanca en la cabeza, de la que manaba abundante sangre. El doctor Cassini le dio unos puntos en la cabeza en la pequeña habitación que había al fondo de la enfermería y que se llamaba la «sala de operaciones». El médico dijo que la herida del cuello no había afectado a ninguna arteria, pero cada pocos segundos el joven echaba sangre por la boca, una sangre que a Carter le parecía muy roja. La herida del cuello era un corte hecho con un objeto punzante. Era la segunda de ese tipo que Carter veía. Los cuchillos se hacían con las cucharas del comedor, y el doctor Cassini dijo que había muchos en los pabellones, a pesar de lo que se esforzaban los celadores para que todos los presidiarios devolviesen la cuchara con su bandeja. El doctor Cassini le cosió la herida del cuello también y Carter le ayudó a cerrar las grapas de sutura.

Después llevaron al chico a una cama y le pusieron una inyección, pero apenas había vuelto Carter a su cama cuando el herido se sentó y empezó a chillar, atacando a sus invisibles agresores.

—¡Doctor Cassini! —gritó Carter con todas sus fuerzas.

El doctor Cassini volvió, malhumorado, atándose el cinturón de la bata.

–¡Ay, estos sarasas! ¿Dónde está la jeringa?

Carter y el celador redujeron al muchacho, el celador agarrándole por la cabeza y Carter sentándose en sus pies.

–¡Jesús, nada como la paz y la tranquilidad! –dijo alguien desde una de las camas.

–Si no te gusta vuélvete al trullo y que te pinchen en el cuello como a este tipo –le contestó el doctor Cassini a gritos.

El chico empezó a tranquilizarse, jadeaba más sosegadamente, Carter se puso de pie y el celador se despidió haciendo un ademán con la mano.

Carter volvió junto a la cama y se quedó de pie apretándose los ojos. La débil luz color amarillo rojizo que entraba por la puerta del vestíbulo era una luz perfecta para su estado de ánimo, pensó, era como un amanecer enfermizo y falso.

El doctor Cassini le dio un golpecito en la espalda, riéndose quedamente, y Carter se retiró hacia atrás. Las urgencias, el sufrimiento, la sangre parecían poner al doctor Cassini demencialmente más alegre.

–A este tipo lo he visto muchas veces –dijo el doctor–. Se llama Mickey Castle. Es mayor de lo que parece. Los sarasas saben conservarse jóvenes. Le acuchillan cada pocos meses. Es del pabellón C. Un pabellón horrible.

Un hombre que estaba en una de las camas del fondo gruñó agresivamente, indignado por la cháchara del doctor Cassini.

Carter se dejó caer encima de la cama y el doctor volvió a su habitación del fondo del vestíbulo. Eran las tres y veinte. La noche parecía interminable.

Un grito enloquecido le hizo a Carter levantarse. Mickey se había vuelto a poner de pie y se apartaba de la cama a trompicones dando puñetazos al aire, medio dormido.

Carter se acercó a él

–¡Estate tranquilo, Mickey! ¡Estás en la enfermería!

Carter se precipitó al vestíbulo para llamar al doctor Cassini y al celador –que debía de haber ido al retrete, pues no se hallaba allí–, y Mickey se abalanzó sobre él. Carter se retiró hacia un lado al oírle y Mickey fue a chocar contra la jamba de la puerta, desplomándose contra el suelo. Para entonces toda la enfermería se había alborotado y el doctor Cassini cruzaba el vestíbulo corriendo.

El celador y el doctor Cassini volvieron a llevar a Mickey a la cama. Esta vez el chico había perdido el sentido a causa del golpe.

—Está sangrando por el cuello otra vez —dijo Carter.

—¡Bah!, no tiene importancia. Ya me ocuparé de eso por la mañana —respondió el médico.

Ya no faltaban más que cuarenta y cinco minutos para que fuese por la mañana, así que Carter no dijo nada más. Se volvió a tumbar en la cama y pensó, por unos momentos, que a Mickey se le podían haber abierto los puntos debajo de la venda del cuello, y pensó también que, si no se hubiese protegido los dedos, podría haber impedido que el chico chocase contra la puerta. Claro que si Mickey no se la hubiese pegado de esa forma, se la pegaría de otra, y ¿acaso tenía que convertirse todo el mundo en su guardián o en su protector?

Mickey apareció muerto a la mañana siguiente. Carter fue el primero en darse cuenta. Debajo de la sábana y de la manta, la cama estaba llena de sangre retenida por el hule que había encima del colchón. A Carter le enervó el espectáculo. Retirar la ropa de la cama era como desvelar un crimen, que en realidad era de lo que se trataba.

El doctor Cassini se descargó de toda culpa. Blasfemó contra los guardias, contra las bestias, y se dirigió a la enfermería. Muchos de los enfermos se incorporaron apoyándose en los codos para oírle, impresionados por el hecho de que uno de los suyos hubiese sido asesinado.

—Así que otro hombre se va al otro barrio. ¿Y para qué sirven los malditos carceleros, si no es para evitar cosas como éstas? Pero ¿cómo pueden evitarse estas cosas si todos os comportáis como perros rabiosos?

Como los demás, Carter escuchó inmóvil de pie. Las bandejas del desayuno volvieron intactas en el montacargas. Carter y Pete no habían podido quitar las sábanas empapadas en sangre, pues el doctor Cassini estaba utilizando la cama y el cadáver para ilustrar su arenga. Algunas de las cosas que dijo parecían responder a sentimientos nobles y sinceros, y recordaban a Carter las primeras palabras que le había oído al doctor Cassini cuando le trajeron a la enfermería casi desmayado. Pero la justa indignación del doctor Cassini no duró mucho. Había como dos personas distintas, por lo menos, en el doctor Cassini, y con el tiempo la morfina quizá le desarrollase más personalidades. Carter ya estaba seguro de que se pinchaba, pues había visto la provisión que guardaba en la habitación donde dormía.

Ese día Carter no pudo escribir a Hazel. Estaba demasiado impresionado, no sólo por lo de Mickey, sino por todo. ¿Estaba el doctor Cassini lo suficientemente preparado como para dar su opinión sobre las radiografías de sus manos? Carter lo ponía en duda. ¿Se podía uno fiar de él como para someterse a una operación? La perspectiva era terrible, era como una pesadilla. Carter se inyectó morfina por séptima vez antes de acostarse a las nueve. No había tenido carta de Hazel ese día. Lógicamente, el sábado, como se marchaba con Sullivan, habría estado demasiado ocupada para escribirle una carta, pero bien podía haberle puesto una tarjeta con unas líneas.

Durante la noche se le ocurrió una idea desafortunada. Le pareció que debía sugerir a Hazel que se marchase a una ciudad mayor mientras él estuviese en la cárcel. Probablemente protestaría diciendo que no quería irse a Nueva York, o a cualquier otro sitio, desde el que no pudiese visitarle con frecuencia, pero Carter pensó que tenía que insistir. Se dio cuenta, además, de que, si se iba a Nueva York, también se separaría de Sullivan. Carter suspiró: ése no era su principal objetivo, de verdad no lo era.

Al domingo siguiente, Carter se lo mencionó.

—Nueva York —dijo Hazel con asombro, quedándose callada durante unos breves momentos. Sin embargo, Carter se dio cuenta de que ya había pensado en ello—. No, Phil, no digas tonterías. ¿Qué iba a hacer yo en Nueva York?

–¿Y qué haces aquí? Sé muy bien lo aburrida que es esta ciudad. No me parece que hayamos conocido a gente muy interesante en el año que llevamos.

–Te conté en una carta, precisamente la semana pasada, que quizá me asocie a Elsie en su idea de poner una tienda. No le hace falta que aportemos capital, ¿sabes?, lo que necesita es que trabaje de firme.

–Tiene más de cincuenta años y tú serías la que cargaría con el trabajo.

–En la ciudad hace falta una buena tienda de modas.

–¿Acaso hay alguien con suficiente buen gusto como para que tenga éxito? ¿O es que te estás empezando a interesar por esta horrible ciudad?

–Mientras viva en ella...

–Cariño, no quiero que te quedes en ella. ¡Ni un mes más ni una semana! Quiero que...

–¡Silencio! –vociferó un celador, acercándose a Carter–. ¿Es que cree que aquí no hay nadie más que usted?

Carter soltó un taco por lo bajo, miró a Hazel y vio que lo había oído.

–Perdona. Lo que iba a decir es que el hecho de que vivas a treinta kilómetros no está sirviendo para que me saques de aquí más deprisa, cariño. –Miró el reloj, faltaban seis minutos.

–No quiero volver a hablar de esto, Phil. Deseo verte tanto como tú deseas verme a mí. Es lo único que tenemos por ahora.

Carter tamborileó con la punta de los dedos en la mesa buscando desesperadamente algo que decir.

–Así que te divertiste en Pascua, me dijiste.

–No dije que me había divertido, dije que lo había pasado bien.

Por qué se había enfadado con él, pensó, ¿por el taco?, ¿por su propuesta de que se fuese a Nueva York? ¡Había tan poco tiempo para aclarar las cosas!

–Cariño, no te enfades conmigo. ¡No puedo soportarlo!

–No estoy enfadada. Es que no te das cuenta –dijo, y miró

también el reloj, como si estuviese deseosa de que llegase la hora de irse.

Carter fue a ver la película que proyectaban esa noche. Iba ahora con más frecuencia al cine del penal aunque las películas que daban eran siempre, o por lo menos lo habían sido hasta ahora, de las que no habría perdido el tiempo en ver fuera de la cárcel. Se daba cuenta de que ahora le divertían, también, los chistes mediocres y generalmente verdes con que Alex, el limpiador, con frecuencia le importunaba. Sin cierta transigencia, sin el cine, y quizá también sin los horribles cuentos que pasaban como chistes, se volvería loco. Los hombres que contaban el tiempo que les faltaba se volvían locos de remate, como los animales que dan vueltas en la jaula de un jardín zoológico. Carter había oído hablar al doctor Cassini de estos casos, el de esos hombres que le traían a la enfermería sin que les pasase nada físicamente y que, sin embargo, estaban completamente chiflados y eran totalmente indómitos, de manera que resultaba necesario enviarles al siguiente eslabón de la cadena: el manicomio estatal, si es que había plaza en él. Carter comprendía ahora que los confinados que se adaptaban mejor eran los que gozaban de mejor salud y no tenían a nadie en el mundo, ni siquiera una hermana o una madre o un padre que se interesase por ellos, los que eran capaces de tomar a broma todo lo que se refería a la cárcel riéndose sonora y cínicamente. Esos hombres nunca se perdían una película o un partido de pelota. Incluso parecía que les caían más simpáticos a los celadores. Y si se les preguntaba contestaban que volverían a hacer lo que habían hecho, fuese lo que fuese lo que les había costado verse en chirona. «Como dicen los libros de sociología, estoy aquí para mejorar mi estilo. ¡Ja! ¡Ja!»

Lleva a cabo una buena acción, encuentra a Dios, aprende un oficio, reza para convertirte en un hombre mejor, date cuenta de que tu estancia en la cárcel puede ser una bendición porque puede proporcionarte el tiempo necesario para meditar sobre tus culpas, etc., etc., decía el periódico del penal. Era un periódico de cuatro páginas llamado *The Outlook,* escrito totalmente por los reclusos, a excepción del artículo del director, que tenía tantas faltas gramaticales como los demás. Muchas veces Carter tiraba el periodicucho, con sus deplorables historietas de dibujos, su comentario bíblico, sus chistes vulgares, la alineación de los jugadores de béisbol o de baloncesto, que parecían equipos reclutados en los bajos fondos, lo tiraba a los pies de la cama o al suelo, y pronunciaba un silencioso «¡Oh, Dios mío!».

7

Hazel se asoció con Elsie Martell en la aventura de la tienda de modas y, durante el mes de mayo, sus cartas no trataban más que de la decoración de la tienda, del colorido de esto y aquello, e incluso de los detalles de algunos vestidos y trajes de chaqueta que habían adquirido, aunque sabía que a Carter no le interesaba mucho la ropa de mujer. «A ti no te gustan los trajes más que cuando los tengo puestos», recordaba que le había dicho Hazel una vez.

La tienda, que se llamaba The Dress Box, estaba en la calle mayor, casi al lado del drugstore, le contó Hazel en una carta. Parecía una fantasía burlesca que Hazel fuese la socia de una tienda de modas de la calle mayor de una ciudad llamada Fremont. Pero la fantasía le pareció muy real cuando Hazel le escribió que David Sullivan había pasado en su coche a las ocho de la noche, lo cual había hecho ya un par de veces cuando todavía estaban empapelando las paredes y pintando los nuevos percheros, para invitarla a cenar. En cierta ocasión, invitó a las dos, a Hazel y a Elsie (lo cual fue muy amable por su parte), pero a Hazel la había invitado tres veces por lo menos, «... una verdadera fiesta, pues no tenía ninguna gana de irme a casa a preparar algo que comer. Mucho me temo que fui un poco aguafiestas y que no estuve muy animada. Como puedes suponer, estaba más que cansada para ir a bailar». Esos días había regresado a casa a las seis para dar de cenar a Timmie. Millie, una jovencita de menos de veinte años, que vivía allí cerca, se quedaba ahora con frecuencia para cuidar al niño. Timmie se las arreglaba muy bien por las tardes; cuando lo dejaba el autobús del colegio, abría la puerta de la casa con su propia llave, que llevaba colgada del cuello con un cordón, y sacaba del frigorífico su comida, que Hazel le dejaba siempre preparada.

Carter refrescaba su francés cuando tenía tiempo libre. Hazel le había enviado su diccionario de francés y las obras completas de Verlaine, y le había encargado en Nueva York el último Premio Goncourt. Había estudiado cinco o seis cursos de francés en el colegio y en la universidad, pero ahora leía mucho mejor que cuando estaba en la universidad; en cuanto a hablar, eso era otra cuestión. Desgraciadamente, no había nadie con quien Carter pudiese practicar.

También había empezado a aprender judo-karate con Alex. Éste le había dicho un día inesperadamente: «¿Quieres aprender judo? Deberías hacerlo, porque con esos dedos no vas a poder atacar a nadie con fuerza.» Carter pensó que Alex tenía razón. No se sabía nunca cuándo uno tendría que defenderse de alguien. Así que, en parte por pasar el rato, Carter empezó a dar clases con Alex. Alex era más bajo que Carter, pero pesaba más o menos lo mismo, y en los simulacros de lucha tenía siempre cuidado de no agarrar a Carter por los pulgares. Practicaban en el vestíbulo y eran una diversión para el aburrido celador que estaba allí, que era generalmente Clark. Alex había conseguido en alguna parte un par de mantas sucias y andrajosas que ponían en el suelo. Después de tres lecciones prácticas, Carter escribió a Hazel: «Estoy aprendiendo judo con Alex. Él lo aprendió en el ejército y parece que lo hace bien, pero ¿puedes conseguirme un libro sobre este deporte? Probablemente tendrás que encargarlo en la librería de Fremont.» Había pensado añadir que todavía no conseguía agarrar y tirar de las muñecas con éxito a causa de sus dedos, pero los golpes con el canto de las manos los daba muy bien, aunque decidió no contarle esto a Hazel, ya que a ella le repugnaba la violencia. Uno de los golpes que Alex le enseñó, dirigido a la parte anterior del cuello, era lo que Alex llamaba «el golpe para matar». Hazel consiguió el libro pero no pasó la censura, y Carter no llegó a verlo nunca. Se lo devolvieron a Hazel. No obstante, el aprendizaje del judo tenía lugar delante del celador. Carter se entrenaba golpeando el canto de las manos contra una madera para endurecerlas, pero los golpes le repercutían en los dedos y no adelantó mucho con esto.

El verano meridional era largo y caluroso. A pesar de que el penal estaba situado en un alto, no corría brisa casi nunca. Cuando había brisa ésta era también caliente, a pesar de lo cual los reclusos que trabajaban en el campo se erguían para que les llegase y se quitaban la gorra, desafiando el sol infernal, para que el movimiento del aire les diese en la frente sudorosa. La piedra y los ladrillos de la vieja prisión absorbían el sol, semana tras semana, y retenían el calor como habían retenido el frío del invierno, así que para el mes de agosto los pabellones eran como enormes calderas, bochornosas y sofocantes, incluso de noche, y apestaban a orina y al sudor de los negros y los blancos.

En agosto, cuando, según Hazel, la ciudad de Fremont estaba casi vacía y la gente que quedaba estaba tan aplanada por el calor que nadie salía de su casa, se fue a Nueva York con David Sullivan. Éste tenía unos amigos allí, llamados Knowlton, que tenían un piso con aire acondicionado en la calle 33 Oeste, justo enfrente del museo de Arte Contemporáneo, y se lo habían ofrecido a Sullivan durante el mes de agosto, mientras estaban en Europa. A Carter, al principio, le asqueó la idea de que fuese, luego le produjo indignación y, después, se quedó anonadado o, posiblemente, derrotado. Pasó de una a otra por cada una de estas sensaciones en tres días, después de recibir la carta en que Hazel se lo contaba. Era verdad que la hija de veinte años de los Knowlton pasaría un par de fines de semana en el piso (debía de ser un piso enorme, con terraza), pues tenía un trabajo de verano en las afueras de Nueva York y libraba los fines de semana. También era verdad que Timmie iba a ir con Hazel. Pero a Carter le parecía que un piso grande era tan equívoco, tan sospechoso, hablando claro, como la habitación de un hotel en el que se inscribiesen como marido y mujer. Carter escribió: «¿Es que no tenemos bastante dinero para un hotel?» Y Hazel le contestó: «¿Sabes lo que cuesta la estancia de un mes en un hotel de Nueva York?, ¿y hacer, además, todas las comidas fuera con Timmie? Te veré el domingo y entonces podremos hablar mejor...»

El domingo, Hazel le dijo:

—Cariño, Dave me cae muy bien, es verdad, pero te juro que es como un viejo amigo, como un viejo amigo —y se rió con un repentino buen humor, con el que Carter no la había visto desde los días en que vivían juntos en la casa de Fremont; la casa donde Sullivan era ahora un personaje tan habitual, donde era como un viejo amigo.

—No creo que él se considere como un viejo amigo con respecto a ti —dijo Carter sin sonreír en absoluto. Hazel le miró y arqueó las cejas.

—¿Es que no quieres que vaya a Nueva York?, ¿con David? Si es así, dímelo. Tienes derecho a ello.

Carter vaciló. Sullivan podía acompañarla, efectivamente, a muchos sitios donde no podía ir sola. Y con Sullivan lo pasaría mejor. Carter no podía privarle de esto.

—No, no digo nada.

Hazel pareció sentirse algo aliviada y le sonrió.

—¿Acaso quieres decir que no crees en la amistad platónica entre un hombre y una mujer?

Carter sonrió.

—Quizá sea eso lo que quiero decir.

—Pues puedo asegurarte que esa amistad existe desde el punto de vista de una mujer.

—El punto de vista de una mujer no es nunca el mismo que el de un hombre.

—Qué idiotez. Eso es machismo.

—En el caso de mujeres mayores, mujeres no tan atractivas, quizá sea posible. Pero tú eres demasiado guapa. Ése es un inconveniente.

En todo caso se marchó y, a Carter, el mes de agosto se le hizo muy largo a pesar de verse inundado de postales y de cartas de Hazel. A Timmie le entusiasmaba el Museo de Historia Natural. Sullivan le había llevado al Planetarium mientras Hazel se iba a comprar zapatos: se compró tres pares de saldo.

«Reservaré los de charol negro. Como vamos a ir a bailar un día, los estrenaré entonces... ¿Qué ha dicho el doctor Cassini de las últimas radiografías?»

El doctor Cassini dijo muchas vaguedades, aunque sí concretó que la parte posterior de la segunda falange se había dilatado tanto que no se podía volver a encajar en la articulación. Nivelar el hueso, cosa que Carter sugirió, era evidentemente una operación que estaba por encima de las posibilidades del doctor Cassini y éste no la aconsejaba. Carter quería que le viese otro médico, un especialista en manos, pero, como pensaba que podían ponerle en libertad para el otoño, o para diciembre, después de que se celebrase la vista en el Tribunal Supremo, no insistió en que le reconociese un especialista en agosto. Esto suponía, además, obtener un permiso del director, ir con una escolta armada y pasar toda una mañana de papeleo burocrático. Con sólo imaginárselo, Carter se desanimaba. La inflamación de los pulgares había disminuido mucho y ya no se los vendaba aunque la piel seguía enrojecida, como si brillase a causa del ligero, pero continuo, dolor de debajo. Lo que no tenía en esos dedos era la menor fuerza. Le eran tan poco útiles como unos apéndices, casi, pero no del todo, pues de ser así, Carter habría pensado en que se los amputasen. Todavía se ponía, por lo menos, cuatro inyecciones grandes, o unos sesenta miligramos, de morfina al día. Esa cantidad le era imprescindible. Había empezado con diez o veinte miligramos diarios, así que su adicción había aumentado.

Hazel y Timmie estuvieron fuera tres semanas y dos días. Volvieron en avión el sábado para que Hazel pudiera ir a verle al día siguiente. Ese sábado, un día de tanto calor que llevaron siete casos de insolación a la enfermería, Carter recibió una carta de Lawrence Magran, informándole, con mucho pesar, que el Tribunal Supremo del Estado había desestimado el recurso de revisión de la causa.

Carter tuvo una reacción extraña. Se sentó en la cama con la carta. No sintió la menor emoción, ni sorpresa ni desilusión, a pesar de que durante el último mes, más o menos, sus esperanzas de que hubiese un nuevo juicio habían ido en aumento. Magran había encontrado tres personas más para atestiguar el cobro de cheques por parte de Palmer y se habían descubierto otros dos bancos más, además de los tres que se conocían, en los que Palmer atesoraba dinero como una hormiguita. A Carter le había parecido, ciertamente, que ésas eran «pruebas nuevas y significativas» y que eso era lo que se requería para garantizar la revisión del proceso. El propio Magran lo había creído así también, aunque los depósitos totales de Palmer no llegaban a los cincuenta mil dólares. Magran decía que estaba sorprendido, que lo lamentaba muy de veras y que iría a ver a Carter, si no este domingo, el siguiente. Carter se levantó y se fue hacia la ventana al fondo de la enfermería. A medio kilómetro de distancia, resplandeciendo bajo el calor de la puesta del sol, vislumbró el gran letrero en forma de arco, como los letreros que había visto a la entrada de los parques de atracciones o de los cementerios, que iba de un lado a otro de la carretera que conducía al penal y que decía al revés: CENTRO PENITENCIARIO DEL ESTADO. En los días claros, cuando no hacía bochorno, el letrero era completamente legible desde la ventana. Un coche negro avanzó hacia el arco y, levantando una estela de polvo, pasó por debajo y salió hacia el mundo. «Hazel no lo sabe todavía», pensó de repente. En ese mismo momento estaba en el aire. Su avión tenía la hora de llegada a las 7.10 de la tarde. Volaba hacia casa a varios cientos de kilómetros de velocidad para encontrarse con esa nefasta noticia.

La cárcel me ha dejado completamente insensible, se dijo Carter, y esto fue lo que le indignó.

A las 7.30 de esa tarde sus ideas habían cambiado del todo y estaba sentado a la máquina de escribir del doctor Cassini, que se hallaba en una habitación contigua al vestíbulo, escribiendo, trabajosamente (en lo que al mecanografiado se refería), una carta a Lawrence Magran. Después de acusar recibo de su carta y de darse por enterado de la noticia, continuó:

Ya no veo la menor esperanza en ningún sentido, a no ser que David Sullivan descubra algún hecho nuevo, especialmente en cuanto a la relación, si es que la hay, de Gregory Gawill con las actividades de Palmer, o con los depósitos, si es que los hay, de Gawill en diferentes bancos. Comprendo que con esto sólo se conseguiría que el delito quedase repartido entre más personas, pero Sullivan quizá encuentre más testigos. Según mi mujer, todavía se interesa mucho por el caso. ¿Tendrían más peso ocho o diez testigos, si los tuviéramos, que los pocos con que contamos?

Carter se acostó, aunque eran poco más de las ocho. Estaba demasiado desanimado, y hasta falto de energía, para ponerse la inyección de morfina que, normalmente, se ponía antes de tratar de dormirse. Los pulgares le latían suavemente, lo suficiente para molestarle, lo suficiente, posiblemente, para que no pudiese dormirse ¿hasta qué hora? Quizá hasta la una, cuando el dolor se haría tan agudo como para obligarle a pincharse. La morfina le parecía otro enemigo. ¿Iba ésta a apresarle, también, como el penal? Era un enemigo curioso este de la morfina, era a la vez un enemigo y un amigo, exactamente igual que los seres humanos. Como David Sullivan, por ejemplo. Como la ley, que en unos casos protegía a las personas –no cabía duda de ello– y en otros las perseguía; de eso tampoco cabía duda.

Hazel ya conocía la noticia cuando fue a verlo el domingo. Carter se dio cuenta de que lo sabía en cuanto la vio entrar en la sala de visitas. Su sonrisa era un poco forzada, le faltaba la luminosidad que, generalmente, emanaba de su persona y que hacía volver la vista a los celadores, y a los presidiarios también. Le dijo que Sullivan había telefoneado a Magran esa mañana y que éste se lo había contado. Después Sullivan le había llamado a ella.

–Lo siento, Hazel –dijo Carter, y se acordó de las numerosas cartas que había escrito; cartas llenas de indignación, cartas ingenuas, y cartas oficiales redactadas con tanta paciencia, después de hacer varios borradores, al periódico local, al *Times* de Nueva York, al gobernador. Hazel le había enviado siempre las copias para que las leyera.

–David está aquí –dijo Hazel–. Quiere verte.

Se notaba que estaba tan baja de forma que Carter hizo un gran esfuerzo por hacerse el fuerte.

–Bueno, Magran dijo una vez que no existe ninguna ley que prohíba recurrir al Tribunal Supremo dos veces. Magran no mencionó que fuese a venir hoy, ¿verdad?

–No. Bueno, no sé. Puede haberle dicho algo a David.

Se esforzaron por hablar de Nueva York, de cosas divertidas que ella y Timmie habían hecho.

Carter preguntó:

–¿No le aburre a Timmie haber vuelto a Fremont?

–¡Oh, Phil! –Hazel se echó de repente hacia delante tapándose la cara con las manos. Tenía la cabeza, su pelo sedoso, muy cerca de las manos de Carter, pero les separaba el cristal.

–Amor mío, no llores –dijo Carter, tratando de reír–. Nos quedan todavía ocho minutos.

Hazel levantó la cabeza y se sentó hacia atrás:

–No estoy llorando –dijo con tranquilidad, aunque tenía los ojos húmedos.

Y entonces, de alguna manera, consiguieron hablar de Nueva York hasta que llegó la hora.

–Te escribiré esta noche –dijo Hazel al irse–. Quédate para ver a David.

Sullivan entraba en la sala en ese momento.

–Tengo una visita –dijo Carter señalando a Sullivan.

El celador comprobó en el pase de Sullivan que iba, efectivamente, a ver a Carter, y entonces Carter y Sullivan se sentaron uno enfrente del otro.

David Sullivan tenía unos treinta y cinco años, medía unos cinco centímetros más que Carter y, en general, era más esbelto, aunque Carter había adelgazado unos siete kilos desde que estaba en la cárcel. Sullivan tenía los ojos azules, parecidos a los de Carter, pero el azul de los de Sullivan era más intenso. Sus ojos eran pequeños y tenían casi siempre la misma expresión tranquila, serena, reflexiva, como era él. Sullivan no malgastó palabras compadeciéndole por la desestimación del Tribunal Supremo.

–Naturalmente, puedes apelar por segunda vez –dijo–. Estoy seguro de que Magran lo ha pensado. Phil, no tomes esto como una derrota. Volveremos a insistir con más pruebas y tendremos más tiempo para reunirlas.

Los sentimientos de Carter eran ambiguos, sus pensamientos también. Carter tenía la impresión de que su caso se había convertido en una especie de hobby para Sullivan. Dentro de muchos años, si Sullivan escribía sus memorias, habría unas cuantas páginas dedicadas al desconcertante y exasperante caso Carter... «La mujer de Carter se convirtió en mi mujer, la compañera de mi...» Carter frenó las divagaciones de su mente y trató de escuchar.

–Estoy haciendo lo mismo con Gawill, es decir, lo que Tutting trató de hacer con Palmer. Estoy haciendo averiguaciones hasta con sus proveedores de bebidas alcohólicas y, créeme, es interesante en cuanto a lo que gastó y cuando lo gastó. Desgraciadamente, muchos de los vendedores no han guardado las facturas. –Sullivan arrugó la bronceada frente y sus cejas, aclaradas por el sol, se crisparon mientras apagaba un cigarrillo en el cenicero–. Gawill estuvo con Palmer en Nueva York, por lo menos en dos ocasiones. Fueron lo suficientemente cautos como para no alojarse en el mismo hotel y ni siquiera salieron de aquí en el mismo avión. Eso es parte de lo que he estado haciendo en Nueva York, obteniendo información en diez o veinte hoteles de la ciudad.

Era parte de lo que había estado haciendo.

–Todo esto lleva tiempo. Ya sé que para ti no tiene gracia el seguir en este superanticuado... –Sullivan miró en torno a él y al techo–. Este sitio deberían haberlo demolido a principio de siglo. O antes.

–O no debería haberse construido nunca.

–Eso es cierto –dijo Sullivan riéndose. Tenía buena dentadura aunque los dientes, lo mismo que la boca, eran un poco pequeños para su cara alargada.

Carter sabía que debía hacer algún comentario sobre el hecho de que Gawill hubiese estado en Nueva York cuando Palmer estaba allí. Gawill probablemente habría compartido las amiguitas de Palmer. Gawill era también un solterón juerguista como Palmer. Pero Carter se sintió incapaz de comentarlo.

–Así que lo habéis pasado muy bien en Nueva York, según me ha contado Hazel.

–Espero que ella se haya divertido. Salía mucho sola, excepto por las noches. Yo presenté a Hazel a mis viejos amigos y ella me presentaba a los suyos, así que, por las noches, teníamos mucha vida social. Timmie generalmente venía con nosotros porque, como íbamos sobre todo a casas particulares, le podíamos acostar en una habitación cuando tenía sueño.

–¿Cómo crees que está Hazel de ánimo en realidad? Tú pasas mucho más tiempo con ella que yo.

La cara de Sullivan se puso más seria.

Carter esperó, molesto por que su pregunta hubiese resultado tan quejumbrosa, tan supeditada a lo que Sullivan opinase.

–Creo que es una buena cosa que se haya metido en este asunto de la tienda. Así tiene algo que hacer. No es que no tenga bastante que hacer, pero, sabes, le sirve para apartar la mente... Tiene mucha fuerza, fuerza de voluntad, creo que es como se llamaría –dijo Sullivan.

–Dice que le caes muy bien.

–Oh, sí. Bueno, así lo espero –dijo Sullivan con franqueza.

–Y... estoy seguro de que a ti te cae bien también, si no, no pasarías tanto tiempo con ella.

Sullivan parpadeó, poniéndose en guardia, pero esbozó una sonrisa sin que su cara delatase la menor preocupación.

–Phil, si tuviese intenciones deshonestas respecto a tu mujer, ¿acaso crees que vendría a verte a la cárcel? ¿Crees que soy, o que se puede ser, tan hipócrita?

Gawill había dicho sencillamente que Sullivan era un hipócrita.

—Yo no he dicho que fueses con intenciones deshonestas
—dijo Carter, sintiéndose ahora algo incómodo.

—Hazel es probablemente la mujer más fiel que he conocido.

¿Quizá porque la había puesto a prueba y lo había averiguado?

—Se le nota en todo —continuó Sullivan—. No habla más
que de ti, de escribirte, de verte. Y cuando nos paseamos en coche por los alrededores de Fremont, señala los sitios por donde
os paseasteis o donde hicisteis un picnic. —Sullivan se encogió
de hombros mirando pensativo el tablero de la mesa—. Habla
de lo que haréis cuando salgas. Quiere ir a Europa. Ya estuvis-
teis una vez allí los dos, ¿no es cierto?

—Sí. —Habían pasado su luna de miel en Europa. El viaje
fue un regalo del tío John y de la tía Edna—. ¿Estás enamorado
de ella? —preguntó Carter.

Sullivan se sonrojó, y su rostro se turbó y adquirió una expresión solemne.

—No hay realmente motivo para que me preguntes eso.

Carter sonrió un poco.

—No, quizá no lo haya, pero te lo he preguntado.

—No creo que tenga la menor importancia.

—Hombre, vamos... Yo creo que tiene mucha importancia
—dijo Carter con rapidez.

—Muy bien, puesto que me lo preguntas —dijo Sullivan con
una voz que volvió a ser firme y profesional—. Estoy enamorado
de ella. Y no puedo evitarlo ni estoy tratando de evitarlo.

—¡Ah! ¿Se lo has dicho a ella?

—Sí, y me contestó... que era imposible. Dijo que quizá fuese mejor que no la volviese a ver. Y pude darme cuenta de que
lo sentía —dijo Sullivan mirando a Carter—. En consecuencia,
yo también sentí habérselo dicho.

Carter tenía los ojos fijos en su cara.

—Le dije que muy bien, que no se lo volvería a decir, pero
que, a pesar de todo, quería seguir viéndola.

–Lo comprendo –dijo Carter sin comprender, en realidad, nada. Lo único que comprendía era lo peligrosa que era la situación y que algo acabaría explotando alguna vez.

–Creo que fue hace unos seis meses cuando se lo dije. Desde entonces no se lo he vuelto a mencionar. –Miró abiertamente a Carter, serio y seguro de sí mismo, y más bien como si considerase que estaba actuando con nobleza.

–¿Es que te divierte el torturarte?

–No considero que me esté torturando. Prefiero esto a dejar de verla –dijo Sullivan sin el menor rastro de humor y sin sonreír.

Carter asintió con la cabeza.

–Si yo no estuviese en la cárcel, ¿se lo habrías dicho?, ¿te habrías enamorado siquiera de ella?

Sullivan tardó un momento en responder.

–No lo sé.

–Claro que lo sabes –dijo Carter con un tono desagradable que produjo en Sullivan una reacción de repulsa, como si le hubiese golpeado en la cara.

Sullivan empujó la silla hacia atrás, separándola de la mesa, para volver a cruzar las piernas.

–Pues tienes razón. Algo ha tenido que ver con ello. Yo no sabía cuánto tiempo ibas a estar en la cárcel, y Hazel tampoco. Y seguimos sin saberlo. Un hombre puede declararse, ¿no te parece?, si está enamorado. Y eso es lo que he hecho.

Carter apretó los pulgares contra la caja de cerillas que tenía en la mesa.

–Creí que habías dicho que se lo habías dicho, no que le hubieses preguntado nada.

–No le pregunté nada. Me limité a decirle que la quería. No pasé de ahí.

Carter no se creyó esto. Pero si Hazel deseaba seguir viendo a Sullivan, lo que éste le había dicho no podía resultarle ni molesto ni inoportuno. Carter conocía a Hazel: nunca perdería el tiempo con un hombre que la fastidiase. Eso era, en realidad, lo más importante del asunto.

—Es como... una especie de juego de los despropósitos, ¿no te parece?, lo de estar enamorado de Hazel y tratar al mismo tiempo de sacarme de este sitio.

Sullivan soltó una carcajada.

—No seas tonto. En lo que a Hazel se refiere, creo que tengo las mismas probabilidades estando tú aquí que si estuvieses en la calle. La verdad es que no tengo la menor probabilidad.

¿Qué sentido tenía aquello, pensó Carter, si Sullivan acababa de decir que no habría dicho nada de Hazel si él no hubiese estado fuera de juego, en presidio?

—Podías suponer —continuó Sullivan— que, si realmente quiero a Hazel, debo estar dispuesto a ayudarla a conseguir lo que quiere, y eso eres tú.

Carter apoyó los codos sobre la mesa y sonrió recordando un par de dichos carcelarios muy sugestivos para este tipo de conversaciones.

—Ya no creo en los caballeros andantes —añadió.

—¡Oh! Estoy seguro de que sí crees, por lo que Hazel me comenta de vez en cuando. No dejes que la cárcel te insensibilice, Phil.

Carter no dijo nada.

—¿Acaso crees que me estoy haciendo el remolón en las averiguaciones sobre Gawill? —preguntó Sullivan, echándose hacia delante—. Estoy investigando también sobre su comportamiento en trabajos anteriores, desde Nueva Orleans... a Pittsburgh y hasta aquí. Gawill lo sabe. Aunque sea inocente, me refiero al asunto de Triumph, su pasado es turbio y esto se está corriendo y Gawill está que trina. Drexel lo sabe, y puede que le despida, sólo por las sospechas que yo he levantado. Drexel debería echarle, pero eso daría la impresión de que no tiene demasiado cuidado con el personal que contrata mientras tu caso está en pie.

Sullivan le miró interrogante. Después, como Carter no decía nada, continuó en tono contrariado:

—Si voy demasiado lejos, si tengo demasiado éxito, estoy seguro de que a Gawill no le importaría quitarme de en medio.

—¿Cómo iba a poder hacerlo?

—Quiero decir matándome. Haciendo que me matasen, naturalmente.

—¿Lo dices de verdad?

—Estuvo en una empresa muy rufianesca en Nueva Orleans, y hubo un asesinato misterioso. Gawill se mantuvo al margen, naturalmente, lo mismo que toda la empresa. Pero un tipo llamado Beauchamp, que estaba en los juzgados estatales, y que estaba muy empeñado en que se cumpliesen las leyes, apareció estrangulado en un pantano. Entonces la empresa, en la que estaba Gawill, se precipitó a acabar los proyectos que estaban planificados. Esto quizá no sea más que un detalle desde tu punto de vista, pero lo que quiero señalar es que Gawill es de esa clase de individuos. Hará eliminar al que...

Un celador le dio un golpecito a Carter en el hombro y Carter se levantó.

—Lo siento —dijo Carter.

Sullivan se puso en pie y el gesto de interés se le desvaneció del semblante. Estaba de nuevo erguido y tranquilo.

—Te volveré a ver pronto, Phil. No te desanimes. —Tras lo cual se volvió y se alejó rápidamente.

8

Algunas veces Carter llevaba medicinas y pastillas a los reclusos de los diferentes pabellones. Había seis pabellones y el C era el peor, como había indicado el doctor Cassini. Sus paredes de piedra parecían más sucias, era más oscuro (debido a que no funcionaban varias luces) y los confinados parecían mayores y más tranquilos, no obstante lo cual el ambiente era de una hostilidad más sombría que en los otros pabellones. El recuerdo del asesinato de Cherniver estaba todavía vivo en la mente de Carter y quizá también en la de todos los demás. Los reclusos podían arrollar a un hombre como un torrente. En unos segundos, unos cuantos, los que fuesen, podían dar un golpe y después el torrente podía seguir adelante, con aspecto inocente, de forma tranquila, dejando a los culpables en el anonimato, inidentificables, porque todos eran igualmente culpables. ¿Y si él hubiese estado bien de salud y hubiese tenido un par de manos fuertes, pensó Carter, y hubiese estado lo suficientemente cerca de Cherniver ese día? Sí, podría haber metido baza también, incluso sin tener, además, el motivo de haber sido torturado por Cherniver personalmente.

Los seis pabellones del penal estaban todos comunicados, aunque solamente cuatro, del A al D, pertenecían a la edificación primitiva. La comunicación entre éstos no era en ángulo recto y no formaban un cuadrilátero. Los pabellones E y F estaban sencillamente adosados uno a otro, y el pabellón E estaba pegado a un extremo del D. Desde lejos, y Carter lo recordaba de cuando llegó en coche en noviembre, el penal parecía un tren de seis vagones descarrilado hacía tiempo, cuyos coches se hubiesen amontonado porque el primero se había detenido de repente. Una doble puerta, con un celador en cada una, separaba el pabellón A del D, y solamente se dejaba pasar a los hombres de uno en uno, y eso si iban provistos de un pase igual al que exigían los celadores para atravesar la jaula en la parte delantera del pabellón A. El comedor, los talleres y la lavandería estaban debajo de los pabellones y los reclusos acudían a ellos en doble fila. La fila se formaba, y la marcha comenzaba, cuando un grupo completo de confinados de un pabellón se trasladaba a otro. La L que formaban los pabellones E y F se había convertido en un recinto cerrado por medio de una cerca de alambre muy fuerte, rematada por un alambrado dentado. Este recinto era el patio de recreo, donde, entre las cuatro y las cinco, los diferentes turnos de reclusos saltaban o trotaban bajo la vigilancia de una docena de celadores que permanecían en los bordes armados de metralletas. El penal estaba ahora tan repleto que no todos los presidiarios podían comer al mismo tiempo, y había dos tandas para las comidas.

En el pabellón E había un individuo de unos cincuenta años que parecía un toro y que tenía una llaga detrás de la oreja izquierda. El doctor Cassini se la había visto en la enfermería y lo había despachado recomendándole que se aplicase cierta pomada. Cuando Carter le llevó la segunda lata del ungüento, el tipo estaba solo en la celda. Carter le preguntó dónde estaba su compañero.

—El suertudo hijo de puta se ha ido a casa. Su madre se fue al otro barrio.

—¿A casa?

—Sí, estará dos noches fuera. En Chicago. Y verá a la parienta —dijo levantando la cabeza de toro para mirar a Carter y guiñarle levemente un ojo con picardía.

El tipo continuó su parloteo. Un par de celadores que iban de permiso acompañaron a Sweepey y tuvo que ir esposado, incluso en el tren, pero iba a pasar dos noches con su mujer. La incredulidad dejó desconcertado a Carter, era como si ese hombre le hubiese contado la historia fantástica de una desaparición física, de una metamorfosis, de que alguien había pasado por el agujero de una cerradura.

Carter sacudió la cabeza repentinamente, asustado por la intensidad que habían cobrado sus propios pensamientos.

–Vaya tío con suerte –dijo automáticamente.

El de la cabeza de toro le miró furioso porque le había interrumpido. Entonces, ante la enorme sorpresa de Carter, se puso de pie y se dispuso a largarle un puñetazo.

Carter se echó hacia atrás salvando el desnivel que formaba el marco de la puerta en el suelo, y salió a la galería.

El hombre soltó un taco a voz en grito y lanzó con todas sus fuerzas la cajita de pomada, que fue a dar en la pared de la celda contigua, abriéndose la tapa que, después de dar varias vueltas, emitió un sonido, como de risita tonta, antes de ir a parar al suelo.

Cuatro días después, Carter inventó una disculpa, consiguió un pase de Clark y volvió a la celda veintisiete del pabellón E para ver a Sweepey. Llevaba otra caja de pomada. Era algo después de las cuatro, la hora en que los reclusos del pabellón estaban en sus celdas esperando la llamada del último turno de la cena. Esta vez el de la cabeza de toro no estaba en la celda, pero sí estaba Sweepey, que, sentado con los auriculares puestos, silbaba y llevaba el compás en la silla mientras tecleaba con los dedos.

–Hola, pastillero, ¿qué se te ofrece? –Estaba tan contento que podía haber estado borracho.

–Traigo más pomada para tu compañero.

–Vale, se lo diré.

Carter le miró de arriba abajo y de abajo arriba, desde su cabello oscuro hasta los zapatos de presidiario.

–Me han dicho que has estado en tu casa.

–Sí, no fue una juerga, pero al fin y al cabo era estar en casa. Se ha muerto mi madre. –Todavía tenía ganas de oír música y, evidentemente, estaba deseoso de volver a ponerse los auriculares.

–Bueno, por lo menos has visto a tu mujer –dijo Carter
con sincera ingenuidad. Estaba a punto de marcharse pero no
conseguía arrancar, aunque ni siquiera había entrado en la celda y no había hecho más que tirar la pomada en la litera de
abajo. Tenía la vista clavada en Sweepey como si tratase de dis-
cernir en él algún signo mágico.

–Ya, pero el efecto tiene que durarme mucho –dijo Sweepey soltando una risotada–. Mi padre ha muerto y ya no me
queda nadie más que mi hermana, que es la estampa de la salud. –Se puso de nuevo los auriculares y se volvió hacia la mesita–. Gracias, en nombre de Jeff –añadió.

Carter se marchó.

Fue uno o dos meses después de esto, hacia el día de Acción de Gracias, cuando Carter conoció a Max Sampson. Max
estaba en el pabellón B, donde Carter había ido a entregar una
medicina para la tos. La entrega no era en la celda de Max,
pero Carter se fijó en él porque estaba leyendo un libro en
francés –un libro sin encuadernar, con el título *Le Promis* en
rojo– sentado a la mesita de su celda. Estaba solo. Carter se
paró junto a la puerta entreabierta de la celda.

–Perdona –dijo Carter.

El hombre levantó la vista.

–¿Eres francés?

El hombre sonrió. Tenía aspecto de simpático, de tranquilo, y estaba muy pálido. Su amplia y vigorosa frente parecía casi
blanca bajo su cabello oscuro y algo rizado.

–Qué va. Lo leo a veces.

–¿Lo hablas?

–Lo hablaba en tiempos. Bueno, sí lo sé hablar. ¿Por qué?
–Volvió a sonreír. Con sólo verle sonreír, Carter se sintió satisfecho, ya que su sonrisa era algo muy extraño en el penal. Burlas
sí, y risotadas, pero no sencillamente una sonrisa natural y feliz.

–Lo preguntaba porque lo estoy estudiando yo solo. *Vous
pouvez parler vraiment?*

–*Oui.* –Ahora su sonrisa fue más amplia y dejó al descubierto unos dientes fuertes y blancos, más blancos que la cara.

Carter habló con él durante unos diez minutos hasta que sonó la campana para la comida y Max tuvo que marcharse. Hablaron tanto en francés como en inglés y Carter sintió una extraña emoción y una sensación de felicidad. Cuando Carter trataba de encontrar una palabra, Max se la decía si podía adivinarla. Max tenía unos veinte libros alineados en el fondo de su celda, de los cuales la mitad eran franceses. Con mucho desprendimiento se empeñó en que Carter se llevase dos; uno era de poesía francesa del siglo XVIII, el otro una selección de los *Pensées* de Pascal. Por supuesto, eran un préstamo, pero Max dijo que no le corría prisa que se los devolviese. Carter volvió a la enfermería completamente cambiado. Max era la primera persona que conocía en el penal a la que se alegraba de conocer y de quien creía que podía llegar a ser amigo. Era algo maravilloso. En esos diez minutos se había enterado de que Max era de Wisconsin; su padre era americano pero su madre era francesa, y desde los cinco años hasta los once había vivido en Francia y allí había ido al colegio. Al preguntarle Carter, le había contestado alegremente que llevaba cinco años en chirona. No le había explicado el motivo y a Carter, en realidad, no le interesaba saberlo.

Max le contó que estaba haciendo una apuesta con otro recluso del pabellón B para ver quién conseguía ser el más pálido del penal el día de Nochebuena. El premio consistía en seis latas de café instantáneo, y Max creía que él lo ganaría aunque su rival era rubio. A causa de la apuesta, Max se tapaba la cara cuidadosamente cuando salían a tomar el aire dos veces por semana en el patio de recreo. Ya habían elegido un jurado de seis reclusos para decidir cuál sería el ganador.

–Siempre he sido pálido –dijo Max hablando clara y lentamente en francés, mientras sonreía–. Desde muy pronto se hizo evidente que estaba destinado a pasar la vida enchironado.

Se citaron para verse en la celda de Max a las 3.35 del día siguiente.

A la luz color de rosa de esta nueva amistad, la última carta de Hazel parecía melancólica, incluso lúgubre. Había escrito:

Cariño mío, ¿crees que el destino (o Dios) nos ha puesto este horrible escollo en nuestro camino para probarnos? Por favor, perdóname este tono místico. Es como me siento esta noche, y muchas noches. Una manera de contemplar todo esto –nuestras horribles vidas actuales, una y otra horribles, cada una a su manera– consiste en pensar que es una prueba a la que se somete a muy pocas personas. Lo hemos llevado tan bien hasta ahora, quiero decir en lo que a nuestra fortaleza se refiere, que creo que hemos de perseverar hasta el final. Mis pensamientos están evidentemente influidos por la conversación (telefónica) que he tenido esta tarde con Magran...

Magran le había dicho que no podían volver a recurrir ante el Tribunal Supremo hasta mediados de enero a causa de las vacaciones. Eso ya no le parecía a Carter un contratiempo. Escribió:

Me has preguntado muchas veces cuál era la razón de que no hubiese conocido aquí a nadie como es debido y siempre te he contestado que porque no había nadie como es debido, pero hoy retiro lo dicho. Por casualidad he conocido a un tipo simpático que sabe francés (lo lee y lo habla), así que ahora tengo con quien practicarlo. Se llama Max Sampson, es aproximadamente de mi edad, alto, de pelo oscuro y muy pálido. Te hablaré más de su palidez cuando te vea. Está en el pabellón B, pero creo que podré visitarle cuando quiera.

Entonces Carter se dio cuenta de que no tenía nada más que contar sobre Max, porque no sabía nada más de él, excepto lo de que su madre era francesa.

Durante los días siguientes, Carter no averiguó mucho más sobre Max, pero sus encuentros de veinte o veinticinco minutos en su celda eran los momentos culminantes del día para Carter. El compañero de celda de Max era un negro corpulento y de buen carácter que no entendía más que *oui* cuando hablaban francés y que se mantenía al margen tumbándose en la litera de arriba, mientras Carter estaba con Max, leyendo sus manoseados libros de historietas o escuchando música por los auriculares. Las cartas de Carter a Hazel trataban, sobre todo, de Max y también hablaba de él cuando la veía los domingos. Ante la sorpresa de Carter, Hazel parecía sentir cierto resentimiento hacia su nuevo amigo.

–Creí que querías que encontrase a alguien que me cayese simpático en este infierno –dijo Carter.

–¿No te das cuenta de que de veinte minutos has pasado más de diez hablando de él? –dijo Hazel sonriendo, aunque era evidente su indignación.

–Lo siento, cariño. La vida que llevo aquí es aburrida. ¿Preferirías que te hablase de, por ejemplo, el par de cretinos que hay ahora en la enfermería, que se agarraron una melopea de órdago bebiéndose el alcohol del taller de reparación de máquinas de escribir? –dijo Carter riéndose. Desde que había conocido a Max se reía con más facilidad–. Me gustaría que conocieses a Max. Es..., bueno, creo que no es ni siquiera feo desde el punto de vista de una mujer.

Pero Hazel no iba a conocer nunca a Max. Hubiese podido conocerle pidiendo verle un domingo, como si fuese una amiga, y Carter pensó en ello, pero Max declinó la propuesta.

–Bueno, me parece que es mejor que no. Mala suerte –dijo en inglés, así que Carter no se lo volvió a proponer. Tampoco se lo había propuesto a Hazel, pues tenía la impresión de que ella se negaría. Y Hazel no vio jamás a Max ni en el locutorio, porque a Max no le iba a ver nunca nadie. Le dijo que no tenía familia y que la única persona que le había visitado era su antiguo patrón, un individuo que le había alquilado una habitación en su casa antes de que le encarcelasen. Había acudido dos veces al penal, pero eso había sido durante el primer año. A pesar de todo, Carter pensó que el hecho de que su patrón le hubiese visitado dos veces durante el primer año de prisión, decía algo en favor de Max.

Pero Carter no hacía preguntas a Max sobre su pasado. Tampoco Max le había hecho a él ninguna sobre el suyo. Sin embargo, se había fijado en los pulgares de Carter, sabía la causa de su deformidad, y no había comentado más que: «Éste es un sitio cruel», con voz resignada, en francés.

Max y Carter iban juntos a la sesión de cine los sábados y domingos por la noche. Era agradable tener a alguien al lado que pensaba, como él, que las películas eran muy mediocres. Su amistad no pasó inadvertida, naturalmente, tanto por parte de algunos celadores como de muchos reclusos. Algunos reclusos daban por hecho que eran homosexuales y lo comentaban delante de Carter y a sus espaldas. A Carter no le preocupaban los comentarios, pero sí le inquietaban un poco a lo que podían conducir. Había reclusos que se deleitaban ensañándose con los que practicaban la homosexualidad. Carter tenía cuidado de mirar hacia atrás cuando se dirigía a la celda de Max por las tardes, por si alguien le atacaba. Siempre dejaban abierta la puerta de la celda de Max cuando él estaba en ella —aunque en todo caso se podía mirar a través de las rejas— y el negro estaba siempre allí también. Carter se dio cuenta de que nunca había tocado a Max, ni siquiera se habían dado la mano.

–¿Conque aprendiendo a falsificar, eh? –le dijo una tarde el celador del pabellón de Max al dejarle pasar.

–¿A falsificar?

–Te he visto escribir algo ahí dentro –dijo señalando con un gesto de la cabeza la celda de Max–. Max es un estupendo falsificador. Uno de los mejores. –El celador sonrió.

Carter saludó con la mano, trató de sonreír y siguió su camino. Entonces recordó la letra clara y precisa que había visto en los cuadernos de Max. Éste escribía esporádicamente su diario y, de vez en cuando, una poesía en francés. Su escritura tenía, curiosamente, un aspecto inocente. Lo de la falsificación fue una desagradable sorpresa para Carter, fue como si alguien le hubiese arrebatado la ropa a Max y Carter le hubiese visto desnudo. Bueno, pensó Carter, por lo menos no está condenado por asesinato.

A Carter se le había ocurrido que, tras conocer a Max, una segunda desestimación del Tribunal Supremo, si tenía lugar, sería más fácil de soportar. Así que trató de prepararse por adelantado para lo peor. La segunda desestimación le llegó en el correo de las 5.30 de la tarde un día de abril. Esta vez le conmovió más que la primera y sintió el impulso de ir corriendo a ver a Max a su celda, pero a esa hora no era posible verle. Carter se fue al retrete y devolvió la comida que había ingerido una hora antes. No quería ni ver ni oír a nadie, pero tampoco consiguió esto. En el penal no había intimidad posible.

Esa noche durmió muy poco y, finalmente, a fuerza de aburrirse con sus propios pensamientos, tomó un Nembutal. A la mañana siguiente llevó a cabo su trabajo con cara de palo y la mente entumecida, no comió a la hora del almuerzo, y a las tres se hizo una taza de café en el hornillo del cuarto de aseo. El café era de una de las tres latas de Nescafé que Max le había regalado por Navidad. Max había ganado la apuesta de la palidez y había compartido el botín con Carter.

Cuando llegó a la celda de Max se sentó en la litera de abajo y se cubrió la cara con las manos. Lloró sin avergonzarse, sin importarle que el negro estuviese allí al lado de Max, perplejo, que los carceleros, que los reclusos, que todo el que pasaba y veía a un interno sollozar se parase a mirar un momento.

–Ya sé –dijo Max–. Es el asunto del Tribunal Supremo, ¿verdad? –preguntó en francés.

Carter asintió con la cabeza.

El negro oyó lo de supremo y comprendió.

–¡Dios mío! ¡Dios mío! –dijo, apesadumbrado, y salió lentamente de la celda para que pudiesen estar solos.

Max encendió uno de sus cigarrillos y se lo dio a Carter.

Carter le contó a Max lo de su trabajo en Triumph, lo de Wallace, lo de Palmer, lo del juicio, lo de su encarcelamiento el mes de septiembre último y lo increíble que había sido para él...; le habló de Gawill y de Sullivan, y de Sullivan y de su mujer.

–Ahora tengo que conseguir que Hazel se marche, que se vuelva a Nueva York –dijo golpeando el puño contra la pierna sin pensar en su dedo.

–No decidas nada hoy –dijo Max con voz tranquila y profunda, como si fuese la voz de Dios en persona.

Carter permaneció sentado en silencio durante un rato.

Max empezó a hablar en francés acerca de su traslado a Francia cuando tenía cinco años y de su infancia allí. Cuando su padre murió y su madre dejó de percibir la pensión, le volvió a llevar a Wisconsin, donde había nacido. Tenían allí algunos parientes del lado de su padre. Su madre se había vuelto a casar; pero su padrastro no estaba dispuesto a mandarle a la universidad, así que al terminar el colegio consiguió un empleo en una imprenta donde aprendió el oficio. Cuando él tenía veintiún años y ella diecinueve, conoció a Annette y se quisieron casar, pero el padre de ella les hizo esperar dos años porque no quería que su hija se casase antes de cumplir los veintiuno. «Tuve que esperar, pero, a pesar de todo, era feliz porque estaba enamorado.» Entonces, cuando aún no llevaban ni un año casados, Annette se murió. Annette se despeñó por un acantilado conduciendo un coche en el que iba también la madre de Max, que había ido a verles. Annette había dado un volantazo para no atropellar a un ciervo que inesperadamente cruzó la carretera corriendo, según contó un señor que iba en otro coche y que había visto el accidente. Annette estaba embarazada. Max empezó a beber y le despidieron del trabajo. Entonces se vino al Sur, y en Nashville conoció a una serie de «gentes de mal vivir» entre las que había ex presidiarios y falsificadores. Max aprendió a falsificar firmas y los maleantes y carteristas de la banda le traían cheques de viaje y todo lo que requería una firma.

—Sabía muy bien que era un estafador —dijo Max—, pero estaba solo en el mundo, a nadie le importaba, a mí no me importaba tampoco.

Era un negocio lucrativo para todos y consideraba que estaba en una situación segura en aquella compañía; sin embargo, el cuartel general fue asaltado una noche por dos individuos vestidos de paisano. Max mató a uno en la lucha, así que le condenaron por homicidio y por falsificación a diecisiete años.

—Y ahora tengo treinta años. La vida es curiosa, ¿verdad, amigo? La vida es curiosa.

Carter suspiró. Se sentía muy cansado.

Max se puso de pie y empujó a Carter hacia atrás en la litera.

—Túmbate.

Carter se cayó de lado en la litera de abajo y puso los pies sobre la manta. Era la litera de Max. Repentinamente se incorporó.

—¿Qué te pasa?

—Es casi la hora de cenar y no quiero quedarme dormido.

Max se paseó lentamente por la celda, balanceando los brazos y juntando las palmas de las manos. Tenía el semblante tranquilo, la expresión de sus ojos era vivaz, casi alegre, Max tenía hoy el mismo aspecto de siempre. Lo que había contado no le había afectado en absoluto. Curiosamente, esto le consoló a Carter.

—La vida es curiosa —volvió a decir Max—. Es preciso contemplarse uno con perspectiva y sin perspectiva; sin embargo, una y otra forma de contemplarse pueden conducir a la locura. Hay que hacer las dos cosas al mismo tiempo, aunque resulta difícil. Hay días en que se sufre por verse uno con perspectiva. —Max se agachó y cogió un libro—. Lee algo de esto esta noche. —Y mientras decía las últimas palabras empezó a sonar la campana de la cena, con su sonido desafinado, enervante, diez veces más ruidosa de lo que era preciso, penosamente habitual. Max sonrió a Carter con humor hasta que dejó de tocar.

—Bueno, me voy, que la *pièce de résistence* esta noche será, sin duda, *canardeau à l'orange*. —Le entregó el libro a Carter de un empellón.

Carter lo cogió sin mirar siquiera lo que era. Sonrió con Max, sonrió a lo que Max acababa de decir. Se sentía uno bien al sonreír.

9

Una vez más, Hazel se había enterado de la noticia antes de que Carter se lo dijera. Magran le había llamado por teléfono el día en que escribió a Carter. Carter había recibido una carta suya en la que parecía deprimida pero dueña de sí misma. Sin embargo, se quedó horrorizado cuando la vio el domingo. Había tal desesperación en su mirada que casi parecía una loca, como si estuviera drogada.

–Tienes que marcharte. Ahora deberías irte a Nueva York. –No había cambiado en absoluto de idea. No contestó inmediatamente.

–Lo dices tan fríamente. Has cambiado tanto, Phil.

–No, no he cambiado. –Pero sabía que, efectivamente, había cambiado–. Hace meses que te dije lo mismo. Ahora hay más motivos para que te vayas a Nueva York, y menos para quedarte aquí.

–No dices nada de cuál es el siguiente paso a dar.

Podemos seguir presentando recursos de revisión de causa, había escrito Magran, pero ¿qué quería decir con eso?

–Magran no es muy explícito en la carta que me ha escrito.

–No, eso no es cierto. Habló de escribir cartas a diferentes personas y hay un comité en Nueva York, no me acuerdo de cómo se llama, que se ocupa de las libertades civiles. Magran me habló de ello por teléfono.

Carter suspiró.

–Mira, Hazel, yo no soy la única persona que está en esta situación. ¿Crees que no se está haciendo algo para sacar a los demás? También escriben, pero ¿quién tiene tiempo para ayudar? y, ante todo, ¿quién tiene la influencia para ello?

–Pero hay asociaciones para este tipo de casos –dijo Hazel con energía, apretando los puños contra la mesa–. El señor Magran me dijo que tú también deberías escribirles.

–Muy bien, dime quiénes son. Les escribiré, por supuesto.

Hazel miró el reloj.

–No creo que Max te esté haciendo ningún bien, Phil.

–¿Por qué? –Carter frunció el ceño.

–Has cambiado desde que le conociste.

–¿De verdad? Bueno, Hazel, la verdad es que, gracias a él, la vida aquí me resulta más aceptable.

–Precisamente, porque él la acepta. Me dijiste que lleva aquí cinco años. Es un delincuente de verdad, Phil. Me contaste que era un falsificador, un «experto» en falsificaciones. Está acostumbrado a la cárcel. Quizá no supiese qué hacer si saliese de ella. He leído sobre personas como él y son incapaces de llevar una vida normal responsable, y trabajar, y todo eso, y parece estar convirtiéndote a ti así también, capaz de tolerar a personas como él. Y una vez que empieces a tolerarles, acabarás tú mismo siendo como ellos. Me da realmente la impresión de que estás empezando a pensar que este sitio no está tan mal, y si piensas así, es el final. –Sus palabras eran como un ultimátum entre ellos.

Carter había escuchado pacientemente, pero con resentimiento. Atacar a Max era como atacarle a él.

–Yo quisiera que conocieses a Max, pero tú no parece que quieras. Te escribí sobre lo que le había pasado, que su mujer se había matado cuando llevaban casados un par de meses.

–A muchas personas les suceden cosas desagradables pero eso no les convierte en delincuentes.

–Está encarcelado por un delito. No es como si tuviese una retahíla de fechorías en su haber. Max es una persona civilizada, comparado, al menos, con los deficientes y los bestias que son todos los demás tipos que hay aquí. Estoy contento de haberle encontrado. A lo mejor hay otros pocos así, pero de los seis mil hombres que hay, yo no he conocido más que a unos centenares, si llegan a tanto. –No era justo decir que Hazel era la única que no había querido conocer a Max, porque Max tampoco había querido conocerla a ella. También era un hecho que, hacía unos meses, Max le había pedido a Carter que llevase morfina a la celda. Carter le había dicho que estaba cerrada con llave, lo cual era verdad, pero Carter tenía ahora la llave del armario. Los carceleros le habían cacheado en dos ocasiones cuando iba a ver a Max, y si se encontrase que llevaba drogas podrían empaquetarle de veras. Carter no se había sorprendido ante la petición de Max, sin embargo no pensaba, desde luego, mencionárselo a Hazel jamás.

–Cariño, quisiera que comprendieras lo de Max. No le veo más que veinte minutos al día, y ni siquiera todos los días. –Dos veces a la semana los reclusos iban a las duchas a esa hora de la tarde–. Ya sé lo que los libros dicen sobre las cárceles. Y sobre los delincuentes. Hay algunos libros sobre el tema en la biblioteca y los he leído.

–Entonces, como entiendes lo que quiero decir, aplícate el cuento.

Carter estaba muy tieso en la silla. Se miró las manos y se dio cuenta de pronto del aspecto que debía de tener visto a través del cristal y de la alambrada. Llevaba la camisa blanca de manga corta de los domingos de visita, con la que ya no se sentía hecho un mamarracho, sino que, por el contrario, la encontraba elegante, en comparación con las camisas de trabajo de todos los días. El pelo corto no le preocupaba, aunque el corte, que era obligatorio una vez a la semana, era siempre desigual. Tenía algunas canas en las sienes, pero apenas se veían con el pelo tan corto, aunque Carter sabía que Hazel las habría notado porque se daba cuenta de todo. Las arrugas de la frente y del entrecejo eran más profundas y estaba, por supuesto, muy pálido. No era una imagen muy atractiva la que presentaba ante Hazel.

—Actualmente estoy echando una mano a unos y otros en el taller de carpintería.

—¡Huy, qué bien! Eso es estupendo. ¿Qué estás haciendo?

—En estos momentos estoy trabajando en unas cosas que hacemos entre todos los del taller. Como, por ejemplo, baldas para la lavandería. Yo no podría realizar todas las diferentes etapas de una misma cosa. Se me da muy bien la sierra rotatoria.

Durante los últimos minutos hablaron, como siempre, de Timmie. Carter preguntó por la tienda de modas, aunque sabía que no iba más que regular y que ni Elsie ni ella ganaban dinero. Por su media jornada de trabajo, Hazel tenía un sueldo de 75 dólares a la semana, más una comisión sobre lo que vendiese. El trabajo no le servía más que para estar entretenida.

Esa tarde, Carter no bajó a ver a Max. Las palabras de Hazel le habían impresionado mucho. Esperaba con una extraña preocupación la carta de Hazel que recibiría el martes. Ya no le escribía los domingos, como hacía antes, nada más llegar a casa después de verle. Pero el martes él recibiría la carta que ella escribiría después de hablar con Magran el lunes.

La carta que recibió estaba escrita en un tono más sereno de lo que había esperado. Le daba los nombres y direcciones de las organizaciones y comités, y de dos personas de Washington a quienes debía escribir. Carter reconoció los nombres de dos de los comités: ya les había escrito hacía meses y uno ni siquiera le había acusado recibo de su carta.

Continuó visitando a Max cuatro o cinco veces a la semana. Carter escribía ahora composiciones en francés y se las llevaba a Max, que se las corregía como un maestro, por la noche, para discutirlas con Carter en la siguiente sesión. «Mi jornada» era el nombre de una de ellas, que era un relato bastante gracioso de lo que hacía todo un día en la enfermería desde la hora de levantarse hasta la hora de apagar las luces. «Lo que me gustaría hacer un día si pudiese» fue otra, que resultó ser un buen ejercicio para practicar el subjuntivo y cultivar la imaginación. Era sobre su casa, Hazel y Timmie, y la comida, y un paseo en coche por la tarde para ir a pescar, hacer la comida en un fuego de leña y dormir en una tienda de campaña; y en ese ambiente tan rústico también hacía su aparición un aparatito de alta fidelidad con música de Schoenberg y Mozart. Escribió otras composiciones sobre «Lo que pienso de los penales» y «Sobre el paso del tiempo: una actitud personal». Carter se llevaba las redacciones corregidas a la enfermería y, en los ratos libres, las volvía a copiar con las correcciones de Max, de manera que, al final, tenía un lote de ensayos «perfectos», aunque sencillos, escritos por él en francés. Esto le hacía sentirse muy orgulloso.

Hazel le escribió:

Queridísimo, ¿cómo va la cuestión de la morfina? Hace siglos que no la mencionas. Lo último que me dijiste era que todavía la necesitabas y que la necesitarías todavía durante algún tiempo. ¿No hay alguna otra cosa que pudieras tomar? He estado leyendo algunos estudios sobre la morfina –el principal alcaloide del opio (si crees que no sé lo que es un alcaloide, pues ¡ahora ya lo sé!). Por favor, ten cuidado...

Estas palabras le hicieron sentirse algo culpable. Trató de disminuir las dosis. Podía pasar con tres inyecciones al día y se había estado poniendo cuatro. Pero notaba la diferencia en el ánimo: estaba más desanimado y no se sentía tan alegre. Pidió al doctor Cassini que le diese Demerol o cualquier cosa que le quitase el dolor, y el médico le dio algo, algo de verdad esta vez, que le hizo efecto, pero no un efecto tan satisfactorio como la morfina, que, como Carter se daba perfectamente cuenta, tenía la agradable virtud de cambiar la realidad por algo mucho más fácil de soportar. Durante dos semanas, Carter se abstuvo de tomar morfina pero, después, empezó a mezclar los anodinos, pasando a tomar la morfina y las pastillas por partes iguales.

En julio recibió una carta de Hazel en la que le decía que había decidido marcharse a Nueva York con Timmie y que tenía un posible comprador para la casa, que Sullivan había encontrado.

«Es más fácil escribirte esto que decírtelo a través de ese horrible cristal», le escribía, «que me da la impresión de que te tengo que decir todo a gritos, aunque no sea necesario. Ya sabes que no quiero separarme de ti, y no lo voy a hacer, pero, como me has dicho centenares de veces, los tremendos veranos aquí, además de aburridos, son como para volverle a uno tarumba, y ya tenemos otro encima. Hace dos semanas pensaba todavía que podría aguantar otro verano en Fremont, pero incluso la tienda está a punto de cerrarse durante un mes.» Dijo que ella y Timmie podrían ir a vivir a casa de Phyllis Millen en Nueva York hasta que encontrasen piso. Phyllis Millen: su nombre, su cara resultaban para Carter como algo que se saca y se desempolva de la oscuridad de los tiempos pasados. Era una mujer soltera, de unos treinta y ocho años, agente de publicidad, a quien conocían superficialmente desde que Timmie era un bebé.

Bueno, ya está hecho, pensó Carter. Muy pronto ya no tendría las visitas dominicales de Hazel. Debía de llevar varios días planeándolo porque era evidente que tenía ya la respuesta de Phyllis de que podía ir a su casa. El domingo anterior sabía que iba a marcharse pero no lo había mencionado. ¿En qué consistía la dificultad de decírselo a través del cristal? ¿Sería que no se sentía capaz de comunicárselo cara a cara?

Carter añadió a la carta que le había empezado a escribir: «Me alegro mucho de haber recibido tu carta diciéndome que te marchas a Nueva York. ¡Ojalá te hubieses ido hace meses! Realmente estarás más feliz y, por ello, yo también.»

Después de haberle pagado su minuta por los dos recursos presentados ante el Tribunal Supremo, Lawrence Magran iba a seguir ocupándose del asunto sin contrato fijo. A Carter le resultaba molesto que Magran hubiese hecho este arreglo con Hazel en vez de escribirle a él. Era como si Magran pensase que Carter era un muerto sobre cuyo cadáver iba a hacer algunos experimentos más.

Hazel le escribió todos los días durante la semana que precedió a su partida. Era como si se sintiese culpable por la marcha. Sus propios sentimientos estaban muy mezclados: en algunos momentos sentía cierto resentimiento (generalmente, cuando estaba cansado o tenía dolores), en otros se alegraba y estaba contento por ella. Pero tenía cuidado de no escribirle más que cuando estaba contento:

El hecho es que estoy preso, y que puedo tener que seguir aquí otros cuatro años, en el peor de los casos. Sin embargo, estoy, por lo menos, en mejor situación que el noventa y nueve por ciento de los internos que se pasan la mitad del tiempo en las celdas. Piensa al menos en esto cuando pienses en mí.

Ella estaba más guapa que nunca el último domingo que la vio. Llevaba un vestido de hilo de color rosa pálido sin mangas, y un pañuelo de seda fina verde manzana alrededor del cuello, sujeto por un broche antiguo de oro que él le había regalado en uno de sus aniversarios de boda, ¿el tercero o el cuarto?, que representaba un dragón enroscado cuyo ojo era un rubí. Tenía el pelo brillante y suave como si acabase de lavárselo. Pero no sonrió tanto como de costumbre. Por primera vez, Carter observó que tenía una arruga en la cara, una arruga horizontal muy fina en la frente, lo cual era, en cierto sentido, terriblemente siniestro.

Hazel dijo:

—Acabo de tomarme un whisky doble.

Carter sonrió.

—¡Ojalá me hubieses podido pasar un poco a mí!

Él no notó que el whisky le hubiese hecho ningún efecto. No derramó ni una lágrima. No hubo sentimentalismos. Uno y otro se esforzaron de verdad por estar animados y alegres, pero volvieron a hablar de cosas que ya habían tratado por carta y uno y otro se aseguraron de que Magran no le había abandonado, ni mucho menos, y que seguía siendo uno de los mejores criminalistas del país.

—El inconveniente quizá sea que no soy un delincuente —dijo Carter, y los dos se rieron ligeramente.

A Hazel le habían pagado un primer plazo al contado de

8.000 dólares por la casa, que vendía por 15.000. Esto ya lo sabía Carter. Un tal Abrahol, un individuo con mujer y dos hijos menores de veinte años, y un perro pastor, se mudaban a ella el primero de agosto.

Sus esfuerzos por parecer alegres dieron su resultado, pensó Carter. Los dos sonrieron cuando Hazel se levantó para marcharse. Ella se las arreglaría para hacer una escapada para verle «por lo menos antes del día de Acción de Gracias». Antes de salir por la puerta, se volvió para mirarle; luego se paró un momento y le envió un beso. Después la columna sonrosada rematada por una cabellera de color castaño oscuro que era Hazel desapareció.

Carter bajó la vista hacia el suelo de piedra mientras caminaba. ¿Se estaba convirtiendo en piedra como el suelo del presidio, como el presidio? ¿Estaría Hazel llorando ahora? Se paró y miró hacia atrás como si hubiese podido verla de haber estado al otro lado de la doble reja de la jaula, de haberse demorado para marcharse. No, Sullivan estaría probablemente esperándola fuera en el coche.

Las cartas siguientes de Hazel fueron muy alegres. Describía en ellas todos los edificios nuevos que se habían construido, incluso desde que había estado en Nueva York el verano anterior. Finalmente llegó la noticia que Carter había estado esperando: David Sullivan iba a llegar la última semana de agosto, en viaje de negocios, y se iría a vivir, para quedarse alrededor de un mes, en el piso de los Knowlton, donde había estado anteriormente. Hazel tenía ahora un piso en la calle 28 Este; era un apartamento de tres habitaciones con cocina y cuarto de baño. Carter había sospechado que Sullivan iría a Nueva York. En realidad, el hecho de que Hazel se lo dijese francamente era un alivio y le había tranquilizado.

10

Hazel no fue a verle antes del día de Acción de Gracias. Estaba haciendo unos cursos de sociología en la New School, en la calle 13, y el programa no le permitía tomarse ningún tipo de vacaciones antes de Navidad. Hazel se había especializado en sociología en la universidad y estaba siguiendo estos cursos como repaso, decía, y «por hacer algo». Fue a verle por Navidad; entonces, ella y Timmie estuvieron dos semanas en Fremont invitados por los Edgerton. Parecía algo más delgada aunque dijo que no había perdido peso. Le visitó dos veces entonces. Carter le regaló un estante que le había hecho en el taller de carpintería. Era un estante de madera de cerezo para colgar en la pared. Se lo entregó a Hazel a través de la jaula, sin envolver, porque no tenía con qué envolverlo y, en todo caso, de haberlo hecho, el celador lo hubiese desenvuelto. Con él iba un cofre de buen tamaño, de roble, con las iniciales de Timmie grabadas en la tapa, que Carter había hecho también. Carter escribió en la tarjeta dirigida a Timmie: «Ya sé que eres demasiado mayor para regalarte juguetes pero, por lo que me dice mami, podías ser más ordenado en casa, así que ahí puedes guardar tus bártulos de deporte.»

Hazel volvió a marcharse, prometiendo volver para Pascua. Los Edgerton lo visitaron una vez y le escribieron un par de cartas en las que trataban de resultar animados, hablándole de sus plantas y de su gato, que había tenido gatitos. Sullivan también le escribió. Le contaba que Gawill, después de haber sido «despedido» de Triumph, había vuelto a Nueva Orleans y estaba en una empresa que fabricaba marquesinas de metal. Esto, a Carter, en verdad ya no le importaba. Hacía casi un año, pensó, que se había enterado de que Gawill se había ido o le habían echado de Triumph. Sullivan lo atribuía a las averiguaciones que él había hecho sobre Gawill y a su declaración sobre los gastos realizados por éste durante la malversación de fondos del colegio. ¿Y si fuese verdad? ¿Por qué no se acusó a Gawill de nada? Era posible que Gawill fuese culpable, pero era un hombre libre. Lo malo era bueno, y lo bueno, malo, y de todo quedaba constancia en los papeles: de las sentencias, los indultos, las apelaciones, los malos antecedentes, las pruebas de culpabilidad, excepto, según parecía, de las pruebas de inocencia. Si no hubiese papel, le parecía a Carter, todo el sistema judicial se vendría abajo y desaparecería.

Por todo el penal, incluso en la enfermería, había individuos sentados a una mesa escribiendo cartas con ayuda de libros de derecho, cuestionarios de abogados y diccionarios. Escribían sobre el *habeas corpus,* el *coram nobis* y sobre miles de agravios personales. A Carter le pedían con frecuencia que revisase las cartas para corregir las faltas de ortografía y de sintaxis. Estos errores los podía corregir, pero no así la lamentable redacción de algunas cartas, que, al principio, le preocupaban tanto que volvía a escribirlas él mismo. Finalmente, viendo que ninguna de las cartas daba resultados positivos, a pesar del esfuerzo, dejaba las cartas mal redactadas como estaban. Algunas eran confusas como un gemido surgido de las profundidades. Otras eran de los quejicas habituales y sus errores se debían a la estupidez de los que las escribían. Algunos quejicas eran hábiles, incluso tenían sentido literario, y éstos enseñaban las cartas a Carter, no para que las corrigiese, sino porque querían oír sus alabanzas. Estas cartas constituían un desahogo creativo, así como un desahogo del resentimiento y del odio. Era muy especialmente del pabellón de Max de donde acudían más individuos con sus cartas, porque les veían a los dos escribiendo. Max escribía muchas cartas para los analfabetos. En el penal se permitía a cada recluso escribir dos de esas «cartas de negocios» al mes.

David Sullivan escribió a Carter:

Quizá te parezca que la situación no es muy prometedora, pero ya no necesitamos más que algunas pruebas más, es decir, algunas declaraciones de las personas relacionadas con Gawill, como, por ejemplo, los que recibían parte del dinero que gastaba tan pródigamente durante la época en que el dinero desaparecía de Triumph. Palmer y Gawill fueron bastante cautos, pero las personas que pueden hablar existen y yo he hablado con ellas. Hazel sabe también quiénes son pero es mejor no escribirles. Desgraciadamente, tienen miedo de las represalias de Gawill y preferirían verle entre rejas antes de hablar, pero la ley no funciona de esa forma. Sin embargo, esta amenaza está descomponiendo lentamente a Gawill. Está de vuelta en Nueva Orleans, en su antiguo campo de acción y, como siempre, los hombres de los que se rodea son gentuza. Tengo la intención de ir allí aunque tenga que disfrazarme...

En la celda de Max y de su compañero negro instalaron a un tercer hombre en un catre, y desde entonces las clases de francés resultaron menos agradables. Unas veces se quería lavar la cabeza a las tres y media, otras necesitaba la mesa para escribir una carta, y si Max y Carter se sentaban en la litera de abajo con las piernas encima, se quejaba del murmullo, que era mucho menos sonoro que las voces que se oían en la galería a esa hora de la tarde. El hombre nuevo se llamaba Squiff y no debía de tener más de treinta años de edad. Era rubio, delgado y tenía una cicatriz en un carrillo que le llegaba a la sien. Ya había estado en la cárcel varias veces, según le contó Max a Carter, aunque Max no sabía por qué estaba enchironado ahora. Ésta era, por lo menos, la tercera vez que lo habían encarcelado y estaba sentenciado a una condena larga. En todo caso, odiaba al mundo y no cabía duda que odiaba a Max. Max le trataba amablemente, era considerado con él en lo que al espacio se refería, y le ofrecía sus cigarrillos con generosidad, pero Carter se daba cuenta de que con eso no hacía más que avivar su resentimiento. Carter le advirtió a Max en francés que debía tratar de comportarse más duramente con él por su propio bien. Pero Max no hizo más que encogerse de hombros.

—Tengo la sensación de que va a pelearse contigo.

—Bueno, soy más corpulento que él —contestó Max.

—Te advierto que va a ser una bronca de verdad —dijo Carter sabiendo que Max se daba cuenta de lo que quería decir: una cuchillada, un trastazo en la cabeza con la silla cuando Max estuviese de espaldas...

—Ronnie me ayudará —dijo Max.

Ronnie era el negro corpulento. Carter sabía que Ronnie detestaba también a Squiff, pero muy pocos negros —aunque había algunos en el presidio cuyo terrible odio a los blancos era evidente— se atrevían a tocar a un blanco, pasara lo que pasara. Los negros generalmente se agrupaban entre ellos, y si esto no era posible, el blanco con el que se reunían era un hombre del norte con carácter aparentemente fácil, como Max. Carter no volvió a mencionar a Max cómo debería comportarse con Squiff, pero la presencia de Squiff le irritaba cada vez más. No se atrevía a mirarle por si Squiff advertía su antipatía en la cara y armaba jaleo.

—¿Estáis, vosotros los sabios, hablando de mí? —preguntó Squiff un buen día, volviéndose del lavabo, donde había estado lavando una camisa y rociando con agua a Max, a Carter y sus papeles.

—No, estamos... —titubeó Max—, inventamos cosas para hablar. ¡Hay tan poco de que hablar en este basurero!

Carter se esforzó por consultar su diccionario de francés. Ni siquiera secó una gota que había en una página.

Lentamente, Squiff se volvió hacia el lavabo, escurrió la camisa, la sacudió y la colgó con tanta violencia en un gancho que se produjo un ruido como de desgarrón.

—Hay que amolarse con vosotros los intelectuales, ¿no podríais largaros a la biblioteca o algo así?

Max estaba hablando de Keyhole, el perrito de la lavandería. El perro llevaba casi un mes en la lavandería, cuidadosamente escondido, naturalmente, ya que no estaban permitidos los animales domésticos. A los que trabajaban en la lavandería se lo había regalado el conductor de un camión de reparto que entraba dentro del recinto penitenciario. Era un perro pequeño blanco y negro, con algo de foxterrier y de más o menos un año de edad, según Max. Los setenta o setenta y cinco individuos de la lavandería estaban enterados de la existencia del perro, pero no sabían de su existencia ni los celadores ni los otros internos. Los que trabajaban en la lavandería le llevaban pedacitos de carne de su comida y uno de ellos le había trenzado un collar con hilo dental. Si alguien veía entrar a un celador la consigna era decir en alta voz: «¿Quién sabe la hora?» y, entonces, los reclusos que estaban cerca de Keyhole le metían rápidamente en un armario ropero hasta que el vigilante se marchaba. Keyhole dormía en un armario, donde tenía comida, agua y virutas de papel para hacer sus necesidades. Parecía estar contento y había engordado.

—¿Pero es que estáis maquinando una escapada? —preguntó Squiff en un tono despreciativo y festivo a la vez.

Max se echó a reír.

—Nosotros, nanay, ¿y tú? Déjame enrollarme en tu plan.

—¿Pero no hay una palabra en franchute para *keyhole*?[1] —dijo Squiff mascullando una risita—. Tiene que haberla, que no me la dais con queso.

—Es el nombre de una pequeña ciudad de Arkansas.

—¡Ah, ya! —respondió Squiff.

Carter escribió a su tía Edna en contestación a una carta suya que Hazel le había remitido al penal, y en ella le explicó, de la mejor manera posible, por qué estaba en la cárcel, pero no mencionaba el incidente de los dedos. Era suficiente con darle las noticias desagradables de una en una. Y para que la tía Edna

---

1. *Keyhole* significa «agujero de la cerradura». Hay, por tanto, un juego de palabras intraducible. *(N. de la T.)*

no advirtiese que su letra había cambiado le escribió a máquina. Después de echar la carta se sintió muy deprimido, y sorprendido, ante el hecho de que Edna, que siempre había leído muchos periódicos y que, ahora que estaba en California, probablemente estaría suscrita al *Herald Tribune* de Nueva York, su periódico favorito, no se hubiera enterado de que estaba en presidio. Pero se sintió aún peor cuando recibió su siguiente carta. Decía lo siguiente:

> Me he quedado anonadada con las noticias. Es horrible para Hazel y para el niño, claro que, conociendo a Hazel, creo que lo soportará bien. ¿Pero has hecho un buen examen de conciencia y de tus actos? No hay nadie que sea inocente totalmente. No puedo creer que los tribunales americanos sentencien a un hombre totalmente libre de culpas. Tú siempre has sido olvidadizo, Philip, y distraído cuando debieras prestar atención. Si fueras consciente de que te has portado mal, por pequeña que sea la falta, sé que te quitaría algo de resentimiento y te ayudaría a estar en paz con Dios...

Carter se dio entonces cuenta de que Edna estaba envejeciendo. Tenía unos setenta y cinco años, que no era mucha edad para algunas personas, pero que, evidentemente, lo era para Edna. Dejó pasar algunas semanas antes de contestar, y entonces le escribió una carta más corta y más cuidadosa explicando, con más claridad, los medios de que Palmer se había valido para apropiarse de los fondos que el consejo del colegio había asignado a Triumph. Edna no contestó jamás a esa carta. Su hermana Martha, con la cual vivía, escribió a Carter en julio comunicándole que Edna estaba postrada en cama con hidropesía y que, como tenía el corazón muy débil, el médico no tenía muchas esperanzas de que superara su mal. Y en agosto, Martha le escribió que había muerto. Carter heredaría la mitad de su fortuna, que ascendía a ciento veinticinco mil dólares. Carter sabía que la otra mitad había ido a parar a Martha, lo cual consideraba justo, puesto que Edna llevaba viviendo con ella más de diez años y Martha no tenía dinero. No obstante, a Carter le habían dicho siempre que sería el único heredero del dinero de su tío y, probablemente, de su tía, a su muerte. Carter no se sentía agraviado por no recibir más que la mitad de la fortuna, pero tampoco se sentía satisfecho. Sencillamente, no le parecía que valiese la pena preocuparse por ello. A Max no le dijo nada de lo del dinero. Lo que quería era que Hazel lo disfrutase, que invirtiera la mayor parte y que abandonase la idea de ponerse a trabajar. Ahora pensaba hacer un curso de dos años de duración para doctorarse en psicología y sociología, sin lo cual no podía encontrar un trabajo de importancia en ninguna parte.

Había visto a Hazel en julio, que había hecho de nuevo el viaje en avión con Timmie. Esta vez había estado viviendo en casa de Sullivan en Clayton, a varias millas de Fremont. No creía que hubiese, o que hubiese habido, nada entre ellos. Y si no habían sido amantes hasta entonces, ahora ya no lo serían. Su amor por Hazel había operado un extraño y profundo cambio desde que estaba en la cárcel. Era ahora un amor que no tenía nada de sexual ni de carnal, como si ese aspecto de su amor, que había sido anteriormente tan importante, se hubiese quedado en la expectativa. Sin embargo, su amor hacia ella había aumentado. Tenía la impresión de que la lealtad que le había demostrado era la cosa más grande que jamás había experimentado y que jamás experimentaría. Cuando ella le dijo en la visita del verano, «después de todo, ya ha pasado la mitad del período del tiempo, incluso suponiendo que vaya a ser de seis años», Carter se sintió tranquilo y fuerte. Dos años antes esas mismas palabras le habrían hecho sentirse afligido e indignado.

La perspectiva de los ciento veinticinco mil dólares, una vez que se hubiesen cumplido las disposiciones testamentarias, no hizo que Hazel cambiara su idea de graduarse en sociología, y pensaba empezar a estudiar en septiembre en el Adelphi College de Long Island.

Agosto fue un mes bastante enojoso para Carter. Parecía que el calor apretaba más que otros años. Sullivan estaba de nuevo en Nueva York en el piso de los Knowlton. Y así iban pasando los años. Fue en la última semana de agosto cuando descubrieron a Keyhole. Un recluso le pisó una pata al precipitarse a esconderlo porque se acercaba un celador, y el perro aulló. El celador —que tuvo que desenfundar el revólver para hacerse obedecer, a pesar de lo cual no le hicieron caso— exigió que le enseñaran al animal. Para entonces Keyhole estaba en un armario y nadie se movió para sacarle. Max contó que, en la lavandería, se hizo un silencio total, pues se pararon todas las máquinas y, en medio de ese extraño silencio, se oyó un ladrido de Keyhole. El celador descubrió el armario y sacó al perro.

—El guardia se puso tan enfurecido como para cargarse al perro —dijo Max—, pero juro que si lo hubiese hecho, los tíos que estaban allí abajo le hubiesen hecho pedazos a él. —Max estaba hablando en francés y Squiff estaba presente ese día, como de costumbre.

Al perro lo habían llevado a la perrera de Bowman, una ciudad próxima, y un grupo de reclusos iba a escribir una carta al *Eagle,* el periódico local, para buscarle una casa. También iban a enviar los tres dólares que costaba la licencia. La carta iría firmada por todos los que trabajaban en la lavandería, de manera que las autoridades del penal no pudiesen tomar represalias contra un solo individuo o contra unos pocos.

A la mañana siguiente, todo el penal estaba enterado del asunto de Keyhole. Resultaba extraño que, durante tres meses, la presencia del perro se hubiese mantenido en secreto y que, veinticuatro horas después de la marcha del perro, seis mil hombres estuviesen enterados de ello. Todos estaban indignados. Max contó también que en el comedor, a la hora de la cena del día en que se descubrió al perro, hubo tantos cuchicheos que los guardias se vieron obligados a anunciar por el altavoz que a todo hombre al que se cogiese hablando se le retiraría el permiso para ir al cine durante el fin de semana.

—Así que estabais en el ajo de lo de Keyhole pero a mí me dejasteis fuera —dijo Squiff, que estaba sentado en la silla limpiándose las uñas con una especie de palillo, a Max—: Tú curras en la lavandería, ¿verdad?

Max dijo con naturalidad:

–Vamos, Squiff, si le llegamos a contar a todo el mundo lo del perro, no hubiese durado allí ni dos días. Ya habría habido algún cabrón que se lo hubiese largado a un vigilante.

–Pero a este amiguito tuyo sí que le metiste en el ajo –dijo señalando a Carter–. Y éste no trabaja en la lavandería. Es el pastillero. ¿Por qué se lo has contado a él?

Dos días después, Max dijo que la carta firmada por todos los de la lavandería había sido interceptada. El censor, evidentemente, se la había enseñado al director, pues éste hizo una llamada al orden y a todos los que la habían firmado les habían prolongado dos meses la condena y les habían retirado el permiso para ir al cine durante el siguiente mes.

Carter volvía de la celda de Max y estaba al final del pabellón A esperando el ascensor cuando oyó el primer clamor de voces. El vocerío provenía del pabellón B. Al principio parecía que eran aclamaciones, pero ¿quién aclamaba? La puerta del ascensor se abrió y, al oír el ruido, el ascensorista manifestó una expresión de estupor y de sorpresa. Todos los internos que estaban en la galería del pabellón A permanecían silenciosos, atentos al creciente estruendo. Otros salían de sus celdas para escuchar.

–¡Se ha armado! –gritó alguien con voz entrecortada.

–Entra deprisa –dijo precipitadamente a Carter el ascensorista, pero en ese momento un recluso saltó sobre él, le sujetó los brazos agarrándole por los costados y ambos cayeron rodando al suelo del ascensor.

Repentinamente todo el mundo empezó a correr. A Carter le empujaron hacia un lado tres o cuatro hombres que se abalanzaron al ascensor vociferando y riéndose. Se oyó un disparo dentro del pabellón pero su sonido quedó amortiguado por el vocerío. La puerta del ascensor se cerró. Carter se volvió y vio que la puerta de entrada del bloque B estaba abierta de par en par y que por ella pasaban los hombres del bloque A en masa. No sabía hacia dónde dirigirse; de repente tuvo el impulso de precipitarse hacia una de las celdas próximas, pero en ese momento chocó violentamente con un individuo de gran tamaño que iba corriendo. El golpe dejó sin aliento a Carter, que luego empezó a jadear de dolor y, sintiéndose súbitamente furioso, se dirigió hacia el pabellón B. La aglomeración humana en la puerta, que formaba como un cuello de botella, era aterradora. Carter se dio cuenta de que él estaba pisando un cuerpo humano mientras algunos individuos arremetían contra las cabezas de los que iban delante. Al fin Carter franqueó la puerta. Otra masa de hombres descendía de las galerías del pabellón B gritando todos al mismo tiempo. De una de las galerías caía una cascada de agua y los individuos que pasaban debajo, al mojarse, chillaban a pleno pulmón empujando a la multitud que les rodeaba. La celda de Max estaba a doscientos metros de distancia, pero podría haber estado a dos mil, así que Carter abandonó la idea de llegar hasta allí y trató de acercarse a las celdas de la izquierda. Un viejo le seguía, agarrándole por la camisa como un náufrago, exclamando:

—¡Quiero llegar a mi celda, a mi celda!

—¡Ahueca el ala, macho! —dijo un recluso con cara de loco cuando Carter llegó al fin a una celda. Había otros cuatro con él que trataban de mantener la puerta cerrada.

Carter se abrió camino hacia la siguiente celda, en dirección a la de Max. Toda la turbamulta se dirigía a empujones hacia el pabellón C, lo que hacía suponer a Carter que las puertas no estaban cerradas. Las puertas de las dos celdas siguientes estaban abiertas pero las estaban arrasando: las ropas de las camas estaban hechas jirones, los colchones estaban por el suelo, habían arrancado un retrete y el agua se salía. A Carter se le ocurrió que si arrancaban muchos retretes se podía inundar la parte de abajo y ahogarse todos. En otra celda un individuo gemía de dolor: en la celda había seis u ocho tipos golpeando y pateando al hombre que gritaba, pero al que no se veía. Carter desistió de refugiarse en una celda. ¿Qué oportunidad tenía si a muchos otros cientos de internos se les había ocurrido la misma idea? Vio a un hombre solo tratar, sin éxito, de cerrar una puerta atrancada. Un retrete salió por los aires por encima de la cabeza de Carter, derribando por lo menos a dos hombres al estrellarse contra el suelo.

–¡Venga! ¡Pasarlo! –vociferó alguien mientras pasaban de mano en mano, por encima de las cabezas, a un hombre tumbado que, trastornado, se reía sin tino. Muchos le manoseaban, otros le pegaban, impulsados por el resentimiento y el miedo, otros le ayudaban riéndose divertidos hasta que, camino de la puerta del pabellón C, se le perdió de vista.

–¡Ahorcad al director! ¡Ahorcad al director! –era como un canturreo que iba subiendo de tono.

Carter buscó a Max y vio a Hanky carcajeándose a gritos mientras blandía triunfante un cuchillo de fabricación casera. Repentinamente empezó a caer agua sobre Carter y los hombres que había a su alrededor y, al precipitarse para escapar de la mojadura, fue empujado hasta el centro del pasillo. Pero allí la corriente avanzaba más deprisa y, en pocos segundos, estuvo frente a la celda de Max, por lo que comenzó a abrirse camino.

La celda estaba ocupada por unos ocho individuos con aspecto asustado que se mantenían rígidos de pie tratando de mantener cerrada la puerta.

–¿Dónde está Max? –les gritó Carter.

–¿Quién?

–¡Max! ¡Ésta es su celda!

Ninguno pareció darse por aludido. Quizá no le hubiesen oído. Entre ellos y Carter había por lo menos una docena de hombres. Carter no conocía a ninguno de los que estaban en la celda de Max.

La muchedumbre empezó súbitamente a hacerse menos compacta en torno a Carter, pues las hordas habían conseguido entrar a empujones en el pabellón C.

–Empuja para delante, macho –dijo a Carter uno de los tipos que estaban en la celda de Max.

–Si no pretendo entrar. ¿No sabéis ninguno dónde está Max?

Algunas celdas se empezaron a abrir. De ellas salían individuos vociferando y gritando a carcajada limpia. Eran los que se habían refugiado en los peores momentos, pero que estaban dispuestos a empezar el alboroto de nuevo.

–Salgamos de aquí –dijo uno de los que estaban en la celda de Max.

La puerta se abrió de golpe y todos, unos ocho o diez hombres, se lanzaron hacia fuera rápida y sigilosamente.

Max yacía en el suelo al fondo de la celda.

Al darle la vuelta y verle la cara, Carter comprendió que estaba muerto. Max tenía la cara llena de sangre y completamente deshecha. Carter jadeó, después tomó aliento entrecortadamente varias veces, y salió corriendo hacia el pabellón C en pos de los diez hombres. Uno de ellos había sido el ejecutor, o más de uno, al tratar de apoderarse de la celda. Un hombre fornido, medio en broma, detuvo a Carter con su grueso brazo. Carter levantó un pie y le asestó una patada en el estómago. El individuo se tambaleó hacia atrás, se dio contra la pared y se desplomó. Carter saltó sobre él, le pisoteó la cara, el cuerpo y la emprendió a patadas con él. Unas voces próximas le animaban a que continuase. Carter agarró a su víctima por el cuello de la camisa con las dos manos y le golpeó la cabeza contra el suelo de piedra.

Entonces un recluso negro apartó a Carter agarrándole por la delantera de la camisa, le sonrió y le dijo:

–Jo, macho, ¡te estás volviendo loco!

Carter trató de darle un puñetazo al negro pero falló.

El negro le devolvió el golpe y le dejó sin sentido.

Al volver en sí, el pabellón estaba silencioso, a no ser por dos voces que se oían en el extremo opuesto, donde había dos reclusos empuñando sendas pistolas. Había un tercer hombre solo, armado con una pistola también, al otro extremo del pabellón, mucho más cerca de Carter.

–Creí que estabas muerto, chico –dijo el hombre de la pistola que estaba más cerca y que era negro, y que daba saltitos cambiando de pie como si estuviese bailando.

Carter trató de incorporarse pero le falló el brazo, que se le dobló de una manera extraña. Entonces se dio cuenta de que lo tenía roto. Se levantó con la ayuda del otro brazo y fue tambaleándose hasta apoyarse en la puerta de una celda; ésta estaba vacía, y se dejó caer sobre el colchón de muelles de la litera de abajo, pues lo demás se encontraba desparramado por el suelo.

Allí pasó, según su reloj, veinticuatro horas. Las luces se mantuvieron encendidas todo el tiempo. Los reclusos que hacían la guardia cambiaron varias veces. Ahora había varios a ambos extremos de la galería. Dos de ellos le trajeron agua de alguna parte un par de veces, ya que el lavabo de la celda donde se encontraba estaba roto: el agua procedente de las cañerías rotas goteaba por la pared, pues, como las cañerías habían sido arrancadas de cuajo, el agua se salía por el interior. A Carter se le estaba hinchando el brazo y pidió un par de veces que le llevasen a la enfermería, pero los vigilantes le dijeron que no podían abandonar sus puestos, que estaban allí bajo mandato. Lo decían con orgullo, como si perteneciesen a un ejército que amasen y respetasen. Uno de ellos dijo que iba a tratar de obtener permiso para que un par de hombres le trasladasen. A Carter le latía el brazo, y le latían los pulgares, y ansiaba la morfina. A los pocos minutos de tomar el agua empezó a vomitarla. Los individuos que le recogieron estaban de buen humor. También estaban un poco borrachos. Carter percibió que el aliento les olía a vino. Uno era blanco, el otro negro.

–Sí, señor –dijo el negro–, ahora tenemos una cárcel que funciona bien. Tenemos camillas, bolsas de agua caliente y todo a la luz de la luna –dijo riéndose con voz de soprano.

Le llevaron a empellones y dando tumbos. El ascensor, según dijeron, estaba roto, y se dirigieron a las escaleras.

–¿Tú eres el tío que se cargó a Whitey? –preguntó sonriendo el negro con voz agradable.

Carter no contestó. Recordaba vagamente una dura pelea, recordaba haber golpeado a un hombre, pero no se acordaba en absoluto de su cara, ni de si era alto o bajo, gordo o flaco, blanco o negro.

La enfermería había sido destrozada. El doctor Cassini parecía un conejo asustado. Saludó a Carter con un murmullo, como si apenas le conociese. Las mesillas de noche estaban destrozadas, amontonadas en un rincón. No quedaban sillas. Dos reclusos estaban de vigilantes en el lado de la enfermería donde se hallaba la ventana. Llevaban una pistola en el bolsillo, de donde sobresalía el mango.

–Cada vez que entra alguien por esa puerta me creo que es otro asalto –dijo el doctor Cassini–. ¡Jesús!, ¿cuánta droga creen que guardo aquí? ¡Me han asaltado cuatro veces! –exclamó mientras palpaba torpemente el brazo de Carter.

–¿Hay morfina? –susurró Carter automáticamente. El doctor Cassini hizo una mueca y miró en torno suyo. Se agachó y dijo:

–Tengo un almacén privado. Nada más que para casos de emergencia como éste. También tengo penicilina. Estaremos a salvo, Philip, hijo mío.

El doctor Cassini le enderezó el brazo estirándoselo y, para hacerlo, le dieron otra inyección de morfina. A pesar de todo era doloroso porque el hueso fracturado se le había incrustado en la blanda carne. Carter fingía que le había prometido a Max que lo aguantaría sin quejarse, y así fue. Tenía otras heridas de menos importancia, un corte en la frente que hubo que limpiar, cortes en los nudillos, una cuchillada de cinco centímetros en la espinilla, a la que hubo que dar algunos puntos y que le había llenado el zapato de sangre hasta el punto de que, como se había secado, para descalzarle hubo que empaparle el pie. Tres cuartos de hora después de haberle encajado el hueso del brazo, Carter se sentía con fuerza suficiente como para blasfemar. Al principio blasfemaba mentalmente, luego empezó a soltar tacos en voz baja. Hijos de puta, llamaba a los que habían asesinado a Max –lo mismo le daba que hubiese sido Squiff que otro cualquiera–. Los maldijo con juramentos carcelarios.

Pete le contó que había seis muertos, o quizá más. Todas las camas de la enfermería estaban ocupadas, y la de Carter lo habría estado también si no se la hubiesen reservado, pues había hombres tumbados hasta en el pasillo. Los reclusos tenían hasta seis celadores apresados en el pabellón C en calidad de rehenes, y pedían filetes para comer dos veces por semana, en vez de una, el traslado de unos doscientos presos, que las celdas no las ocupasen más de dos individuos y que el café fuese más fuerte.

—Están chiflados, están chiflados —dijo el doctor Cassini mientras escuchaba a Pete—. Yo creí que se habían amotinado por causa de ese perro que había en la lavandería, pero la mitad de los individuos que vienen aquí, a que los cure, no saben nada del perro. No he dormido desde que empezó el jaleo. Me da miedo dormirme. La Guardia Nacional debe de estar a punto de llegar. Tienen que haber llamado a la Guardia Nacional. Entonces sí que habrá un tiroteo de verdad.

A Carter le daba todo igual. A él qué le importaba que los guardias entrasen en la enfermería y le pegasen un tiro también. Todo le parecía lejano y carente de importancia. Escuchaba como en sueños el embrollado monólogo de Pete. Algunos de los heridos de la enfermería comentaban sobre lo de las cartas que el censor de la cárcel había interceptado, pero nadie sabía, en realidad, qué había pasado, salvo que el jaleo se había iniciado en el pabellón C. Un par de individuos se habían abalanzado sobre un celador y le habían arrebatado la pistola.

—Lo gracioso es que yo oí contar —comentó Pete— que el director iba a hacer ayer una declaración en el comedor comunicando que iba a dejar que pasasen las cartas sobre el perro. Pero lo malo es que llegó algo tarde. Solamente con unos diez minutos de retraso. Qué gracioso, ¿verdad?

Pete contó también que un par de cabecillas estaban hablando por teléfono con el director. Su información sobre lo que pedían los reclusos era de locos, e incluso él sabía que algunas de las demandas no eran verdad: cine todas las noches, licencia para todos cada tres meses, duchas de agua caliente en todas las celdas —esto último le hacía caer a Pete en un paroxismo de risa.

Esa noche, hacia las ocho, se oyó un tiroteo y poco después se supo en la enfermería que el pabellón A estaba de nuevo en manos de los guardias y los celadores. No había oscurecido to-davía, pero el doctor Cassini predijo que no se emprendería de nuevo la lucha hasta la mañana siguiente.

–El objetivo de la Guardia Nacional debería ser la cocina –dijo el doctor Cassini como con repugnancia–. Si se deja sin comer a estos cabrones durante un par de horas, se rinden. No piensan más que en la comida. Y en el sexo, claro.

Siguieron discutiendo hasta muy entrada la noche. Carter había pensado que, como estaba tan lleno de morfina, dormiría, pero el dolor le mantuvo despierto. Sin embargo, en cierto modo, no le importaba. Pensaba en Max con serenidad pero con amargura, y estuvo pensando en él toda la noche. Por lo menos había matado a un hombre a cambio, probablemente no al hombre que había matado a Max, pero sí a uno de ellos, pues todos eran lo mismo. Carter estaba seguro de haber dado muer-te a ese hombre. Y esto le parecía lo justo y lo debido.

11

Al mes de producirse en el centro penitenciario el motín, que había durado tres días y que había ocupado la atención de todos los medios de comunicación del país, para Carter no era más que un incidente que pertenecía al pasado. Y no se convirtió mucho antes en algo pasado para él, porque los reclusos tardaron un mes, o incluso más, en limpiar lo que habían ensuciado, en reinstalar los retretes y lavabos, en reparar las cerraduras (para lo que hubo que traer cerrajeros, pues la cerrajería no era un oficio que se enseñase en el penal), en arreglar la maquinaria que se había destrozado en la lavandería, en el taller de carpintería y en los demás talleres y, en el caso de los internos, en curar sus heridas y sus huesos rotos. Carter estaba rodeado de todos estos casos. Una de las víctimas más tristes era el viejo Mac, que no estaba herido pero cuya mente había explotado, según expresión del doctor Cassini. Mac había presenciado cómo le hacían pedazos su barco y cómo se lo pisoteaban unos zapatos carcelarios, y cómo le destrozaban su celda. Carter oyó decir que incluso había conseguido que un celador le cerrase la celda con llave, pero los presos habían hecho saltar la cerradura con una mandarria por el mero gusto de entrar y destruir el barco. Carter escribió a Hazel sobre el caso de Mac. Como el motín había servido para llamar la atención sobre las condiciones del penal, existía la posibilidad de que a Mac le admitiesen pronto en un hospital psiquiátrico, lo cual sería muy beneficioso para él, puesto que nadie sabía cómo tratarle en la enfermería. No era violento pero no sabía muy bien dónde estaba, e incluso era preciso darle de comer.

Para Carter el motín era sencillamente un «incidente» en una existencia, en un flujo de tiempo que le parecía un continuo motín. El odio y la rebeldía no se llegaban a interrumpir. Esto trató de explicárselo a Hazel, y aunque le pareció que se lo había explicado muy bien y muy claramente, ésta le contestó diciendo que sus ideas eran demasiado negativas al no admitir que existiese algo bueno en la naturaleza humana y hasta en las intenciones de algunos de los funcionarios de prisiones, y que iba camino de una gran depresión y de volverse un misántropo si no hacía un esfuerzo por ver las cosas de otra manera, «en la forma en que son las cosas. Nada en la vida es sólo blanco o sólo negro. Siento, cariño, tener que hacer filosofía barata pero, como dijo David en cierta ocasión, todo lo que es verdad es barato. Y éstas son cosas que se han repetido con frecuencia, porque la experiencia humana ha demostrado que son verdad...». Carter admitía que había algo de verdad en eso, pero no podía por menos de hacer un balance negativo del motín, al hacer el recuento de sus resultados, al ver a hombres como Max Sampson asesinados, a Mac convertido en un loco sin remedio –que no podía ahora ni ver a su mujer porque no podía bajar, ni podían bajarle, a la sala de visitas y a las visitas no se les permitía subir a la enfermería– y al más duro de los amotinados, un tipo llamado Swede (que quiere decir sueco, aunque era bajo y moreno), conseguir lo que pedía: una celda para él solo. Evidentemente, esto último obedecía a que Swede era «sospechoso de haberse amotinado», y como sospechoso tenía su número escrito en un letrero rojo en la parte exterior de la celda; pero eso era una incongruencia, ya que a diario estaba en contacto con otros presos, en el taller en el que trabajaba y en el pasillo de su pabellón. La verdad era que había conseguido estar solo en una celda porque lo había exigido, y las autoridades penitenciarias tenían miedo de que volviese a armar jaleo si no le hacían caso.

David Sullivan se fue a vivir a Nueva York cuando Carter cumplía el cuarto año de condena y se puso a trabajar como socio en un bufete de abogados que tenía sus oficinas en un edificio nuevo de la Primera Avenida. Hazel se había graduado en Adelphi y había pensado en la posibilidad de irse a trabajar a Europa y de llevar a Timmie a un colegio de Suiza, pero había desistido de esta idea para ponerse a trabajar en una organización de protección del menor. Carter no dudaba, en absoluto, que su decisión de quedarse en los Estados Unidos obedecía al hecho de que Sullivan se había ido a vivir a Nueva York.

Venía a verle tres o cuatro veces al año y se hospedaba en el único hotel de Bowman, el Southener. El dinero ya no constituía un problema; el problema, ahora, era la falta de tiempo de Hazel a causa de su trabajo. Algunas de sus visitas no duraban más que un fin de semana, pero, eso sí, le escribía dos o tres veces semanalmente. Con frecuencia le enviaba fotos de Timmie en las cartas, y Carter tenía un álbum de fotos, la mayoría de Timmie, varias de Hazel y unas pocas de los amigos que Hazel había conocido en Nueva York y de los que hablaba en sus cartas: de los Elliott, que vivían en Locust Valley, Long Island; de Jeremy Sutter; de un señor que Hazel había conocido en Adelphi y que se había casado con una chica llamada Susan; todos ellos personas que a Carter no le interesaban, pero cuyas fotografías pegaba en el álbum a pesar de todo. A sus viejos amigos, como Blanche y Eddie Langauer, por ejemplo, Hazel no los mencionaba nunca. Eddie y Blanche le habían escrito dos veces durante el primer año de cárcel y él les había contestado. Después, los Langauer se habían trasladado a Dallas por razones profesionales de Eddie, y hacía mucho tiempo que no le escribían. Y lo mismo había ocurrido con otros amigos de Nueva York: habían empezado escribiendo una o dos cartas amables, expresando su sorpresa, y luego no había vuelto a saber de ellos.

Timmie tenía ya once años. Por término medio Carter recibía dos cartas suyas al mes, pero tenía la impresión de que eran forzadas. Carter pensaba, sin embargo, que las cosas irían mejor cuando finalmente viese a Timmie. No es que pensase, naturalmente, que sus relaciones fuesen a ser fáciles, pero tenía la intención de tomarse las cosas con tranquilidad. No esperaba que su hijo le abriese los brazos, ni que se convirtiesen en buenos amigos en una semana ni en un mes.

Carter tenía ahora su estantería cerrada con una puerta de cristal: eran demasiadas las personas que le habían cogido libros sin permiso. Pero sí prestaba los libros a los pacientes de la enfermería si se los pedían. Entre sus libros tenía ahora obras de Swift, Voltaire, Stanley Kunitz, Robbe-Grillet, Balzac, un tomo de la *Enciclopedia británica* que tenía parte de la letra E y parte de la F, y que un paciente de la enfermería había dejado inexplicablemente, un diccionario americano y un manual de fontanería. Todos estos libros los había leído en su totalidad. Tenía, además, una caja plana de madera que se cerraba con llave, con plumillas de dibujo y compases, y que guardaba bajo el colchón de la cama (y como los muelles estaban alabeados en el centro, la caja rellenaba en cierta medida el hueco que quedaba). Los dibujos de maquinaria que recordaba, o de maquinaria que inventaba, los guardaba en una carpeta de cartón que tenía en la estantería, encima de sus libros. Ya había superado, en cuanto al dibujo, el obstáculo de la falta de fuerza en los pulgares. Esto se lo mencionó a Hazel –ya que era importante respecto a un futuro trabajo–, pero Hazel seguía insistiendo en que se operase. Había consultado lo de sus dedos con un especialista en manos de Nueva York. Carter era consciente de que había ido dando largas al asunto durante dos años, y sabía que Hazel también lo era. Había llegado a acostumbrarse a sus dedos, pero eso no se lo decía claramente a Hazel.

Durante el quinto año de condena trató de dejar del todo de inyectarse morfina, pero volvió a las andadas varias veces, sobre todo porque no consideraba que la situación fuese muy grave. Los síntomas de abstinencia que se le manifestaban no eran más que sudores y una gran sensación de nerviosismo el segundo o tercer día; esto le duraba unas doce horas, y Carter no lo consideraba un gran sufrimiento. Comprobó que podía pasarse dos meses, o más, sin morfina tomando un calmante más suave, como el Demerol. El dolor de los dedos ya no era tan fuerte y el sexto año consiguió mantenerse sin morfina durante once meses. Este era un importante objetivo, pues una vez que saliese de la cárcel, no sería tan fácil conseguir esa droga. Además, quería poder decirle a Hazel que era capaz de pasarse sin ella completamente.

El señor Drexel había dejado de pagarle los cien dólares a la semana, que había estipulado, una vez transcurrido el tiempo que hubiese estado trabajando en Triumph, que eran diez meses más. Además de la escuela de Fremont estaban planificados otros dos edificios. El señor Drexel prometió que escribiría una carta muy elogiosa recomendando a Carter, pero dijo que esperaría a que fuese puesto en libertad para que la carta estuviese «al día» cuando Carter buscase su próximo empleo. A Carter le hacía gracia la idea. Estar «al día» significaba hasta el día en que terminase su confinamiento en el penal. Este hombre es «altamente recomendable» por la paciencia con que aguanta las estancias en la cárcel. Carter saldría para diciembre. La calificación de «buena conducta» por los servicios prestados en la enfermería le había reducido la pena de diez años que hubiese tenido que cumplir en tres años y varios meses.

En su informe, que el doctor Cassini enseñó a Carter, aquél le elogiaba muy entusiásticamente. David Sullivan había escrito en su favor. Y, a petición de Carter, también lo hizo Drexel. Para las navidades de ese año Carter volvería a casa y, a diferencia de muchos hombres que se veían obligados a empezar otra vez desde el principio, él se encontraría con mujer e hijo, un hogar, y dinero. Podría entregarles regalos con sus propias manos, regalos envueltos, que nadie habría abierto, y cuyo contenido nadie más que él conocería. En realidad, para el primero de diciembre estaría en el piso de Nueva York con Hazel, sería un hombre libre, con un expediente de buena conducta, aunque había matado a un hombre en la cárcel.

Durante los meses que siguieron al motín, Carter había pensado con frecuencia que, en cualquier parte, en el taller de carpintería, en un pabellón cuando repartía medicinas, podría encontrarse con un preso mal encarado que le dijese: «Me han dicho que tú eres el tipo que se cargó a Whitey», y entonces saltaría la liebre, como diría el doctor Cassini. Pero las cosas no habían resultado así.

12

El viernes primero de diciembre, a las ocho de la mañana, Carter salió en coche por la carretera sin pavimentar que descendía hasta la verja del centro penitenciario. Iba vestido con el traje marrón de los presos excarcelados, o de los que salían con permiso, y en el bolsillo llevaba el billete de diez dólares que en el penal entregaban a los hombres que ponían en libertad.

Después de franquear la puerta, el coche dejó a Carter en la parada del autobús de la pequeña ciudad de Gurney, a unos tres kilómetros del penal.

—No te olvides de comparecer ante el oficial del tribunal de caución —le dijo el funcionario de prisiones que iba con él.

—No, no me olvido. —Carter tenía que comparecer al día siguiente ante el tribunal de caución de Nueva York.

El autobús llegó casi inmediatamente. Hacía sol, pero era un día fresco. Carter iba en el autobús con los ojos muy abiertos, lo mismo que cuando iba en el coche con el conductor. Parpadeaba con frecuencia y se contemplaba las manos de vez en cuando, a fin de no quedarse mirando fijamente todo lo que veía. Sin embargo, al cabo de unos segundos volvía a asomarse, embobado, por la ventanilla, o a mirar insistentemente un sombrero de paja negra con unos pajarillos de plumas rojas que tenía justo delante, o a los dos chicos que iban de pie agarrándose a la rejilla de equipajes riendo y charlando con su acento meridional. Tenían unos quince años. Dentro de tres años Timmie sería casi un hombre, como esos chicos, y entonces le empezaría a cambiar la voz y le interesarían las chicas.

En Fremont tuvo que esperar tres horas y envió un telegrama a Hazel para decirle la hora en que llegaba. Hazel había querido ir a recogerle cuando saliese del penal, pero él le había rogado que no lo hiciese. Carter pasó las tres horas dando vueltas por las calles próximas a la terminal del aeropuerto.

Hazel le había girado cien dólares que le habían hecho efectivos en el penal esa mañana. De ese dinero gastó 57 dólares y 90 centavos en el billete. En el avión le sirvieron la comida en una pequeña bandeja muy pulcra en la que había un pedazo de carne asada, de color marrón oscuro, cortado muy grueso, unas patatas cuidadosamente dispuestas, unas rodajas de tomate cortadas en redondeles perfectos y colocadas sobre unas hojas de lechuga, y, como aderezo, una salsa cremosa servida en un diminuto vaso de cartón. Carter abrió el vaso tirando de la tapa de papel con los dientes. Se sentía torpe al manejar el tenedor y el cuchillo, hubiese preferido comer todo con la cuchara, pero tenía la impresión de que le miraba el señor que iba a su lado, y que éste podía adivinar lo que en realidad era, un ex presidiario al que acaban de soltar.

Hicieron escala en Wilkes-Barre y en Pittsburgh, y llegaron a LaGuardia a la hora en punto. Carter vio a Hazel y a Timmie, y también a Sullivan, de pie ante la barandilla de una terraza por debajo de la cual pasó mientras atravesaba la sala con otros pasajeros. Les saludó con la mano y sonrió. Hazel le saludaba con mucha agitación. Sullivan le saludó una vez pausadamente y sonriendo, y Timmie lo hizo con timidez. Carter captó todo esto a primera vista.

Hazel le besó en las mejillas primero y luego en los labios. Lloraba. Reía también. Carter parpadeaba torpemente a causa de las luces, que le parecían muy brillantes, y de los deslumbrantes colores que había por todas partes.

—¿Cómo estás, Timmie? —dijo Carter ofreciéndole la mano.

Timmie miró la mano y después la estrechó con firmeza.

–Muy bien.

A Carter le agradó la voz de Timmie. Era fuerte, aunque un poco aguda; era la voz de un adolescente. La última vez que la había oído era la voz de un niño.

–He traído el coche –dijo Hazel–. ¿Tienes hambre? He preparado la cena en casa.

–Ponte mi abrigo –dijo Sullivan desabrochándoselo y presionando a Carter para que lo cogiera.

Carter tiritaba de frío, así que lo cogió. Sus brazos se deslizaron suavemente en las mangas forradas de seda.

Hazel, que conducía el coche, salió de la laberíntica zona de LaGuardia cruzando el puente Triborough. El coche era un Morris que Hazel tenía desde hacía un año. Era la hora del crepúsculo y las luces de Manhattan empezaban a encenderse, y la ciudad, por su gran tamaño, era todo un mundo lo suficientemente grande para Carter.

–Por cierto, que no me voy a quedar a cenar –dijo Sullivan–. No he venido más que para recibirte.

–David, ¿no quieres subir a tomar una copa, por lo menos? –dijo Hazel. Iban acercándose a la calle 38 y a Lexington.

–No, gracias. Nos veremos muy pronto, Phil –dijo Sullivan al bajarse del coche–. Me alegro mucho de que hayas vuelto.

Se había colgado el abrigo de un brazo, pues Carter había insistido en que se lo llevase.

Al fin se quedaron solos, los tres. Hazel aparcó el coche debajo de un árbol en la calle 28 Este, mientras comentaba que había vuelto a tener la suerte de encontrar este sitio, que era donde aparcaba muchas veces. Carter tocó el tronco del árbol con la palma de la mano. Entonces se dio cuenta de que Timmie estaba esforzándose por sacar su maleta del coche.

–Yo la cogeré, Timmie.

–No, yo puedo. –Timmie quería demostrar que era capaz de hacerlo.

La maleta no pesaba mucho. No contenía más que los enseres de aseo, su álbum de fotografías, sus composiciones de francés y un espejo cuyo marco había hecho en el taller de carpintería. Los libros los había mandado hacía días. Preguntó a Hazel si habían llegado, pero no se habían recibido todavía. Timmie no consintió que Carter subiese la maleta ni el último tramo de las escaleras. La casa era señorial y, en tiempos, había sido una sola vivienda. La barandilla y los peldaños de la escalera estaban barnizados y la alfombra era nueva y estaba limpia. Hazel metió la llave en la cerradura, abrió la puerta empujándola y dijo:

—*Voilà*. Ésta es nuestra casa, cariño.

Las luces estaban encendidas. Carter entró primero a petición de Hazel. Era su casa, la de los tres. Lo primero en que se fijó fue en dos jarrones con gladiolos. También había un ficus de gran tamaño. Una de las paredes estaba cubierta de libros. Reconoció algunos de los muebles que tenían en Fremont, pero la mayoría eran nuevos para él. Entonces vio unas zapatillas viejas de color azul marino, que habían sido suyas, delante de una butaca y se echó a reír.

—¡Esas antiguallas!

Hazel se rió también.

Sólo Timmie se quedó callado.

Hazel le enseñó el resto del piso: el cuarto de Timmie, el dormitorio de ellos dos, la cocina, el cuarto de baño. «Es maravilloso», era lo único que se le ocurría decir. De repente vislumbró su estúpido y sonriente rostro reflejado en un espejo y apartó la vista. Se encontró arrugado, viejo y algo sucio.

—¿Puedo darme un baño antes de cenar?

—Puedes hacer lo que te apetezca —dijo Hazel, y le dio un prolongado beso.

El beso dejó a Carter algo aturdido. Tenía miedo hasta de contemplarla. O, más bien, no se decidía a hacerlo. Empezó a desabrocharse la chaqueta de su traje carcelario. De pronto se sintió impaciente por despojarse de la ropa que llevaba.

—¿Quieres que te cuelgue algo? —le preguntó Hazel.

Carter sonrió y le entregó la chaqueta.

—Quiero que cojas esta maldita ropa y la quemes.

Cinco minutos después, cuando Carter estaba en la bañera, Hazel llamó a la puerta y le dio un whisky con soda y hielo.

Se vistió en el dormitorio y se puso la camisa blanca y nueva que ella le había colocado sobre la cama. Los pantalones que había sobre la cama eran unos viejos por los que sentía especial predilección. Los zapatos eran de antes pero estaban sin usar y, a diferencia de los pantalones, todavía le servían. Sobre la cómoda había un marco de plata con una fotografía suya y de Hazel en un baile de disfraces que habían dado los Langauer hacía muchos años. ¿Cuántos años? Siete u ocho por lo menos, pensó Carter. En la fotografía él estaba descalzo disfrazado de hawaiano con una falda de paja, un collar de flores y un sombrero de paja, bailando con Hazel. A Carter le pareció que él representaba veinte años y Hazel dieciséis. Ella iba vestida con un sari y llevaba el pelo suelto, mucho más largo.

Hazel estaba en la cocina, ultimando los preparativos para la cena, y dijo que no hacía falta que la ayudase cuando él se ofreció. Timmie podía echarle una mano si lo necesitaba. Estaba lardeando un pato. Olía a salsa de naranja. Carter se acordó de repente del comentario de Max, «... *la pièce de résistence* para esta noche... *canardeau à l'orange,* probablemente...». Iba a contárselo a Hazel, pero luego lo pensó mejor y desistió.

Timmie no dejaba de mirarle fijamente. Sus ojos se parecían a los suyos, pero la nariz era como la de Hazel, afilada, recta y no muy larga.

—Timmie, ¿por qué no me enseñas alguna de tus construcciones? –dijo Carter.

Timmie se retrajo, pero sonrió con placer.

—Muy bien.

—Después de cenar –dijo Hazel–. Todo está casi preparado. ¿Quieres descorchar el vino, cariño? Bueno, ¿puedes? –preguntó, repentinamente preocupada.

—Claro que puedo –dijo Carter sonriendo. El corcho salió perfectamente. Carter llevó la botella a la sala de estar. Habían colocado la mesa cerca de la chimenea mientras se bañaba y también habían encendido el fuego.

En unos candelabros de hierro forjado, que no había visto nunca, había dos velas rojas.

Comió más del puré de patatas hecho por Hazel que del pato, pero ella no le insistió en que comiera más.

—Es muy fuerte, ya lo sé, pero para esta noche quería hacer algo bueno —dijo.

—¿Jugabas al béisbol en ese sitio? —preguntó Timmie.

—Sí, algunas veces —dijo Carter, aunque no había jugado nunca. Timmie le miraba las manos.

Hazel habló de lo que iban a hacer los próximos días. En su oficina le habían concedido una semana de permiso, sin sueldo, aunque estaban, como siempre, abrumados de trabajo. Quería ir al Museo de Arte Moderno con él y con Timmie; podían ir al día siguiente o el domingo. La semana siguiente tendrían que ir de tiendas para comprar a Carter «millones de cosas». A ella le gustaba acompañarle cuando se compraba ropa, y Carter siempre se había sentido satisfecho con lo que ella elegía y, en realidad, no le gustaba comprarse ni una corbata sin ella. También tenían que ir al teatro y a un ballet que Hazel no había visto por ir con él. Carter tenía que conocer a Jeremy Sutter y a su mujer, que querían invitarles a cenar una noche. Y los Elliott, que vivían en Locust Valley, les habían invitado a pasar el fin de semana de diciembre que ellos quisiesen.

—Tengo que buscar trabajo en algún momento —dijo Carter.

—Ni se te ocurra lo de buscar trabajo hasta después de navidades, cariño. Nadie busca trabajo en esta época del año. En todo caso, somos ricos. —Sonrió mientras se comía la ensalada.

Carter se dio cuenta de que tenía razón, tenían dinero. En la cárcel el tener dinero, bastante dinero, no servía para nada. Ahora, de repente, sí servía: era prueba de ello el aparato estereofónico de la sala de estar, los muebles y los libros que había en la casa, la posibilidad de hacer un viaje a Europa si les apetecía, el poder enviar a Timmie a un buen colegio preparatorio cuando cumpliese trece o catorce años. Carter miró a su bella esposa y se sintió resplandeciente de felicidad.

Hazel le había comprado un pijama nuevo, aunque le dijo que, de los que tenía antes, le había guardado los que estaban en mejor estado. Se puso el nuevo, de color azul. Timmie se había ido a la cama hacia las diez diciendo solamente «Buenas noches, papá», sin añadir que se alegraba de que hubiera vuelto, lo cual le pareció muy bien a Carter. Carter pensó que Timmie se estaba comportando como debía, de forma natural, pues a la fuerza tenía que sentirse un poco turbado y tímido, e incluso un poco receloso y resentido: Carter sabía que él había sido la causa de que Timmie se hubiese sentido muy avergonzado. No había tenido tiempo de ver las construcciones de Timmie porque después de cenar habían escuchado música. Prokofiev y Mozart, cuya sonoridad le había resultado, a su manera, tan indigesta como el pato *à l'orange,* y después de escuchar una cara de cada disco, sencillamente, no había podido asimilar más.

Sobre la cómoda había dos gruesos libros rojos, y Carter cruzó la habitación para ver los títulos. Eran libros de derecho. De Sullivan, por supuesto. ¿Qué hacían en el dormitorio? ¿Qué hacían en la casa? Carter se sintió algo avergonzado ante este brote de celos. Si fuese seguro, si hubiese algo entre ellos, ¿no habría escondido Hazel los libros? Carter se dio cuenta entonces de que estaba mirando la cama fijamente. Si Sullivan hubiese tenido un asunto con ella, pensó, le mataría con gusto. Empezaron a dolerle los dedos pulgares, pues estaba apretando los puños. Carter se fue hacia la caja de pastillas que había en la mesilla, al lado de la cama. Las pastillas se llamaban Pananod y Carter tomaba unas seis al día. El doctor Cassini le había extendido una receta para que pudiera adquirir más en una hoja de papel blanco firmada por él, pero le había dicho que si le negaban las pastillas, cualquier médico podría recetárselas. Evidentemente, el doctor Cassini no tenía papel para recetas con membrete.

–¿Por qué no estás ya en la cama? –dijo Hazel al entrar. Llevaba puesto un camisón de color amarillo claro, iba descalza y tenía el pelo suelto.

–Estaba dando vueltas, mirándolo todo –dijo él.

–¿No estás cansado?

Se metió en la cama con ella. Hazel apagó la luz. El abrazarla le resultaba casi doloroso. Y se le saltaron las lágrimas, como cuando el hielo se derrite. Había vuelto de nuevo a casa.

13

Las dos primeras empresas en las que Carter solicitó trabajo en enero le rechazaron, la segunda admitió que era a causa de sus antecedentes penales, y Carter pensó que en la primera le habían rechazado también por lo mismo, aunque no dieran esa razón. Estaba, naturalmente, preparado para ello. Podría haber hasta otras diez negativas como ésas, o incluso veinte. Hazel quería que pidiese una recomendación a la empresa en la que había trabajado cuando estaba en Nueva York, pero Carter no estaba de acuerdo: lógicamente le preguntarían por qué no utilizaba los informes de su último puesto de trabajo y dónde había pasado los últimos seis años.

Timmie había vuelto al colegio después de las vacaciones de Navidad. Hazel se marchaba de casa todas las mañanas a las 8.20 a fin de estar en su oficina hacia las nueve y Carter se quedaba en casa contestando por escrito a la larga lista de anuncios que demandaban ingenieros, y que aparecía en la edición dominical del *Times* y del *Herald Tribune* y, a veces también, en las ediciones diarias de esos periódicos.

Dos veces por semana iba al médico, el doctor Alexander McKensie, que había sido médico de Hazel desde antes de cumplir los veinte años, y que también conocía a Carter desde que se había casado con ella. Él mismo le ponía unas inyecciones de extracto de hígado y de vitamina C, pues, desde que había salido de la cárcel, se encontraba mucho más cansado y estaba acatarrado desde mediados de diciembre. El médico le dijo que estaba débil a causa de la mala alimentación, pero que, al cabo de más o menos un mes, se encontraría mucho mejor y empezaría a engordar. También le renovó la receta para las pastillas de Pananod que no había podido conseguir con el papel del doctor Cassini. El médico le preguntó sobre el dolor de los dedos pulgares y Carter le explicó que había mejorado durante los últimos cuatro años, pero que seguía molestándole y siendo lo suficientemente fuerte como para no dejarle dormir por la noche, a no ser que tomase algún calmante.

–¿Sabe su mujer que es tan fuerte? No me dijo que le doliese tanto –dijo el doctor McKensie.

–Creo que no le dije que era tan fuerte –dijo Carter–. Pero sabe que todavía necesito tomar pastillas.

–¿Lleva mucho tiempo tomando estas de Pananod?

–Alrededor de un año. Antes me inyectaba morfina. Me la estuve inyectando durante unos cuatro años en la cárcel.

El doctor McKensie frunció el ceño y dejó caer el labio inferior.

–He observado los síntomas cuando sostenía el papel con las manos, y también en los ojos.

Entonces, ¿por qué no se lo había mencionado, pensó Carter, cuando le consultó por primera vez, que fue cuando le hizo sostener las dos hojas de papel en el dorso de las manos?, ¿o cuando le había mirado los ojos con su linternita?

–Bueno, ya no la tomo.

–¿Cuánta tomaba al día?

–Treinta miligramos. A veces menos. –Y pensó que a veces más. Se había inyectado siempre lo que necesitaba. Carter sabía que la dosis que el drogadicto medio necesita es de sesenta miligramos.

–Es inevitable que haya tenido algunos síntomas de adicción, si la estuvo tomando tanto tiempo.

–Sí, pero no son graves. De vez en cuando intentaba dejarla. A veces llegaba a estar hasta dos meses sin morfina. Y no me inyecté nunca durante los once meses últimos que pasé en la cárcel. –Miró al médico fijamente a los ojos.

–Pero estas pastillas de Pananod tienen opio. Es lo mismo –dijo el médico.

–Pues no se siente lo mismo que con la morfina.

El doctor McKensie sonrió forzadamente.

–No tome más de cuatro al día, si puede evitarlo.

Muchas noches Hazel le ayudaba a pasar a máquina el historial de tres páginas que enviaba con cada solicitud de trabajo. Ella escribía a máquina mucho más deprisa que él. Carter tenía la carta que había pedido a Drexel. En ella decía que Carter había desempeñado su trabajo en la empresa con la «máxima eficacia» y que su detención obedecía «a causas que nunca se habían probado satisfactoriamente». Era una carta cuidadosamente redactada, concebida para ser presentada al solicitar trabajo, pero Carter no se decidía a enviarla. Hazel decía, por el contrario, que debería hacer, por lo menos, cincuenta fotocopias para enviarlas con su historial.

–La carta es demasiado ambigua –dijo Carter–, por no decir algo más fuerte. Es como si tratase de disculparme sin correr ningún riesgo.

–Pero es que así no vas a ninguna parte –dijo Hazel, que, sentada ante la máquina de escribir, se volvió.

Era después de las doce de la noche, y los dos estaban cansados. En sus últimas solicitudes Carter no había mencionado lo de la cárcel. Lo había hecho en algunas al principio, explicando que había cumplido una condena de seis años acusado de un desfalco del que no era culpable. Si había alguien a quien le interesase emplearle, pensaba, podía hacer indagaciones y averiguar lo que había ocurrido, y no es que esto fuese a influir, ni mucho menos, en su favor. Por el contrario, si se trataba de alguien que creía en la eficacia del sistema penitenciario, podía suponer que, en seis años, habría purgado sus pecados y habría superado sus impulsos delictivos y que, ahora, sería tan competente como cualquier otra persona, si no más. Hazel no había estado en absoluto de acuerdo en que mencionase lo de la cárcel.

–Todo el que contrata a una persona quiere saber cuál ha

sido su último empleo. Muy bien, el de Triumph. ¡Vaya nombre!... –dijo sonriendo–. Pero eso fue hace seis años. ¿Qué ha hecho usted entre tanto? Pues esperar en la cárcel. Si esto no lo explico en la carta, tendré que explicarlo cuando me entrevisten, y apuesto lo que sea a que lo mío se sabe en todas partes. Las empresas se informan unas a otras y se habrán advertido de que hay que tener cuidado con Philip Carter.

–Muy bien, yo no sugiero que ocultes nada. Lo único que digo es que debes enviar la carta de Drexel. Fue, después de todo, tu último jefe.

–Por mí, que se muera Drexel.

Y eso fue lo que sucedió. Drexel murió a finales de enero, con lo que quedaba excluida la posibilidad de que escribiese una carta más favorable para Carter. Llevaba dos años jubilado y se murió de un ataque al corazón en su casa, cerca de Nashville, Tennessee.

A mediados de febrero, Carter empezó a enviar fotocopias de la carta de Drexel con sus solicitudes.

Hazel iba a seguir en su trabajo, no porque necesitasen el dinero que ganaba, sino porque le gustaba. Aconsejó a Carter que no se preocupase.

–Seis semanas no son nada cuando se está buscando un buen puesto.

Carter se esforzó en jugar con Timmie por las tardes en su cuarto, si no tenía muchos deberes del colegio. Carter hizo un surtidor de aceite con una de las construcciones, que le pareció que a Timmie le gustaba mucho, ya que no lo desarmó a la semana, como solía hacer con otras construcciones. Timmie estaba todavía algo serio y poco expansivo con él, y en varias ocasiones Carter se dio cuenta de que Timmie le miraba los dedos en vez de mirar las piezas que Carter estaba manejando o de las que estaba hablando. Carter sabía que Hazel le había contado algo de lo de sus dedos pulgares, pues se lo había escrito en una carta, pero hacía tantos años de eso, que se había olvidado de lo que le había dicho, y un día se lo preguntó.

–Le dije que habías tenido un accidente en la cárcel.

–No tardará mucho en averiguar la verdad –dijo Carter–. Se está haciendo mayor. Podías contárselo.

–¿Por qué?, déjalo. Tampoco quiero que tú se lo cuentes.

–No es tonto y lo adivinará.

Hazel suspiró y dijo, nerviosa:

–Cariño, déjalo, por favor. –En ese momento se estaba cepillando el cabello ante el tocador.

Estaban los dos a punto de irse a la cama. Carter se dio cuenta de que había hablado con amargura, y lo lamentó. Dentro de cinco minutos estarían haciendo el amor y ella no sería la misma esa noche. Por la noche, cuando estaba entre sus brazos, Hazel le hacía sentir que él era la persona más importante del mundo, que le adoraba. Esto contribuía, tanto como los latidos de su corazón, a mantenerle vivo. No sería lo mismo esa noche porque a ella le había molestado la acritud con que se había expresado.

Se acurrucó junto a ella y le rodeó las caderas con el brazo.

–Tienes razón, amor mío, perdóname. No volveré a hablar de ello.

14

Fue alrededor de una semana después cuando Carter vio a Gregory Gawill. Evidentemente, Gawill le había estado esperando aunque, cuando le encontró en la acera unas puertas más allá de su casa, le dijo, pretendiendo que pasaba casualmente por la calle:

–¡Vaya, Phil! ¡Qué sorpresa! ¿Vives aquí?

–Sí.

Gawill podía haberlo averiguado con sólo consultar la guía de teléfonos, pensó Carter, y, en efecto, eso fue lo que debió de haber hecho.

–Hace mucho que no nos vemos. ¿Cuánto tiempo llevas fuera de la trena?

–¡Huy!, tres o cuatro meses. –Carter advirtió que el paso de los años también había cambiado a Gawill un poco, y a peor. Estaba más gordo y su aspecto era más tosco. Pero seguía vistiéndose con ropa de aspecto ostentoso y llamativo.

–¿Nos tomamos una copa?, o un café si es demasiado pronto para una copa –le dijo a Carter, dándole una palmada en el brazo.

–Voy a Correos –respondió Carter mostrándole unas cartas que llevaba en la mano.

–Te acompaño. ¿No trabajas ahora?

–Todavía no –dijo Carter.

–Quizá pudiese yo meterte en un par de cosas.

Carter contestó con un guiño ambiguo.

–En serio, Phil, una de las empresas a las que estamos suministrando está buscando un ingeniero. Es en Long Island. Podría averiguar qué tipo de sueldo...

–No me interesa trabajar en Long Island.

–¡Ah!

Carter no tenía por qué ir a la estafeta, pues sus cartas ya tenían sellos, pero, como había dicho que tenía que ir, compró unos sellos de cinco centavos y otros para correo aéreo por un total de dos dólares en una ventanilla. Gawill seguía sin marcharse.

–Bueno, Greg, tengo que marcharme.

–Pero, bueno, hombre. ¿Acaso no tienes cinco minutos para tomar un café? Quería contarte una cosa. Creo que es algo que te podría interesar.

A Carter le desagradaba la idea de sentarse con él en algún sitio pero, al mismo tiempo, sentía curiosidad, y pensó que podría valer la pena averiguar lo que Gawill se traía entre manos actualmente.

–Bueno, vale.

Entraron en un bar en la esquina de la calle 23 y la Tercera Avenida. Carter pidió cerveza, Gawill un whisky con agua.

–¿Supongo que ves con frecuencia a David Sullivan? –preguntó Gawill rascándose la nariz con un dedo.

–No, no mucho...

–Ese mierda se está metiendo en lo que no le importa y el mejor día se la va a ganar. Hasta ahora se está librando de que se lo cepillen. Pero no va a durar eternamente. –A Gawill se le notaba resentido de verdad–. Está metiendo las narices en mis asuntos. –Gawill carraspeó y miró a Carter–. Y ya ves a donde le ha llevado. A ninguna parte. No ha podido endilgarme a mí nada, por mucho que lo ha intentado, y lo ha intentado de verdad.

Carter se bebió la cerveza.

–No puedo soportar la idea de que haya jugado a que estaba ayudándote mientras andaba ligando con tu mujer. No comprendo cómo lo puedes soportar. Tampoco me cabe en la cabeza que no te reviente ver a ese tipo en sociedad. –Al decirlo levantó los ojos enfurecido.

—Bueno, Greg, ya está bien. ¿Quieres dejarlo?

—Pero sigues viéndole, ¿verdad? ¡Hay que jeringarse! ¡A un tipo como ése, que ha seguido a tu mujer hasta Nueva York! ¡Ya está bien! —Gawill trató de retractarse un poco—. No es que yo culpe a tu mujer. Una mujer se puede sentir sola, eso lo admito. Y un hombre también. Lo que me amola es lo del falso amigo.

A Carter le hubiese apetecido pegarle.

—¿Quieres dejar de hablar de mi mujer?

—De acuerdo. Pero Sullivan tuvo un ligue con ella que duró cuatro años completos. No creo que estés en el ajo, pero debes saberlo.

—Eso no es verdad.

Gawill se inclinó sobre la mesa agitando el dedo índice.

—Es verdad. Espabila, Phil. Quizá tu mujer no quiera... No quiera decírtelo, naturalmente. Sullivan tampoco te lo va a contar, continuará simulando que es el mejor amigo que tienes en el mundo. ¡Vaya amigo!

A Carter le latía el corazón con más fuerza.

—¿Es eso lo que tenías que contarme con tanto interés?

—Pues, francamente, sí. Me repatea ver a un hombre hacer el tonto. Y Sullivan te está poniendo en evidencia. Juega a que es amigo tuyo cuando, ¡caray!, tienes motivos más que suficientes para propinarle una paliza o incluso para cargártelo.

Fue el rencor lo que delató a Gawill. No era posible que sintiese tanto rencor por el hecho de que Sullivan hubiese tenido un devaneo con Hazel o porque Sullivan fuese un mal amigo, tenía que ser porque Sullivan había causado algún perjuicio a Gawill.

—Comprendo que Sullivan no te caiga bien, pues, ¿acaso no te ha hecho saltar de un par de empleos?

—¡Ah!, lo ha intentado. Pero no ha conseguido más que armar follones y sacar a relucir algún que otro trapo sucio. Pero los trapos sucios eran de Sullivan, no de Gregory Gawill.

Carter esbozó una sonrisa pero se dio cuenta de que a Gawill no le hacía gracia que sonriese.

—Bueno, Greg, tengo que irme. Gracias por la cerveza.

Gawill pareció sorprendido.

—¿Cuándo nos volvemos a ver? Escucha, Phil —dijo frunciendo el ceño y agarrando a Carter por el brazo derecho al levantarse—. Tú crees que lo que te estoy contando no es más que una sarta de trolas sobre Sullivan y tu mujer, ¿verdad? Crees que a lo mejor estoy exagerando. ¿Pero acaso crees que es una exageración que cuando estaba estudiando en la escuela de Long Island se fuese todas las tardes al salir al piso de Sullivan? Yo tenía a un par de individuos vigilando a Sullivan, como él hacía conmigo. Que sé muy bien lo que pasaba, que tu mujer tenía las llaves para entrar y se largaba de allí justo antes de las seis para irse a casa a preparar la cena del chaval. —Gawill sacudió la cabeza asqueado y agarró con más fuerza la manga de Carter—. Y puedo contarte más, también.

—Vamos, Greg, suéltame. —Carter tiró con violencia del brazo que le tenía agarrado Gawill y se marchó.

—Pues el asunto sigue aún —le gritó Gawill.

Carter echó a andar deprisa y, cuando finalmente echó una ojeada para saber dónde estaba, se encontró con que se había ido hacia el East Side de la Avenida A. Se dio entonces la vuelta y se dirigió hacia su casa. Es todo una serie de mentiras y exageraciones, se dijo Carter. A Gawill le calaría un niño.

15

El 14 de febrero era el cumpleaños de Hazel. Sullivan les había invitado a tomar una copa en su casa, y luego pensaban ir un grupo de ocho o diez personas a un restaurante japonés. Carter se marchó de casa ese día poco después de Hazel y de Timmie, deseoso de recoger el regalo de Hazel, que iba a ser un cepillo, un peine y un espejo de plata, de una tienda de la Quinta Avenida. Era un juego antiguo. No lo había encontrado hasta la semana anterior, después de buscar por toda la ciudad lo que quería, pero le dijeron que no terminarían el grabado de las iniciales hasta el 14. Llegó a la tienda a las 9.30 de la mañana, temiendo que no estaría terminado hasta la tarde; se encontró, sin embargo, con que ya estaba. Las letras grabadas, H. O. C., eran muy elegantes aunque le parecieron un poquito grandes, claro que no lo suficiente como para decidirle a que las cambiasen y hacer el regalo con retraso. El cepillo, el peine y el espejo de mano iban presentados en una caja blanca forrada de seda que iba atada con una cinta roja. Metieron la caja en una bolsa de papel blanco con letras doradas que le entregaron a Carter. Carter salió y se fue paseando por la Quinta Avenida, donde compró dos docenas de rosas rojas, y volvió a casa.

Para entonces ya había llegado el correo y Carter tenía dos cartas más en las que desestimaban su solicitud; una era de Tripple Industrials, en el edificio de la Chrysler. Era un trabajo que Carter había tenido alguna esperanza de conseguir. La carta decía que el puesto ya se había cubierto antes de que él lo solicitase. Carter se mordió el interior del carrillo de vergüenza. Recordaba que, con su solicitud a Tripple, había enviado la carta de Drexel.

Ya entrada la tarde, Hazel le llamó por teléfono. El tren que debía coger a las 4.20 llevaba una hora de retraso y no iba a darle tiempo de ir a casa y de vestirse antes de la fiesta de Sullivan, por lo que le pedía a Carter que le llevase el vestido negro —no el que tenía la cremallera en el costado, sino el que la tenía en la espalda— para cambiarse en casa de Sullivan.

—Me cambiaré en otra habitación. No puedo ir como estoy, con una falda y una blusa.

—Muy bien, Hazel; te lo llevaré.

—Y mi bufanda dorada. Es una larga, como un echarpe, que no sé si la has visto, de color amarillo fuerte. Está en el tercer cajón de la cómoda, el tercero empezando por abajo.

—Vale.

—Mil gracias, cariño. —Hablaba ahora con voz suave, de una manera que Carter conocía muy bien—. ¿Cómo estás tú?

—Bien, pero me hubiese gustado que vinieses a casa. Yo estoy perfectamente.

Ella le explicó que los dos niños que llegaban eran unos casos de los que ella estaba encargada y no podía pedirle a nadie de la oficina que fuese a buscarlos.

Colgó el traje que le había pedido de la puerta del armario ropero del vestíbulo, para que no se le olvidase, y fue en busca de la bufanda. El cajón estaba lleno de combinaciones, montones de pañuelos, medias, todo de aspecto delicado y cuidadosamente doblado. Cuando iba a coger la bufanda amarilla su mano tropezó con algo duro que había detrás. Eran sus cartas de la cárcel, todas de papel idéntico: una única hoja de papel grueso doblada a la mitad primero, luego en tres para que cupiese en los sobres de ventana de la cárcel. Hazel las había ordenado en montones de unas treinta cada uno, sujetos con una goma, y los montones los había atado todos juntos con un cordel. Carter alargó la mano y puso la palma sobre el paquete, que tenía unos sesenta centímetros de largo. Al hacer esto sus dedos tropezaron con otro paquete que había más al fondo, medio escondido entre la ropa, tan largo como el primero.

—¡Mecachis! —exclamó.

Calculó que con lo que allí había escrito se podían haber hecho seis libros. Ni Gibbon en *Historia de la decadencia y caída del Imperio romano* ni Cervantes en *El Quijote* habían escrito mucho más que él. Pero fue la idea del tiempo que representaba lo que le sobrecogió. ¿Podía acaso resultar sorprendente que la gente no lo olvidase? Carter miró su foto con Hazel en el estúpido baile de disfraces. La miró fijamente, cerró los ojos y se dio la vuelta llevándose la bufanda.

No estaba de muy buen humor cuando salió hacia casa de Sullivan. Se había afeitado y se había vestido con esmero para agradar a Hazel: llevaba puesto el traje azul marino, la corbata azul marino y rojo oscuro, que era la que a ella más le gustaba; una camisa blanca y zapatos negros. Todo lo que se había puesto era nuevo, como casi todo lo que tenía ahora. Llevaba el vestido y la bufanda en la bolsa blanca en que había traído el juego de tocador de plata. Cuando volvió a las 4.30, a Timmie también le había desilusionado que su madre no viniese a casa, y Carter había tratado, con poco éxito, de contarle algo gracioso. Le había dicho a Timmie que le despertarían cuando volviesen a casa y que entonces celebrarían una pequeña fiesta. Timmie había comprado para Hazel una combinación blanca bordada en marrón, una prenda bastante cara, pensó Carter, para un chico al que le daban tres dólares para sus gastos y un refresco. Sin embargo, no había querido aceptar los diez dólares que Carter le había ofrecido hacía unos días cuando compró el regalo. Esa tarde, Timmie entró en su cuarto con mucha solemnidad y cogió el regalo de Hazel, que ya estaba envuelto, y lo puso al lado de los regalos de Carter y de las rosas rojas, encima del tocadiscos. Timmie iba a ir a cenar a casa de su amigo Ralph Underwood.

Sullivan recibió a Carter en la puerta de su apartamento. Detrás se oía el murmullo de las conversaciones procedentes del cuarto de estar.

–Vaya, vaya, estás hecho un figurín otra vez –dijo Sullivan–. Pasa. ¿Y Hazel?

Carter explicó por qué iba a llegar tarde y Sullivan cogió la bolsa y se la llevó a su dormitorio, mientras Carter colgaba el abrigo. Entró entonces en el salón y saludó a las cuatro o cinco personas que conocía –allí estaban los Elliott, Jeremy Sutter y Susan, su mujer, un hombre de mediana edad y de aspecto agradable llamado John Dwight, que era amigo de Sullivan. Algunos de éstos le presentaron a los demás, ninguno de cuyos nombres se le quedó grabado a Carter. Era demasiado consciente de que todos le miraban porque hacía muy poco tiempo que había salido de la cárcel. Aunque Hazel y David habían dicho una vez que «las personas a quienes te presentan por primera vez no están necesariamente enteradas de ello», las cosas no eran así. La noticia había corrido de alguna forma.

Ésta no era más que la tercera vez que había visto a Sullivan ese año. Sabía que Hazel no le invitaba deliberadamente, ni aceptaba las invitaciones que Sullivan posiblemente le hacía por teléfono a la oficina, porque sabía que no tenía interés en verle mucho. A pesar de que sus relaciones sociales con Sullivan eran menos frecuentes, eso no le había hecho cambiar en las escasas ocasiones en que le habían visto, pensó Carter. Esta noche estaba seguro de sí mismo, sonriente, moviéndose con soltura entre sus invitados, cuidando de que todos tuviesen algo de beber, y de que todos tomasen algún canapé de queso mientras todavía estaban calientes. A Sullivan le gustaban los objetos griegos y romanos de mármol, y aquí y allá, en una librería, tenía expuestos un pie y una cabeza de mármol, una vasija y el fragmento de una inscripción griega. Dijo que los había adquirido en un viaje a Grecia. Las alfombras eran orientales.

–¿Cómo va lo de tu trabajo? –preguntó Sullivan.

–Todavía no tengo nada. Sigo buscando –dijo Carter, simulando la mayor despreocupación posible.

–Ese tipo, Butterworth, no ha vuelto todavía. Pregunté por él ayer.

Butterworth trabajaba en una oficina de ingeniería –Jenkins and Field– de la que Carter había oído hablar. Butterworth estaba en California en viaje de negocios, y Sullivan había dicho, repetidas veces, que creía que Butterworth podría arreglar que Carter entrase a trabajar en la empresa, pero, como Butterworth estaba ausente, no podía hacer nada y a Carter le había empezado a parecer que el tal Butterworth, en realidad, no existía.

Carter se sintió más tranquilo cuando llegó Hazel. Ésta saludó a todo el mundo, y a las personas que le presentaron por primera vez las trató con la naturalidad y la gracia que le eran habituales, sin insistir en cambiarse de ropa lo primero como, según pensó Carter, habrían hecho muchas mujeres. Vio con satisfacción las caras de los hombres que no la conocían, observó la forma en que todos se levantaban de sus butacas, por muy repantigados que estuviesen, porque Hazel era una mujer guapa. Cuando Hazel se acercó a Carter, éste sonrió un poco, pero sonrió de verdad, porque era la primera vez que lo hacía ese día.

–Felicidades, cariño. ¿Cómo estás?

–Un poco pringosa, pero me sentiré mejor cuando me quite esta ropa. ¿Y Timmie, está bien?

Carter asintió con la cabeza, tan deslumbrado por Hazel como los hombres que la habían visto por primera vez, y ella entonces desapareció.

Sullivan la siguió.

Carter se empezó a beber la segunda copa.

Cuando Sullivan volvió al cabo de unos dos minutos, llamó a Carter con una seña y le dijo en voz baja:

–Hoy me han dado una noticia confidencialmente. Gawill ha vuelto del Sur. Trabaja o tiene algo que ver con una empresa de tubos de Long Island. Su jefe es un individuo llamado Grasso, que es propietario de unos bloques de apartamentos baratos; debe de ser eso que se llama un «casero de suburbio». Ese tipo de gente siempre ejerce el pluriempleo, y trabaja en un par de negocios secundarios.

Al oír el nombre de Gawill, Carter no tuvo más sensación que la de que la sangre le entraba en ebullición, después, una total indiferencia.

—¿Y qué? —Carter se encogió de hombros y bebió un trago.

—Sabe que ya has salido.

—¡Ah! ¿Y está trabajando para una empresa de tubos? Supongo que no de pasta de dientes.

—Hombre, no, de los tubos que se instalan bajo tierra. Para el gas, las atarjeas y cosas de ésas. —Sullivan arrastró las palabras secamente—. Me ha interesado saber que se ha molestado en averiguar si ya has salido. No me sorprendería que tratase de ponerse en contacto contigo —dijo Sullivan mirando a Carter.

—¿Y eso por qué?

—Qué sé yo. Pero pensé que debía avisarte. Supongo que no querrás verle.

—Claro que no. —Hazel entraba en ese momento y los dos se volvieron hacia ella.

A Carter le hubiese gustado permanecer junto a Hazel durante todo el cóctel, pero se esforzó por mezclarse con los demás. Sullivan, sin embargo, se quedó con ella, o ella con él; resultaba difícil saber cuál de los dos era el que no se separaba del otro. Era evidente que se encontraban a sus anchas estando juntos, pensó Carter, era como si siempre tuviesen algo de que hablar, lo cual no era realmente de extrañar, teniendo en cuenta que habían pasado mucho tiempo juntos mientras él estaba en la cárcel. Casi tanto, de esto se dio cuenta repentinamente con estupor, como el que él y Hazel habían pasado antes de que le condenasen. Siete años justos con él, contra seis con Sullivan. Sullivan estaba apoyado en el respaldo de la butaca en la que estaba sentada Hazel escuchando lo que decía y asintiendo seriamente con un movimiento de cabeza. De vez en cuando, Hazel le dirigía la vista y le echaba una mirada rápida, pero que a Carter le parecía tan íntima y tan llena de naturalidad como para que resultase evidente que se habían acostado juntos muchas veces. Carter decidió que se lo preguntaría esta noche, le preguntaría simplemente si se había acostado alguna vez con él.

Entonces se dio cuenta de que le estaba haciendo efecto la bebida y que no debería hacerle esa pregunta el día de su cumpleaños, o quizá no debería hacérsela nunca. No tenía la menor duda de que Hazel le quería, pero tampoco ponía en duda que Sullivan estaba enamorado de ella.

En el restaurante japonés bebieron sake caliente sentados en almohadones alrededor de una mesa larga y baja, y de nuevo separaron a Carter de Hazel, que se colocó otra vez junto a Sullivan.

–*Et pour vous, monsieur?* –le preguntó el señor que estaba a su izquierda sosteniendo la botella de sake envuelta en una servilleta.

–*Oui, avec plaisir* –contestó Carter levantando su copa.

–*Vous parlez français?*

–*Oui.*

Y desde entonces hablaron en francés y Carter no habló con nadie más. Se llamaba Lafferty –según le dijo a Carter, que le preguntó su nombre y se excusó por no haberlo recordado después de que les presentasen–, y había trabajado dos años en París para su empresa, que se dedicaba a la venta de maquinaria para embotellar. Charlaron sobre el carácter de los franceses, la alegría de vivir en Francia, los estragos de los amores desgraciados.

–Cada separación –dijo–, cada rompimiento, es un duro golpe y se lleva algo consigo, como ocurre con el mar cuando golpea contra un acantilado, que un día empieza a achicarse y a debilitarse y, después, se queda en nada y se termina para siempre.

El señor Lafferty se refería, no a los amores imposibles, sino únicamente a las separaciones. Esta actitud semipoética por parte de un hombre de negocios fue una agradable sorpresa para Carter. O quizá fuese que lo que decía sonaba mejor y más profundo en francés. O quizá fuese que el hablar con el señor Lafferty le recordaba los momentos felices que había pasado con Max. Fue entonces, durante una pausa en la conversación, mientras Lafferty hablaba en inglés con la señora que estaba a su izquierda, cuando Carter levantó la vista y vio a Sullivan riéndose a carcajadas; sin embargo, la risa no era estruendosa, sino adecuada y apta para el ambiente, exactamente como era de esperar en Sullivan y, en ese momento, estaba tocando el hombro de Hazel, que presionó antes de retirar la mano. Carter se preguntó si Sullivan habría cometido algún error en su vida, si habría hecho algo alguna vez, llevado por un impulso, de lo que se hubiese arrepentido después. Y, de pronto, se acordó de que sus tíos le regañaban a veces por perder las cosas, por dejar que las cosas se le escapasen de las manos. Una vez se había quedado sin una raqueta que había prestado a un compañero de colegio. Otra, había perdido una gabardina. Un esmoquin cuando estaba en la universidad. No, no era hábil ni tenía sentido práctico, ni se organizaba tan bien como Sullivan. Finalmente, su máximo descuido había sido el firmar los recibos de Wallace Palmer, lo que le había costado seis años de cárcel. El ser confiado era una estupidez. Sullivan no hubiese actuado nunca así. Éste tenía el cerebro de abogado: de los que no hacen nada hasta que sus intereses están a salvo. Entonces, Carter se dio cuenta, con la rapidez de un rayo, de que también se había fiado de las relaciones de Hazel con Sullivan. ¿Y si en eso se hubiese comportado como un verdadero idiota, superando incluso su idiotez respecto a Wallace Palmer?

Hazel de repente le miró.

—¡Phil! ¿Te encuentras bien?

Debía de estar sonrojado, lo notaba por el calor que sentía. Se pasó la palma de la mano nerviosamente por la frente.

—Sí, estoy bien —dijo, y en ese momento sintió verdadero odio hacia Sullivan por haberle mirado también. Fue a coger un vaso de agua y se encontró con que no quedaba, pero Hazel ya no le miraba, y entonces se bebió el sake.

—¿Qué te ha regalado David? —preguntó Carter cuando llegaron a casa esa noche. Hazel había recogido la bolsa blanca con su otra ropa y la bolsa pesaba más, como Carter había podido comprobar, al llevarla desde el coche hasta el piso.

—Un libro que me interesaba. La obra de Aubrey Menen sobre Roma. No lo he abierto todavía.

Carter había supuesto que el regalo de Sullivan sería algo más personal que un libro.

Timmie se despertó y entró en pijama. Abrazó a Hazel diciendo:

—Muchas felicidades, mamá.

—Muchas gracias, amor mío. ¡Caramba!, si parece que es Navidad —dijo mirando a los regalos que estaban sobre el tocadiscos—. ¡Y qué rosas tan maravillosas! ¿A cuál de los dos tengo que agradecérselas?

—A los dos —dijo Carter sonriendo a su hijo.

A Hazel le entusiasmaron el cepillo, el peine y el espejo y no le pareció que las iniciales fuesen demasiado grandes. Carter le regaló también caramelos, jabón y pañuelos de bolsillo. Se tomaron una última copa mientras abrían los regalos, y Timmie se bebió un vaso de chocolate con leche.

No pudo dormir esa noche. Lo que había bebido le había sentado como si fuese benzedrina. Y le dolían los dedos. Sentía verdadera necesidad de inyectarse morfina. Hacia las tres de la mañana se levantó sin hacer ruido y se fue al cuarto de baño a tomarse un Pananod. Después de tomarlo volvió a oscuras.

—Cariño, ¿no te duermes? —preguntó Hazel.

De repente todo le pareció irreal a Carter: la voz de Hazel en la oscuridad, la habitación en que estaban los dos, probablemente todo lo ocurrido aquella noche, Sullivan, Max. Sin embargo, Max le parecía más real que los demás, incluso que él mismo.

—No —dijo Carter sin convicción, como si contestase a una pregunta que le hacían en un sueño que no quería que se desvaneciese.

—Enciende la luz.

Encendió la luz y parpadeó, pero no consiguió con ello disipar la sensación de irrealidad que le invadía.

—Siéntate, cariño, ¿qué te preocupa?

Se sentó al borde de la cama.

—Sullivan.

—¡Pero, cariño! —Cerró los ojos, frunció el ceño y volvió la cabeza un momento–. Phil, si eso facilita las cosas, no tenemos por qué volverle a ver.

El tono de su voz indicaba que esto supondría un sacrificio casi sobrehumano para ella, pero que estaba dispuesta a hacerlo.

–No, no quiero que hagas eso –dijo, pero no en la forma despreocupada en que trató de decirlo, y entonces observó que la expresión de Hazel se tornaba en un gesto de cansancio.

–Entonces creo que ya es hora de que dejes de hacer escenas como la de esta noche, ¿no te parece?

–No sabía que había hecho una escena.

–Creí que ibas a explotar, en el restaurante, sencillamente porque David me puso una vez la mano en el hombro. Todo el mundo lo notó. Pusiste cara de que le odiabas.

Así que ella también se había dado cuenta de que le había tocado el hombro.

–No creo que lo notase todo el mundo. Eso no es verdad.

–Y apenas le has dado las buenas noches. Y eso es muy poco amable por tu parte, teniendo en cuenta que era el anfitrión, que nos había invitado a todos a cenar y, además, en mi honor.

–Pero claro que le he dado las buenas noches. –Carter se acordaba, sin embargo, de que no le había dado las gracias.

–Considero que te estás comportando como un niño.

Carter se puso de pie repentinamente enfurecido.

–Pues yo no creo que tú te estés comportando como una esposa.

–¿Pero de qué estás hablando? –dijo Hazel incorporándose.

–Quiero, sencillamente, saber una cosa –dijo Carter apresuradamente–. ¿Fuiste su amante mientras yo estaba en la cárcel?

–¡No!, y cierra la puerta. No quiero que Timmie oiga esta conversación tan agradable.

Carter cerró de un portazo.

–Yo creo que lo fuiste y ésa es la razón por la que te lo pregunto.

–Esto es ridículo –dijo ella, pero él observó que titubeaba y que cedía terreno.

–Estoy seguro.

153

Ella dio un largo suspiro estremecedor. Él alargó la mano para coger un cigarrillo. La mano le temblaba al sostener el mechero para encenderlo.

–Quizá sea mejor –dijo sin mirarle– si te digo que, efectivamente, fui su amante durante dos semanas. O, para ser totalmente exacta, durante dos semanas y cuatro días.

Carter se sintió falto de aliento.

–¿Cuándo?

–Hace cuatro años. Algo más. Fue unas semanas después de la segunda desestimación, la desestimación del Tribunal Supremo. –Levantó la vista y le miró–. Me sentía muy desgraciada entonces. No sabía lo que iba a ser de mí, o qué iba a ser de ti. La verdad es que quería a David en cierto modo. Pero el asunto no me sirvió de nada y yo me sentía peor. Sentía vergüenza de mí misma y lo dejé. Y no pude ni ver a David hasta, por lo menos, un mes después.

Carter seguía sin poder apenas respirar, mientras permanecía de pie inmóvil.

–Ahora, por lo menos, ya lo sé.

–Sí, ya lo sabes. Y sabes que lo siento. Sabes que no puede volver a ocurrir.

–¿Y por qué no? ¿Por qué dices eso?

–Si crees que puede volver a ocurrir entonces es que no lo entiendes. No me entiendes a mí.

–Al contrario, estoy empezando a comprenderte –dijo él–. ¿Por qué no puede volver a ocurrir?

No le contestó. No hizo más que mirarle.

–Has dicho que le querías. ¿Le sigues queriendo?

–¿Acaso no estoy aquí contigo?

–Sí, pero ¿si yo no estuviese aquí?, ¿si yo no estuviese presente?

–Por Dios, Phil...

–Te he hecho una pregunta. ¿Y si yo no estuviese aquí?

–Puesto que lo preguntas, te diré que sí. Si no estuvieses aquí, si te hubieses muerto en la cárcel, por ejemplo, como tu amigo Max, entonces sí, indudablemente me habría casado con

David. Timmie también le quiere. Es fácil convivir con él, más fácil de lo que lo está siendo contigo últimamente.

Carter se desabrochó bruscamente la chaqueta del pijama y se dirigió hacia el armario, hizo una mueca al tropezar sus ojos con la fotografía del baile de máscaras, que de buena gana hubiera roto; luego se soltó el cordón de los pantalones del pijama.

—¿Dónde vas? —preguntó ella con voz alarmada.

—A dar un paseo.

—¿A las cuatro de la mañana? Phil, no irás a hacer alguna locura como ir a ver a David, ¿verdad?

—Voy a dar un paseo, Hazel, no tengo más remedio.

Se vistió en un momento echándose la camisa por encima, sin molestarse en abrocharla. Salió del dormitorio dejando la puerta abierta y cogió el abrigo del ropero de la entrada buscándolo a tientas en la oscuridad. Abrió entonces la puerta principal y salió, pero cuando estaba empezando a cerrarla, tuvo el impulso de volverla a abrir y de escuchar. Era como si parte de la pesadilla se hubiese convertido en realidad: lo que oyó fue el sonido del disco del teléfono al marcar Hazel el número de Sullivan en el aparato que había en el dormitorio. ¿Era para advertirle? ¿Para consolarse hablando con él? Carter se podía haber quedado allí en la oscuridad y quizá haber oído lo que decía o parte de lo que decía, pero podía adivinarlo de todas formas. Cerró la puerta y bajó las escaleras. No había nada que hacer, en una noche como aquélla, más que pasear.

Estuvo andando hasta que amaneció y le sentó muy bien el paseo y contemplar la salida del sol. A Hazel le diría: «Me alegro de que me lo hayas contado, y en lo que a mí respecta, no hay por qué volver a hablar de ello.» O algo parecido. O quizá fuese mejor no decir nada.

16

Un par de mañanas después, Carter encontró una carta de Gawill en el buzón de la portería. Sin saber muy bien por qué, Carter supo que era de Gawill antes de abrirla. Era un sobre blanco pequeño, como de oficina, sin remite, escrito con una letra de trazos altos y delgados un poco temblona. Después Carter advirtió que el matasellos, aunque poco legible, era de Long Island. Carter salía para ir a buscar un par de cosas que Hazel había olvidado anotar en la lista de la compra, pero subió de nuevo para leer la carta en casa. Decía:

Querido Phil:
Creo que debo terminar lo que empecé a contarte. He tenido a mis hombres vigilando el piso de Sullivan y el que tenía antes en la calle 33. Me imagino que estás enterado de lo de la calle 33, cuando tu mujer vivía abiertamente con él. Ahora me refiero a cuatro años después de eso. Incluso tu hijo debe de estar enterado, pues los niños no son tontos. Tuve la impresión de que no me creías el otro día cuando te lo contaba y, teniendo en cuenta lo que he tenido que aguantar de Sullivan, me resulta molesto. Quizá no sepas que tu mujer fue dos veces (o quizá más, aunque nosotros solamente la hemos visto esas dos) al apartamento de Sullivan durante el mes pasado. ¿Crees que yo iba a escribírtelo si no fuese verdad? ¿Te ha contado tu mujer que durante el mes último ha visto a Sulli-

van a solas dos veces? Estoy seguro de que no. ¿Sigue engañándola todavía diciéndole que te va a encontrar un empleo o algo así, a cambio de que le haga un poco de caso? Probablemente. Porque Sullivan es así. El asunto sigue, Phil. Espabílate. Supongo que querrás pruebas. Muy bien. Tengo las notas de mis muchachos y tengo grabada una cinta de las conversaciones de Sullivan con tu mujer —esto no es lo que yo buscaba pero me las han traído—. Son de hace seis meses, y algunas posteriores. Puedes venir a escucharlas cuando te plazca. Si quieres, también puedo pedir a uno de mis hombres que saque una foto cuando ella entre en la casa de él, ahora, en cualquier momento.

No me gusta que me tomen por mentiroso. Si quieres ponerte en contacto conmigo, mis señas van en el encabezamiento de la carta.

Saludos cordiales,

GREG

Hablaba de «uno de mis hombres», como si Gawill tuviese personal pagado. Gawill tenía delirios de grandeza. Volvió a mirar las señas de Jackson Heights, que eran muy complicadas, y el número de teléfono, y rompió la carta tirándola después al cubo de la basura entre las peladuras de naranja del desayuno.

David Sullivan llamó por teléfono esa tarde, hacia las tres, para decirle que su amigo Butterworth había vuelto a Nueva York y que Carter debería llamarle para concertar una entrevista.

—Hay otra cosa de la que quiero hablarte, Phil. ¿Estás libre hoy, hacia las siete?

—Por supuesto, David. ¿Quieres venir tú por aquí?

—Preferiría hablar contigo a solas. ¿Te importaría venir tú a mi casa?

Carter le dijo que iría, pero se puso nervioso después de colgar el teléfono. ¿Iba a ser esto otra confesión? ¿Acaso la confesión de un asunto de cuatro años? Se obligó a coger sin demora la guía de teléfonos —que Hazel prefería guardar en la

157

parte de abajo del armario del vestíbulo porque hacía feo en el cuarto de estar–, buscar el número de Jenkins and Field, Inc., y llamar al señor Butterworth.

El señor Butterworth parecía muy amable y concertaron una entrevista para el viernes a las diez.

Hazel, generalmente, volvía a casa hacia las seis y Carter le dijo a Timmie que le dijese que iba a casa de David y que volvería hacia las siete.

–¿Mamá no va? –preguntó Timmie.

–No. David quiere hablar conmigo de un asunto. Creo que sobre un trabajo. Díselo a mamá.

–¿Puedo ir yo?

Carter se volvió en la puerta. El afán del niño por ir le dolió. Timmie quería mucho a Sullivan.

–¿Por qué, Timmie? No es nada divertido, vamos a hablar de negocios.

–Bueno, pero si es sólo por una hora... –dijo Timmie insistiendo.

–No, Timmie, lo siento. Es un asunto de trabajo y tengo que largarme ahora para no llegar tarde.

Carter cogió un taxi a casa de Sullivan. Pulsó el timbre en el que figuraba el nombre de Sullivan y entró cuando David abrió el portero automático. Sullivan vivía en el tercer piso y ocupaba toda la planta. Lo mismo en su casa que en la de Hazel, no había más que otras tres viviendas en todo el edificio.

Sullivan le recibió en la puerta, le cogió el abrigo y le preguntó si quería una copa.

–De acuerdo, gracias, pero no muy fuerte.

Sullivan se dirigió al carrito de las bebidas que estaba en un rincón del cuarto de estar.

Carter esperó observándole.

–He tenido una llamada telefónica de Gawill –dijo Sullivan, dándole el vaso. Él también se había servido una copa–. Una llamada muy desagradable. Me dijo que también había hablado contigo. –Sullivan le miró. Su enjuto rostro parecía más delgado a causa del nerviosismo. Estaba pálido.

–Sí. Fue una conversación desagradable también.

–Me lo dijo. Mira, Phil... –Entonces se detuvo y se quedó mirando la chimenea en la que no había lumbre, como si estuviera tratando de ordenar sus ideas, o de hacer acopio de valor–. Hazel me llamó el lunes por la noche, ya tarde. El día de su cumpleaños. Estaba muy preocupada. Me dijo que te había hablado de nosotros. –Se dio la vuelta y miró a Carter.

–Sí, efectivamente.

–Te contó la verdad. Lo siento, Phil.

–Bueno, ya pasó, ya pasó –dijo Carter con impaciencia–. Creo que Hazel podrá superarlo, o, mejor dicho, que todos nosotros lo podremos superar.

–Estoy seguro de que tú podrás –dijo Sullivan solemnemente–. Pero, según tengo entendido, Gawill te contó algo más. Algo que no es verdad. Algo así como que había durado cuatro años.

–Sí.

–Eso no es cierto.

Carter no hizo más que mirarle, aunque Sullivan estaba esperando que dijese algo, que dijese que le creía.

–Bueno, a Hazel no le he dicho que he visto a Gawill.

–Ya lo sé. Ella... –Sullivan se paró en seco.

Ella me lo hubiera contado, Carter sabía que eso era lo que Sullivan había empezado a decir. Carter bebió un gran trago y luego trató de controlar la furia que sentía. Sullivan podía no ser la estampa de la virtud, pero Gawill era infinitamente peor.

–Yo no me he creído lo de Gawill –dijo Carter.

–Me alegro. –Los hombros de Sullivan se relajaron visiblemente–. Es una historia repugnante y es insultante para Hazel. –Se puso más erguido, como si fuese el defensor de Hazel.

¿Era el hecho de que hubiesen sido amantes cuatro años más repugnante que el que lo hubieran sido dos semanas?, se preguntó Carter. Quizá lo fuese.

–Lo estás tomando muy bien todo esto, Phil –dijo Sullivan.

¿Era eso cierto? Carter se encogió de hombros.

–Estoy enamorado de Hazel. Y, en todo caso, ya no estamos en la era del puritanismo, ¿verdad? —Pero una vez dicho esto pensó que sí, que sí lo estaban.

—No hay nada que a Gawill le arredre, y no creo que éste sea el final, ni mucho menos. Especialmente si ve que no consigue ningún resultado positivo.

—¿Qué quieres decir con lo de resultado positivo?

—Gawill me detesta hasta lo más profundo de su alma, como ya te he dicho. Le encantaría que me pegases, o algo peor. Le encantaría que organizases un buen escándalo y que enfangases mi nombre por todas partes. Ya entiendes lo que quiero decir, en la empresa donde trabajo. Creemos que este tipo de historias no pueden perjudicar a un profesional hoy en día, pero sí pueden.

Carter se dio cuenta de que a Sullivan lo que más le preocupaba era su carrera. Lo cual era despreciable.

—Bueno, pero yo no voy a hacerlo —dijo Carter—. Aunque Gawill quizá lo pueda hacer, me imagino.

—Sí que puede. No sé lo que está esperando. Claro que lo que estaba esperando era, naturalmente, verte a ti. ¿Sabes lo que me dijo? —añadió Sullivan con una risita—. Me dijo que te pusiste loco de ira cuando te lo contó, cuando te contó que había durado cuatro años. Dijo que habías amenazado con matarme.

Carter le observó cuidadosamente.

—Estoy pensando que voy a tener que contratar un guardaespaldas.

Sullivan lo dijo como si tuviese la intención de hacerlo y Carter se dio cuenta de que a él no le interesaba la cuestión, o sea, la seguridad física de Sullivan. Y se dio cuenta de algo más, de que se alegraría de que Sullivan desapareciese. En la cárcel, pensó Carter, en la ley de la jungla de una cárcel, si un hombre se enteraba de que otro preso se había acostado con su mujer, ese preso podía aparecer muerto misteriosamente cualquier día en un pasillo.

—¿Por qué me miras de esa manera? ¿Es que no me crees? —preguntó Sullivan.

–Sí, supongo que sí.

–Es que, Phil, a ti también te interesa este asunto. A Gawill le gustaría que uno de sus rufianes me matase y que, de alguna forma, tú cargases con la culpa. No es la primera vez que lo digo. Fíjate en lo que está haciendo ahora, está tratando de incitarte a ello. ¿No te das cuenta?

–Sí, sí me doy.

Entonces se hizo un silencio, mientras Sullivan arrugaba el entrecejo y se paseaba por la habitación como si fuese a decir algo más. Carter se sentó. Se sentía, por alguna razón, muy seguro de sí mismo, y le divertía ver a Sullivan preocupado por su seguridad personal. Esto era algo nuevo para Sullivan, pero no lo habría sido para Carter.

–¿Por casualidad has tenido hoy noticias de Gawill?

–No. ¿Por qué? ¿Las has tenido tú?

–No –dijo Carter con tranquilidad mientras golpeaba su cigarrillo contra un cenicero para que cayese la ceniza.

Sullivan le miró fijamente, como si tuviese miedo de hacerle más preguntas. Evidentemente, Sullivan temía que Gawill le hubiese contado algo más, y Carter pensó que era muy posible que Gawill hubiese llamado a Sullivan, hoy mismo, o ayer, para decirle que había escrito una carta a Philip Carter informándole de todo el asunto.

–Pensar que se ha organizado todo este lío –dijo Sullivan– por haber tratado de... –Sacudió la cabeza–. Más me valía ni haberlo intentado. Al fin y al cabo, no es que me haya producido tanta satisfacción el degradar a Gawill un par de escalones. Y eso es lo único que he conseguido.

Lo que Sullivan insinuaba era que su vida estaba en peligro por haber tratado de sacarle a él de la cárcel. ¿Y a qué venía repetirlo continuamente puesto que era verdad? En todo caso, las gestiones de Sullivan no habían logrado que le rebajaran la condena ni un solo día.

–Espero no tener que volver a hablar más con Gawill –dijo Carter levantándose.

Sullivan le preguntó sobre Butterworth y le pidió que le lla-

161

mase por teléfono después de la entrevista del viernes para contarle cómo habían ido las cosas. Entonces Carter se marchó.

Carter contó a Hazel que Sullivan había querido aconsejarle sobre la entrevista con Butterworth.

–Parece que estás más contento esta noche –dijo Hazel–. Espero que el viernes todo salga maravillosamente.

–Maravillosamente –repitió Carter, que estaba en la cocina viendo cómo echaba merengue sobre la tarta de limón. Hazel llevaba un delantal, una falda de tweed, una blusa blanca de manga corta, y tenía el pelo recogido hacia atrás con una cinta negra estrecha, de la que se habían escapado varios cabellos por un lado. Carter recordaba haberla contemplado en la cocina de Nueva York hacía muchos años, luego en Fremont, ahora lo estaba haciendo aquí. Frunció el entrecejo. Su visión actual de Hazel estaba un poco empañada porque sabía que había sido la amante de Sullivan. No era su sentido de la moral lo que se veía afectado, pensó Carter, sino la imagen de su mujer, pues él consideraba que Hazel no podía hacer nada mal hecho. No obstante, él lo podría superar, como le había dicho a Sullivan. No es que se tratase de prejuicios puritanos, es que aquello era un borrón. Claro que también la estancia en la cárcel había sido un borrón, y bien largo, sin tener en cuenta el incidente Whitey durante el motín. A él le había quedado la huella de la cárcel y, ahora, Hazel quedaba marcada por ésta.

Al mirarle, ella arqueó las cejas interrogativamente, y después se volvió para seguir haciendo otra cosa. Durante las últimas semanas le había preguntado varias veces: «¿Qué te pasa, cariño?» o «¿Qué estás pensando?», pero no siempre había querido, o podido, responder. Carter sabía que no siempre pensaba en algo concreto cuando su rostro adoptaba una expresión singular. Era, sencillamente, que su rostro había cambiado durante los últimos seis años, y Hazel no estaba acostumbrada a ello. Pero sabía que una vez la había preocupado al contestar: «Estoy pensando que el mundo es como una gran cárcel, y las cárceles no son más que una representación exagerada del mundo.» Y después, por mucho que lo había intentado esa noche, no había sido capaz de aclarar lo que quería decir. Pero, en realidad, lo que había querido dar a entender era que también había reglas y reglamentos en el mundo libre y que algunas veces éstos no tenían sentido, excepto en tanto en cuanto eran producto del miedo y estaban concebidos para mitigar el miedo. A veces, incluso le parecía que lo que reglamentaban era un mundo hasta más loco que el de una cárcel que no estaba más que un poco por debajo, en la mente de todos. Sin que los demás le indicasen a un hombre cuándo tenía que dormir y comer, cuándo tenía que trabajar y dejar de trabajar, y sin tener, como ejemplo a imitar, a todos los que hacían estas cosas, el individuo podía volverse loco. Esa noche lo había creído así, porque así lo sentía, y todavía lo seguía pensando en parte, pero Hazel no estaba de acuerdo, y cuanto más trataba de explicarlo más borrosa parecía su idea.

–Cariño, no te olvides de la invitación de los Elliott para este fin de semana.

–No. –Apenas se acordaba de eso. Iban a ir a Long Island el viernes por la noche cuando Hazel saliese del trabajo. Roger Elliott era asesor de inversiones y Hazel le había confiado la mayor parte del dinero que tenían, que estaba muy bien colocado en obligaciones muy seguras. Priscilla Elliott, que tenía unos treinta años, no trabajaba fuera de casa; estaba dedicada a cuidar a sus dos hijos, ambos más pequeños que Timmie y, como entretenimiento, pintaba retratos y paisajes con cierta maestría pero sin ningún carácter. Tenían una casa enorme y de aspecto extraordinariamente sólido en medio de una amplia pradera verde. Carter se acordó de que Sullivan no iría ese fin de semana a casa de los Elliott, lo cual era una ventaja.

Al día siguiente era jueves, y Carter no tenía nada especial que hacer, así que se dedicó a vigilar, con más atención que otras veces, a Sandra, la asistenta, que venía los jueves de una a cuatro, pues pensó que a Hazel le agradaría que le recordase que limpiara los estantes de la cocina y las baldas del armario de las medicinas, ya que Sandra no solía hacer mucho caso de los recados que Hazel le dejaba.

Justo antes de las tres sonó el teléfono y era Gawill.

–Hola, Phil –dijo–. Bueno, me imagino que habrás recibido mi carta.

–Sí.

–Pensé que merecería una respuesta, ¿no te parece? Una llamada o una contestación.

–¿Tú crees?

–Vamos, Phil. ¿Es que tienes miedo de escuchar las cintas? Carter se enfureció de repente.

–No me da miedo escuchar tus cintas o las que sean. –Lo dejó en el aire porque no quería decir «de Hazel», ni pronunciar su nombre a Gawill.

–Está bien. ¿Cuándo vienes? ¿Esta noche?

–Esta noche no puedo. ¿A qué hora vuelves a casa de tu trabajo?

–Hacia las seis.

–Iré. Pero espera, las señas. –Carter las apuntó.

Pensó que lo mejor era escuchar las cintas, o lo que Gawill tuviera, y acabar con ello. Gawill probablemente no tendría nada.

17

A las 5.40 cogió un taxi a las complicadas señas de Gawill en Jackson Heights y se apeó en una calle de sórdidos edificios de ladrillo rojo, todos iguales, todos orientados en forma de ángulo obtuso en relación con la calle, pero adosados unos a otros, y todos de unos ocho pisos de alto. El portal de Gawill estaba lleno de cochecitos de niños y olía a comida. Cogió el ascensor hasta el sexto piso.

–Hola, Phil –dijo Gawill afablemente al abrir la puerta. Estaba en mangas de camisa con un cigarrillo en los labios–. Pasa.

Carter entró en un cuarto de estar lleno de muebles baratos bastante nuevos que, como las reproducciones de los cuadros que colgaban de las paredes, no tenían el más mínimo carácter. Gawill le ofreció una copa. Carter tiró el abrigo en un extremo de un feo sofá verde. Había un vestíbulo al que daba otra habitación.

–¿Estamos solos o hay alguna otra persona?

–No, estamos solos. Pensé que lo preferirías. –Gawill volvió de la cocina con dos vasos–. Tengo aquí mismo lo que te interesa –dijo, dirigiéndose hacia la mesa redonda que había delante del sofá. Sobre la mesa, entre dos ceniceros llenos de colillas, había un sobre gastado de papel marrón atado con un cordel. Abultaba mucho. Gawill se sentó en el sofá–. Estas notas –dijo sacando un fajo muy desordenado–, bueno, como te dije, son en su mayoría sobre Sullivan, pero en ellas hay horas y nombres de otras personas, vaya, quiero decir las horas en que iban a verle.

Después de que Gawill hubo parloteado un rato, Carter le dijo:

—Lo que quiero es que me entregues lo que viene al caso y que me lo dejes ver.

—Ésta, por ejemplo, veintisiete de junio, hace tres años, «la señora Carter llegó a las cuatro y treinta y cinco de la tarde y se fue a las seis». Esto es, a casa de Sullivan, cuando iba a la escuela de Long Island. Supongo que le diría a tu hijo que no acababa las clases hasta las cinco, más o menos, pues hacía esto con cierta regularidad. Y aquí otra vez, «la señora Carter llega a las cinco y treinta y cinco, se va a las seis y veinte». —Siguió rebuscando en las notas—. «Sullivan entra en casa a las nueve treinta de la noche con la señora Carter. Ella se va a medianoche. Sullivan la acompaña a un taxi.» De esto hace un año. —Gawill se inclinó hacia delante para dar el papel a Carter.

Gawill sacó otras seis notas. La vez en que Hazel había salido del piso de Sullivan más tarde era a las dos de la mañana, y esto había sido con otras dos personas, después de una fiesta.

—Pero ya sabes que la hora no importa —dijo Gawill sonriendo.

Carter tuvo que sonreír también.

—No veo nada en lo que tienes aquí como para preocuparse. —Carter estaba aburrido y algo irritado, pero se dio cuenta de que la irritación era consigo mismo por haberse molestado en ir allí.

Gawill pareció sorprendido y desilusionado.

—No lo ves. Bueno, pues quizá quieras oír las cintas. —Se levantó y se dirigió hacia el armario que había cerca de la puerta de entrada, del que sacó, haciendo un esfuerzo, una caja de aspecto pesado, y luego otra caja de detrás. La segunda caja estaba llena de cintas ordenadas en dos hileras largas, demasiado largas si Gawill no sabía lo que buscaba, y no parecía saberlo. Se agachó junto a la caja de las cintas murmurando:

—Dos veces han entrado en casa de Sullivan, una para po-

ner el aparato y otra para quitarlo. Vamos a ver. Marchand...
–La volvió a colocar y sacó otra–. Más de Marchand. Otro de
mis queridos amigos –dijo con sarcasmo.

Carter dio una chupada a su cigarrillo. Gawill era un enfermo mental, un paranoico, pensó Carter, y las investigaciones
de Sullivan han servido para atizar la hoguera. Carter volvió a
mirar el sórdido montón de papeles que había sobre el almohadón del sofá. ¿Cuántos otros sobres sucios de color marrón tendría Gawill sobre sus otros perseguidores? ¿Y cuánto dinero habría pagado para conseguir toda esa bazofia? Evidentemente, lo
bastante como para estar medio arruinado y tener que vivir en
un apartamento barato.

–Vaya, aquí están –dijo Gawill–. Sullivan.

Tardó varios minutos en poner la cinta en el aparato. Carter escuchó, sonriendo, las primeras conversaciones incomple-
tas entre Sullivan y el repartidor de su tintorería, que le había
llevado un traje, pero no una chaqueta de esmoquin blanca que
Sullivan esperaba. Se oyó cómo se cerraba una puerta de golpe
y después... silencio.

–Vamos, Greg, date prisa –dijo Carter.

–No puedo darme más prisa, pues te perderías algo –replicó
Gawill, acurrucado ávidamente sobre el aparato que estaba en el
suelo.

Después se oyó a Sullivan reservando por teléfono una mesa
en un restaurante. Era una mesa para dos para las nueve de la
noche.

–Pusimos el aparato justo al lado del teléfono –añadió
Gawill. Otra larga pausa.

–Espera –continuó Gawill, pasando la cinta más deprisa
hasta que se oyeron voces. Después la hizo volver atrás. Hazel
llegaba a casa de Sullivan.

–¿Cómo estás, cariño? –se oyó decir a Sullivan.

–Muy bien, ¿y tú? –contestó Hazel–. Pero ¡qué día!

–He tenido que reservar la mesa para las nueve porque no
había ninguna libre para las ocho –dijo Sullivan–. ¿Te importa,
cariño?

—¡Qué me va a importar! Así nos da un poco más de tiempo. Me gustaría quitarme los zapatos.

Sullivan se rió suavemente.

—Pues quítatelos. ¿Quieres una copa?

—No, gracias. Todavía no.

—Cariño.

Quizá se besasen, o quizá no. El silencio hacía suponerlo.

—¿Te has dado cuenta? —dijo Gawill.

—Bueno, ya está bien. ¿Por qué no la pusiste en el dormitorio si querías demostrar algo? —dijo Carter riéndose.

—¿Y qué va a hacer Timmie? —preguntó Sullivan.

—Va a pasar la noche en casa de un amigo del colegio —dijo Hazel.

—¡Ah!... ¡Estupendo! —se oyó decir a Sullivan.

Las dos voces se fueron apagando hasta desvanecerse del todo.

—Date cuenta de esto —dijo Gawill—. La cinta es del octubre pasado.

Carter conocía la voz de Hazel y sus humores. A él le había hablado de la misma manera muchas veces.

Gawill desconectó el aparato.

—Timmie pasando la noche en casa de un amigo del colegio. —Movió la cabeza significativamente.

Carter abrió sus manos temblorosas.

—Hace eso de vez en cuando, si vamos a volver tarde por la noche de algún sitio.

—Bueno, ya está bien, que no eres un niño —dijo Gawill.

Carter sonrió forzadamente. No, no lo era. Y la cinta era del octubre anterior. Él mismo podía ver la fecha en el carrete, a no ser que Gawill la hubiese falsificado.

Gawill le cogió el vaso y se lo volvió a llenar.

—Deberías dejarme que te avise una tarde a última hora cuando esté con Sullivan, y tú te presentas allí y... —Gawill dejó el vaso con energía sobre la mesa.

—¿Y... qué?

—Pues... le estrangulas en su propia casa.

Carter tenía la frente fría de tanto sudar.

—Me parece que tú le odias mucho más que yo. Me ganas en eso.

—Creo que deberías hacerlo. Moralmente tienes derecho a ello.

Carter se echó a reír.

—¡Anda ya! El honor es tuyo.

Gawill le escudriñó el rostro.

Carter bajó finalmente la vista hacia su vaso y se pasó los dedos por la frente húmeda. El ligero sudor le recordó los síntomas de abstinencia que sufría en la enfermería del penal.

—¿Por qué no te picas? —preguntó Gawill—. Tengo mercancía en el cuarto de baño. Es nieve.

Carter se recostó hacia atrás y tardó algún tiempo en contestar, aunque sabía lo que iba a ser su respuesta.

—¿Y por qué no?

—No está en el cuarto de baño, pero te la traeré —dijo Gawill apresurándose, como haría un buen anfitrión, hacia su dormitorio, que estaba al fondo del vestíbulo.

Carter se puso de pie. Oyó entonces a Gawill manipular en el cuarto de baño y entró.

Gawill tenía una caja en el suelo. Era una caja de cartón de alrededor de un palmo de lado con varias capas de unas cuarenta ampollas empaquetadas en compartimientos de algodón. Si la caja estaba llena. Carter calculó que contenía por lo menos doscientas cuarenta ampollas.

—Cada una son sesenta miligramos —dijo Gawill dejando una aguja hipodérmica en el borde del lavabo—. No sé si quieres una entera. —Sonrió maliciosamente y salió del cuarto de baño.

Carter se movió automáticamente y en cuestión de segundos se introdujo el líquido en una vena del antebrazo, aunque la ampolla y la aguja nueva cuadrada eran diferentes del material de la enfermería del penal. Se inyectó poco más de la mitad de la ampolla de plástico. A Carter le intrigó de dónde habría sacado Gawill la droga, pero no le pareció discreto preguntárselo. Claro que era un negocio lucrativo que explicaba que Gawill pudiese pagar detectives privados y obtener pruebas de forma tan desaprensiva. Carter miró y vio que había por lo menos seis capas de ampollas, de manera que, tirando por lo bajo, en el mercado de los camellos la caja valdría unos seis mil dólares. Carter volvió al cuarto de estar.

–Si quieres llevarte a casa material para un par de picos –dijo Gawill moviendo la cabeza en dirección del cuarto de baño–, cógelo.

Carter sonrió.

–No, gracias, Greg –percibía perfectamente en ese momento cómo avanzaba el líquido, tan lleno de fuerza, y tan conocido para él, por las venas. Carter se sentó cómodamente en una butaca.

Gawill se levantó y le entregó su vaso. Carter ya no lo quería, o no lo necesitaba, pero lo cogió.

–En serio, Phil, tú eres la persona indicada para liquidar al señor Sullivan y salir sano y salvo de ello, desde el punto de vista legal –dijo Gawill sigilosamente.

Carter frunció el ceño, pero se echó a reír.

–¿Con una condena en mi haber?

–Un hombre tiene derecho a...

–¿No sabes que esa ley no existe más que en el estado de Texas?

Gawill se desplomó en la silla y se limpió la boca con la mano.

–Podríamos pergeñar las cosas de manera que pareciese que lo había hecho uno de mis amigos. Y como no lo habría hecho, ¿no ves que legalmente no podrían emplumarle? Tú podrías resultar sospechoso, pero... –Gawill se calló.

Lo que Gawill decía era un despropósito, pero Carter se imaginaba dándole a Sullivan un golpe de revés en la garganta, el golpe de Alex para matar.

–Creo que sospecharían de mí si lo hiciera –dijo Carter mirando el reloj. Las siete menos cuarto. Hazel se estaría preguntando dónde estaba. No había dejado ningún recado en casa–. O incluso si no lo hiciera –añadió.

–Piénsalo, Phil. Podríamos planear algo. Tienes motivo para ello. Como bien sabes, ese asunto no terminará hasta que lo hagas.

Carter se mantenía tranquilo, pero estaba atemorizado y el corazón le latía con más fuerza. Era la misma sensación que había experimentado en muchos momentos en la cárcel, cuando se había sentido amenazado físicamente, o justo antes de que se produjese algún suceso serio, y era igual que lo que había sentido a veces cuando estaba de espaldas a Squiff en la celda de Max.

–Te dejo a ti la tarea –dijo Carter, poniéndose de pie.

–¡Qué va! Yo te lo dejo a ti.

Carter se rió.

Gawill también se rió y se puso en pie metiéndose la mano en el bolsillo de atrás para sacar la cartera de la que cogió una fotografía.

–Un regalo para ti. La fecha está detrás. –Era una fotografía de Hazel vista de espaldas, sin sombrero y con abrigo, subiendo las escaleras de lo que parecía la casa de Sullivan de la calle 38. Carter la dio la vuelta y leyó: «4 de enero, a las 4.30 de la tarde».

Carter dijo:

–Trabaja generalmente hasta las cinco y media. La he llamado muchas veces a la oficina justo después de las cinco.

–Oficialmente, Sullivan también. Sin embargo, de vez en cuando pueden hacer un arreglo. Según dicen, el amor lo puede todo. La verdad es que no creo que puedas negar la evidencia de la fotografía.

Carter se alzó de hombros y tiró la fotografía en la mesa. Hazel llevaba el abrigo marrón oscuro con cuello y puños de piel negra que se ponía casi todos los días para ir al trabajo en invierno. Carter sintió cierto malestar.

–Muy bien –dijo Gawill dándole una palmada en el hombro–. Ya sabes que es verdad. Y te desafío a ver quién tiene antes el placer de empaquetar al señor Sullivan, aunque creo que vas a ganar tú.

–Buenas noches, Greg –dijo Carter dirigiéndose hacia la puerta.

Gawill llegó antes y se la abrió.

—Te volveré a ver, Phil.

Hazel estaba en la cocina cuando Carter llegó a casa.

—¡Hola! —gritó—. ¿Dónde te has metido?

Cruzó la sala de estar y se quedó cerca de la puerta de la cocina.

—He salido —dijo— a dar un paseo.

Ella le miró de refilón y volvió a dirigir la vista a lo que estaba haciendo, que era abrir un paquete de guisantes congelados.

Podía haberse marchado entonces, puesto que ella no le había seguido preguntando, pero continuó mirándola, sin poder apartar la vista, durante algunos segundos. Ella le vio mirar por encima del hombro y entonces él se dio la vuelta. Carter colgó el abrigo y se encaminó hacia el cuarto de baño. A través de la puerta echó un vistazo al cuarto de Timmie. Timmie estaba tumbado boca abajo en el suelo haciendo los deberes del colegio, prefería hacerlos así en vez de sentarse a su escritorio. Carter observó que tenía la mano derecha vendada.

—Hola, Timmie, ¿qué te ha ocurrido en la mano?

—Nada, que me he caído en el campo de deportes esta tarde jugando al balón.

—¡Ah! ¿Un rasguño? ¿Te duele?

—No, es un corte. Me di con un trozo de cristal o algo parecido, pero no es nada. —Timmie no levantó la vista para decir eso.

Carter titubeó un momento y entró en el cuarto de baño. Se lavó las manos con jabón, después se lavó la cara. Se sentía perfectamente bien. Hazel quizá tuviese ahora un lío con Sullivan, aunque era una mujer que estaba muy ocupada, pero la heroína le hacía sentirse muy bien, como si en el mundo todo estuviese en un orden perfecto. Le causaba también un extraño bienestar a Carter el hecho de que Gawill estuviese enterado del lío, lo hubiese estado siempre, y que, sin embargo, eso no le hubiese hecho inmutarse, que ni siquiera le hubiese sorprendido demasiado.

Gawill incluso lo veía con cierto sentido del humor al decir que «el amor lo puede todo». Claro que para interrumpir el curso de un verdadero amor no bastaría con haber vuelto a casa de la cárcel.

Volvió a la cocina y dijo:

–¿Quieres una copa antes de cenar?

–No, gracias. Tómate tú una.

–No, gracias.

Hazel estaba haciendo algo, a base de salmón y guisantes, en una cacerola que había metido en el horno. Miró para comprobar cómo iba y volvió a cerrar la puerta del horno.

–¿Dónde has estado realmente? –preguntó.

Ante este reto, Carter pestañeó, pero se mantuvo completamente tranquilo. Ella era tan culpable como Sullivan, pensó, y, por supuesto, por la misma razón.

–He estado de paseo –dijo, desafiante, sin pensar en lo que estaba diciendo. Pero lo mantuvo y, volviéndose, se encaminó hacia la sala de estar.

18

–David ya me ha hablado mucho de usted –dijo Butterworth, aunque continuó leyendo el historial que Carter le había traído.

Butterworth estaba sentado detrás de una gran mesa de despacho sobre la que había unas heliografías y la maqueta de lo que parecía ser una máquina de hacer herramientas. Aparentaba unos cuarenta y cinco años de edad pero, excepto por una franja de pelo negro, era completamente calvo. Tenía una boca delicada, pero no daba sensación de debilidad, sino más bien de benevolencia, y a Carter le recordó, no sabía por qué extraña razón, la boca de Hazel.

Jenkins and Field era una empresa consultora de ingeniería y Carter suponía que su tarea consistiría en ocuparse del trabajo que Butterworth no podía llevar a cabo por falta de tiempo. A Butterworth le enviaban con frecuencia a otras ciudades, y si le daban el puesto, parte de su trabajo recaería sobre Carter. El sueldo era de quince mil dólares al año y un mes de vacaciones en verano.

–Bueno, señor Carter, el puesto es para usted si le interesa hacerse cargo de él –dijo Butterworth.

–Muchas gracias. Creo que sí me interesa.

Butterworth echó una ojeada por encima de su hombro hacia la puerta cerrada.

–David me ha hablado de su estancia en la cárcel en el Sur.

Y tengo entendido que no tuvo usted la menor culpa, que el culpable era el individuo que murió.

Carter asintió con la cabeza y dijo:

—Sí.

—Qué cosa tan terrible —murmuró Butterworth—. Pero yo quería que supiese que estoy enterado de ello, que todos aquí estamos enterados de ello, que todos conocemos a David, y yo más que los demás, y que si David dice que usted es una buena persona, es que usted lo es en lo que a mí respecta. —Sonrió forzadamente, como si no estuviese habituado a sonreír—. Considero, además, que incluso a los que han estado presos con razón se les debe dar a veces una segunda oportunidad, aunque la mayoría de la gente no está dispuesta a hacerlo. Pero me doy cuenta de que ése no es su caso. Creo, sin embargo, que su rendimiento en el trabajo será mejor si sabe que nosotros lo sabemos y que no tenemos reservas mentales respecto a usted.

Carter salió de la oficina tranquilo e ilusionado y entró en la primera cabina telefónica que encontró para llamar a Sullivan.

—Oye, David, quiero darte las gracias. Lo he conseguido.

—Cuánto, cuánto me alegro —dijo David con su suave voz de tenor—. ¿Cuándo empiezas?

—El lunes por la mañana.

—Tengo que dejarte ahora, hay una persona esperando para hablar conmigo. Enhorabuena, Phil. Nos veremos pronto.

Hazel estaba encantada de que le hubiesen contratado y esa noche en casa de los Elliott brindaron con champán. Después de cenar, los Elliott insistieron en subir de la bodega una botella de su mejor champán. Timmie también se tomó una copa, y Carter pensó que su hijo le miraba esa noche con un respeto nuevo porque tenía trabajo, como los padres de otros chicos. Pero el trabajo lo había conseguido a través de Sullivan, y Timmie también sabía eso. Un tanto, un tanto más, a favor de Sullivan.

Carter no se podía dormir esa noche. Hazel estaba cansada y dormía profundamente a su lado en la cama de matrimonio de uno de los cuartos de invitados de los Elliott, donde ya habían pasado otras noches. Fuera soplaba un viento lúgubre.

Se puso el pantalón y la chaqueta sobre el pijama sin hacer el menor ruido, y bajó. Carter salió al jardín a pasearse por el césped. Al sentirlo en la cara, el viento le ponía menos nervioso.

Las copas de los altos arces y de los nogales se balanceaban, igual que lo haría la cabeza de una persona a quien estuviesen abofeteando y torturando. Contempló la casa y pensó que era muy extraño que le hubiesen invitado a ella. La reunión de la noche le parecía también extraña, como algo que en realidad no hubiese sucedido, o que hubiese sucedido hacía muchos años.

—¡Phil!

La voz de Hazel le cogió por sorpresa. Era como si le estuviese llamando justo a su lado. Entonces vio su pálida silueta en la alargada ventana, la última de la derecha del piso más alto. Estaba en camisón y parecía muy pequeña. De súbito tuvo la sensación de que no la conocía. Esto le dejó perplejo y le atemorizó. Era como si el viento le arrebatase su identidad. Pero se encaminó automáticamente hacia la casa, mirando fijamente a su mujer.

—¿Qué te pasa, amor mío? —preguntó ella en voz baja, como si temiera despertar a las otras personas de la casa.

La saludó torpemente con la mano, esforzándose por aparentar que estaba tranquilo. Realmente pertenece a Sullivan, pensó de repente. Él no la conocía en absoluto. Se paró porque se sentía débil como un trapo.

—¿Es que no te encuentras bien?

La miró fijamente.

—Ahora subo.

19

El jueves de la primera semana que Carter pasó en Jenkins and Field, los Carter invitaron a Sullivan a cenar. Hazel se esmeró en la preparación de una buena cena —sopa de pepinos fría, un plato muy complicado de ternera, beicon y queso gratinado, espárragos con salsa holandesa y, de postre, un suflé de limón. Estaba de muy buen humor.

—¡Vaya, mi plato favorito! Eres estupenda —le dijo Sullivan al entrar en la cocina con su primera copa.

Carter había adivinado, de alguna manera, que diría exactamente esas palabras, aunque Hazel no le había mencionado que el plato de ternera fuese su plato favorito. Hazel estaba guisando como si verdaderamente le divirtiese hacerlo. Siempre daba la impresión de que le divertía guisar, pero esta noche parecía divertirle más. Y Timmie también parecía haberse animado al ver a Sullivan.

—¿Cuánto tiempo vas a tardar en eso? —preguntó Sullivan a Hazel.

—¿Qué quieres decir con eso? —preguntó mientras partía unos rábanos en rodajas.

—Sí, sí. No es preciso que conviertas mis rábanos en pequeños tulipanes. ¿No te vas a sentar con nosotros?

—¡Qué poco agradecido es! —dijo Hazel riendo y mirando a Carter.

—Es una esclava —dijo Sullivan haciendo un gesto a Carter para que entrase en la sala de estar.

Timmie les siguió pero Carter observó que Sullivan le miraba. Timmie, que estaba pendiente de Sullivan, se azaró un momento, pero, entonces, bastó con que Sullivan le hiciese un gesto para que se retirase a la cocina con las manos en los bolsillos de sus nuevos pantalones largos. Sullivan lo tenía bien educado, pensó Carter. Él nunca habría podido hacer eso con su hijo.

–¿Has vuelto a saber de Gawill? –preguntó Sullivan en voz baja.

–No.

–Me alegro. –Sullivan se volvió, frunciendo ligeramente el ceño, hacia la cocina–. No quería echar a Timmie, pero tampoco quería que lo oyese. Bueno, esperemos que se calle, especialmente contigo.

–¿Y contigo?

Sullivan sonrió.

–Todavía estoy en este mundo. No, hace tiempo que no me fisgan, a no ser por la llamada telefónica de que te hablé.

–¿Y en qué consistía eso de fisgarte?

–Bueno, en primer lugar creo que me siguieron de cerca un par de veces. –Sullivan bajó la vista hacia un cenicero en el que estaba apagando un cigarrillo–. Estoy seguro de que Gawill quería que yo supiese que me estaban siguiendo. Fue cerca de mi casa. Quería asustarme un poco.

–No comprendo qué se proponía –dijo Carter.

–Asustarme para apartarme de su camino. Ocurrió cuando yo andaba indagando sobre él en muchos hoteles de Nueva York hace cuatro o cinco años. Pero no he notado que me sigan desde... hace por lo menos un año.

Carter no creyó lo de «hace por lo menos un año».

–¿Te seguían –dijo Carter– cuando Gawill estaba todavía en Fremont trabajando en Triumph? ¿Y después, cuando estaba en Nueva Orleans?

–Sí. Por una pequeña cantidad, o cualquier otro tipo de favor, tenía un tipo deambulando por mi calle que me seguía un par de manzanas si me dirigía a pie a algún sitio. –Se alzó de hombros–. No era agradable, pero nunca me preocupó lo bastante como para denunciarlo a la policía.

¿Y por qué no?, pensó Carter, ¿acaso porque no quería revelar que Hazel le visitaba mucho? Carter dejó la copa en la mesa y cruzó los brazos. Entonces sus dos dedos pulgares le empezaron a latir simultáneamente, y aflojó las manos.

–¿Sabe Hazel lo de que te seguían?

–No –dijo Sullivan–. No quería que se preocupase.

O que dejase de acudir a su casa, pensó Carter.

–¿No crees que te siguen ahora?

Sullivan sonrió a Carter.

–Ahora que Gawill anda por aquí, quizá piense que no es preciso pagar a alguien para que me siga.

Carter también sonrió.

–¿Crees que Gawill te sigue en persona? ¿Que te está vigilando?

–Si lo hace, lo hace con discreción. Yo no lo he visto. ¿Me lo comunicarás, verdad, si vuelves a saber de él?

–Sí. Es una lata que sigas teniendo esa preocupación.

–Es mi enemigo. Y vale la pena saber lo que tu enemigo está haciendo, o incluso pensando.

Ninguno de los dos volvió a hablar durante unos momentos. Sullivan ya le había preguntado cómo le iba en su nuevo trabajo y Carter le había dicho que razonablemente bien. Durante los quince días siguientes su trabajo iba a ser de oficina, después tendría que ir a Detroit para quedarse allí dos o tres semanas. Sullivan no había demostrado la menor sorpresa, y ni siquiera interés, por el hecho de que fuese a estar ausente algún tiempo, o por lo menos no lo había dejado ver.

Entonces entraron Hazel y Timmie, y Hazel y Sullivan hablaron de otras cosas, como de la nueva acuarela que Priscilla Elliott había pintado y que había regalado a Hazel porque a ésta le gustaba. Ya estaba enmarcada y colgada entre las dos ventanas que daban a la calle. Hablaron de Europa en el mes de julio, pero ni en eso intervino, o no pudo intervenir, Carter, a pesar de que era él, y no Sullivan, el que iba a hacer el viaje.

Timmie se interesó mucho por el viaje y preguntó a Sullivan si había partidos de fútbol en julio en Rapallo, la ciudad donde Hazel quería pasar algún tiempo.

–Rapallo –dijo Sullivan– es una ciudad demasiado pequeña como para tener campo de fútbol. Para ver un buen partido creo que es mejor ir a Génova.

Y Timmie se sentó en un almohadón mirando un poco tristemente a Sullivan, como si de repente se diese cuenta de que Sullivan no iba a estar con ellos, que iba a estar su padre, y que su padre no entendía mucho de fútbol.

Sullivan definió la cena como una obra de arte y Hazel sonrió radiante. También Timmie estaba radiante. Carter, sin embargo, se pasó la noche haciéndose daño en los dedos al agarrar el cuchillo o el asa de una taza con demasiada fuerza, hasta que el dolor le puso nervioso. Decidió entonces que debía consultar a un especialista para que lo operase. Esto ocurría a las diez y cuarto. Una hora después, cuando Sullivan se marchaba, había cambiado otra vez de idea. Al fin y al cabo el especialista, al que Hazel le había hecho ir, le dijo que después de cortar el hueso y el cartílago la articulación probablemente encajaría bien, pero que no recuperaría todo el movimiento y que, posiblemente, le seguirían también los dolores.

–¿Estás contento, cariño? –le dijo Hazel sonriendo.

–Sí –contestó estrechándola fuertemente entre los brazos y besándola en el cuello. La sentía muy de verdad al abrazarla, y, sin embargo, faltaba entre ellos algo que había habido. ¿En quién había desaparecido ese algo, en Hazel o en él? ¿O en los dos?

20

La semana siguiente, Hazel tenía que asistir a una cena de trabajo que se iba a celebrar en un hotel de la calle 57, y, como después se iban a pronunciar muchos discursos sobre asuntos que a Hazel le parecía que iban a aburrir a Carter, sugirió la idea de ir sola. Carter estaba de acuerdo con ella. Tenía además que hacer un trabajo en casa para Jenkins and Field.

–Llevaré a Timmie a cenar temprano y luego puede ir al cine de la calle 23, donde dan una película que quiere ver –dijo Carter–. Creo que es una película del Oeste.

–¿Le irás a buscar? –preguntó Hazel–. No me gusta que luego se vaya solo, ya tarde, por la noche, a un drugstore a tomarse un refresco tras otro.

Timmie había aumentado su ración de refrescos últimamente. El tomarse tres botellines de una sentada no era nada exagerado en él.

–Ya me enteraré a qué hora termina la sesión y le recogeré –dijo Carter.

Esta conversación la tuvieron a la hora de desayunar. Carter averiguó que había sesiones a las seis, a las ocho y a las diez, y pensó que Timmie debería ir a la de las ocho, después de haber cenado. Llamó entonces a Timmie por teléfono a las cinco y le dijo que estaría en casa antes de las 6.30, un poco más tarde que de costumbre, y que se irían en seguida a cenar.

Al salir del trabajo, Carter tomó un autobús hacia la parte

baja de la ciudad y se apeó en la calle 38. Se había pasado el día pensando en Sullivan y decidió que era una buena oportunidad para tener una breve conversación con él de la que Hazel no tenía por qué enterarse. Quería preguntar a Sullivan, a bocajarro, qué había entre ellos y si Sullivan le contaba la verdad, tanto mejor; si mentía, Carter pensó que él se daría cuenta. Y si Sullivan no estaba en casa, mala suerte, pues Carter no había querido concertar una entrevista de antemano.

Cuando estaba a una treintena de metros de la casa de Sullivan, Carter vio a Hazel. Ella también le vio y estuvo a punto de pararse, pero luego continuó hacia él sonriendo.

–¡Hola! –dijeron los dos casi simultáneamente.

–¡No irás a casa de David! –dijo Carter riéndose.

–Pues es justamente donde voy. Le llevo un libro –le dijo Hazel haciendo un leve gesto con el montón de papeles y de libros que llevaba bajo el brazo–. Vamos, no tengo más que un minuto –dijo empezando a subir las escaleras de la casa.

–No, no, está bien. Seguiré.

Ella le miró fijamente.

–Había pensado dejarme caer un momento. No es nada importante –dijo Carter.

–No seas tonto. Ya que estás aquí...

Carter continuó andando.

–Nos veremos más tarde –dijo sonriendo y saludando con la mano. Llegó a la esquina caminando como un hombre de palo, como si fuese con zancos. No había esta noche tal cena de trabajo, Hazel iba a pasar la velada con Sullivan. Y Carter no pudo por menos de admirar lo bien que lo había esquivado. Si él hubiese subido, ella hubiese dicho a Sullivan: «Mira a quién me acabo de encontrar. Aquí tienes el libro, David», dejándole un libro sobre el cuidado posnatal de los niños, *faute de mieux*. «Tengo que irme a ese asunto de la calle 57 porque hay una copa antes, si es que llego para tomarme una. Adiós, adiós.» Sí, Hazel hubiese dominado la situación con mucha tranquilidad. Y Carter echó la cabeza hacia atrás y empezó a reírse, pensando que Hazel emprendería pronto la retirada al sospechar que podía estar esperando por la calle para ver cuánto tardaba en salir.

Llevó a Timmie donde Timmie quería ir: a una cafetería en la calle 23, donde el chico pidió cinco raciones de diversas cosas, tres postres y dos vasos de chocolate con leche. A pesar de esto, Timmie era delgado; su peso estaba por debajo de lo normal para su estatura. Medía un metro sesenta. Dentro de dos años, pensó Carter, probablemente dará un estirón de otros veinticinco centímetros y todo lo que come ahora le servirá de reserva. Llevó luego a Timmie al cine y Carter decidió ver la película también. Ésta fue como un telón de fondo, en cierto sentido relajante, aunque ruidoso, para sus pensamientos, así que cuando terminó la película no tenía la menor idea del argumento.

Hazel no estaba en casa cuando volvieron. Carter hizo que Timmie se acostase o, por lo menos, que se metiese en la cama con un libro, prometiendo que no se quedaría leyendo más de un cuarto de hora.

–Voy a salir un rato –dijo Carter–. Mamá estará de vuelta de un momento a otro, pero no la esperes, porque debes dormirte.

–¿Dónde vas? –preguntó Timmie.

–A dar un paseo –respondió Carter–. Volveré pronto. –La conversación le recordaba la que había tenido con Hazel.

Carter tomó un taxi a casa de Gawill. Si Gawill no estaba, no importaba. Y si estaba, tanto mejor. Carter no dejó el taxi esperando. Se bajó y tocó el timbre.

No hubo contestación a su llamada, pero no la necesitaba para llegar a los ascensores; no obstante, oyó el sonido carraspeante de una voz a través de un portero automático en el que no se había fijado hasta ese momento, y por el que gritó:

–¡Oye, Gawill, soy Carter! ¿Puedo subir?

–Ah, Phil. Por supuesto, Phil, sube.

Carter subió.

Gawill le había abierto la puerta y estaba de pie esperándole. Del interior llegaba un deprimente ruido de música de baile y de voces.

–¿Tienes una fiesta? –dijo Carter–. En ese caso no...

–Qué va, no es una fiesta –dijo Gawill–. Entra, Phil.

Carter entró, sintiéndose satisfecho por la buena acogida que le había dispensado Gawill, a pesar de que su actitud hacia el hombre que Gawill le presentó, así como hacia la regordeta rubia platino que estaba con él, fue fría. Carter esperaba que no se hubiese notado.

–Phil es un viejo compañero mío del Sur –dijo Gawill a sus amigos, que no mostraron el menor interés.

El hombre debía de tener unos treinta y cinco años. Era un tipo corpulento, musculoso, cuyos hombros abultaban por debajo de su bien cortado traje. La rubia era sencillamente una rubia, un poco demasiado pintada, y Carter se preguntó si tendría un trabajo fijo. No parecía que hubiese otra chica para Gawill, a no ser que estuviese en el dormitorio.

–¿Eres del Sur? –preguntó la rubia a Carter.

–No –dijo Carter sonriendo. Su vestido de seda marrón tenía un generoso escote en forma de V, llevaba zapatos de tacón muy alto y tenía una carrera en la media–. ¿Y tú?

–¡Ca! Yo soy de Connecticut, originariamente –añadió–. ¿Quieres bailar?

–De momento no, gracias. –La chica le recordó a Carter las rubias que aparecían en las películas que proyectaban en el penal. Era como si una de ellas se hubiese convertido en una persona de carne y hueso que le hablaba. Llevado por un impulso, le agarró la muñeca–. Pero puedes sentarte, ¿no te parece?

Él había pretendido que se sentase en el ancho brazo de su butaca, sin embargo, la chica se le sentó en las rodillas. En el primer momento Carter se quedó sorprendido, luego sonrió. Pesaba mucho.

Gawill les miró y dijo sonriendo con satisfacción:

–¡Huy! ¿Pero qué está ocurriendo aquí?

–Me parece que nos vamos a largar –dijo el amigo de la joven extendiéndole la mano.

–Adiós –dijo la rubia alegremente a Carter–. Espero volver a verte pronto. –Le olía el aliento a whisky y a barra de labios.

Carter no tuvo con ella el detalle de levantarse, pero saludó con la mano.

—Así lo espero. Encantado de haberos conocido a los dos.

En la puerta charlaron brevemente con Gawill, pero Carter no escuchó la conversación. Gawill cerró la puerta después de que saliesen.

—¿A que está muy buena? —dijo Gawill al volver, frotándose las manos—. Anthony no la aprecia en lo que vale. —Gawill recaía a veces en el acento de Nueva Orleans de su juventud.

Carter no replicó.

—A ver qué es lo que traes en la azotea esta noche. ¿Y si te picases?

—¡Qué buena idea! —dijo Carter poniéndose en pie.

Gawill fue a buscar la droga y Carter se quedó donde estaba, pensando por segunda vez que, por discreción, no debía averiguar en qué sitio de su dormitorio la guardaba Gawill. Al volver éste, Carter le dio las gracias con una inclinación de cabeza y se fue al cuarto de baño, donde se inyectó lo que quedaba en el frasquito que había empezado, que tenía un tapón de goma que encajaba perfectamente. Luego se llevó la ampolla vacía al cuarto de estar y la depositó en uno de los atiborrados ceniceros de Gawill.

—Muchas gracias —dijo Carter.

—¿No es muy tarde para ti? —comentó Gawill.

—Sí, pero Hazel está ocupada esta noche. Tiene una cena de trabajo...

—¿Ah..., sí?

—Sí. Eso es lo que dijo, pero está con Sullivan.

—¡Ah, ya! —dijo Gawill sin la menor emoción, sin satisfacción, sin sorpresa.

—Sí, tienes razón —dijo Carter tomando aliento—. Iba esta tarde a ver a Sullivan para preguntarle, cara a cara, qué es lo que hay entre él y mi mujer cuando me encontré a Hazel entrando por la puerta.

—¿Lo ves? —dijo Gawill alargando la mano para coger su vaso. Suspiró. Parecía cansado y quizá estuviese un poco borracho.

—Bueno, y ¿qué vas a hacer?

A Carter no se le ocurría nada que decir. Ni siquiera sabía qué pensar. Gawill se reclinó en el sofá y miró a Carter.

–Bueno, me figuro que tratarás de convencerla de que lo deje, pero no lo hará. Hay más entre esos dos que entre marido y mujer en muchos matrimonios.

Carter arrugó el entrecejo mirando fijamente a Gawill y pensó que en ese caso él era la persona *de trop.*

–Entonces, ¿por qué mierda no lo dicen? –preguntó Carter de repente–. ¿Por qué andarse por las ramas?

–Bueno, porque fíjate en las ventajas que esto supone para uno y para otro. Tu mujer sigue conservando su respetabilidad, por lo menos ante la mayoría de la gente, tiene marido y un hijo, todo el mundo piensa probablemente que es la imagen de la virtud, esperando seis años a que su marido salga de la trena. Y Sullivan tiene la mejor de las dos partes: es un soltero sin compromiso y tiene una buena hembra.

Las palabras ya no le molestaban a Carter. Todo era verdad. Y sentía cierto alivio al oírlas.

–¿Y qué dijo Hazel cuando te la encontraste en casa de Sullivan? –Gawill se irguió sonriendo con ilusión.

Carter sonrió también.

–Dijo que iba a darle un libro a Sullivan y que después seguía para su cena.

Gawill se echó a reír ruidosamente.

Carter se rió también.

–¿Y tú qué hiciste?

–Yo pasé de largo. No subí.

–No me digas que te invitó a subir –dijo Gawill.

–Sí.

Más risas. Gawill le sirvió otra copa y se sirvió una para él.

–Esta noche perdiste la ocasión –dijo Gawill mirándole a hurtadillas.

–¿Qué quieres decir?

–Debías haber irrumpido en el piso media hora después y haberles pillado in fraganti, como decimos en Nueva Orleans. ¿Por qué no lo hiciste?

—¡Oh!... –Carter miró hacia su vaso–. A la mierda con ello.

Cambiaron de conversación. Charlaron sobre pesca y sobre la captura de ranas. Gawill tenía un sistema que consistía en acuchillarlas después de ponerles una luz ante los ojos, sistema que había practicado, cuando era chaval, en las afueras de Nueva Orleans.

Ya era más de la una.

Carter se levantó y dijo que tenía que volver a casa.

—No comprendo por qué tienes que volver a casa. ¿Crees que Hazel habrá vuelto?

A Carter eso le hizo reír.

Cogió un taxi a su casa. Hizo el menor ruido posible al colgar el abrigo, y al desnudarse en el cuarto de baño y ponerse el pijama, que dejaba colgado en una percha detrás de la puerta. Entonces se dirigió al dormitorio. Hazel encendió la luz.

—¿Dónde has estado, Phil? –preguntó somnolienta.

—He ido a ver a Gawill –dijo Carter.

—¿A Gawill? –preguntó levantando la cabeza de la almohada–. ¿Y por qué? ¿Has ido después del cine?

Eso indicaba que Timmie estaba levantado cuando ella había vuelto, o que se había despertado, y que le había contado que habían estado en el cine. Dijo que sí, pero al darse cuenta de que no se había lavado volvió al cuarto de baño. Regresó al cabo de un par de minutos llevando el traje, que colgó en el armario.

—Y tú, ¿qué has hecho? ¿Qué tal la cena?

Lo miró como si pensase que estaba borracho. O quizá no fuese más que una mirada prudente; aún podía salir a relucir la verdad.

Encendió un cigarrillo, dio una chupada y dijo, al soltar el humo:

—Muy bien.

—Insistes en que hubo tal cena... Vamos, Hazel, di la verdad.

—Muy bien. Diré la verdad. Pasé la velada con David. Me parece que es mejor compañía que Gawill.

—Yo pasé la noche con Gawill, pero no me acosté con él.

—Yo tampoco me acosté con David. Me imagino las historias que habrás oído esta noche... por boca de Gawill. No es de extrañar que estés tan agresivo.

–¿Agresivo yo? –Carter se dirigió hacia los pies de la cama–. ¿Por qué mentiste contándome lo de la cena de la oficina esta noche? ¿Por qué te molestas en mentir?

–¿A qué fuiste a casa de Gawill?

–Quizá para saber algo más de la verdad.

Ella dio unos golpecitos con el final del cigarrillo contra el cenicero, luego lo apagó. Le temblaban los hombros. Estaba llorando.

Carter se retiró, turbado.

–Vamos, Hazel, ¿qué es eso de llorar?

Levantó la cabeza y se sentó de nuevo mirándolo de frente como si el momentáneo derrumbamiento no hubiese tenido lugar. Ni siquiera tenía ya húmedos los ojos.

–Echo de menos a David y le necesito. Supongo que es porque me acostumbré a hablar con él durante nada menos que seis años.

–Estoy seguro de ello –dijo Carter.

–Es muy fácil llevarse bien con él, más fácil que contigo últimamente.

–Explícame qué quieres decir con eso.

–Te has inyectado algo esta noche, ¿a que sí? ¿Morfina? Supongo que Gawill tiene de todo. De todo lo que no es trigo limpio.

–Sí, me he inyectado una vez.

–Tienes el mismo aspecto que tenías algunas veces en la cárcel, una especie de falsa calma. Como una borrachera tranquila.

–Tu táctica esta noche parece consistir en atacarme, y eso para disimular tus propias andanzas. Puedes decir de Gawill lo que quieras, pero me parece que sabe de ti más que yo. En cuanto a falsedad, estoy hasta el gorro de Sullivan. Ese canalla puede ahorrarse sus sonrisas y sus buenos servicios...

–¿Como el conseguirte trabajo? Cierra la puerta, Phil.

A Carter le hirió más la forma en que pronunció las últimas palabras que lo que había dicho hasta ahora. Era completamente dueña de sí misma y se le ocurría pensar, naturalmente, hasta en que Timmie podía despertarse, hasta en que Timmie podía oír algo de lo que hablaban. Carter cerró la puerta despacio, agarrando el pomo con las dos manos, y reflexionó sobre la enorme eficacia de las mujeres: pensó en Hazel llevando la casa de Fremont y trabajando como una negra en una tienda de modas al mismo tiempo, en Hazel comportándose como una buena madre con Timmie, en Hazel asistiendo a la universidad y consiguiendo una licenciatura, en Hazel haciendo feliz a Sullivan y manteniéndole en vilo todo este tiempo, en Hazel haciéndole, hasta ahora, feliz a él también.

–Gracias –replicó mirándole duramente.

Carter tuvo entonces la sensación de que le desagradaba la persona en que se había convertido después de estar en la cárcel. Sin embargo, estaba seguro de que antes no era así. Tuvo entonces la impresión de que le arrastraban, de que le aniquilaban físicamente. Esto no duró más que unos segundos y, pasándose la mano por la frente, se enfrentó con ella.

–No puedo negar que la cárcel me ha cambiado. Pero no creo que me haya convertido en un monstruo. Puedo no gustarte, pero eso es otra cuestión. Yo confiaba en ti. Aparte del asunto de las dos semanas que me contaste, creí que me eras fiel. Si yo...

–¿A qué tanta palabrería si en este momento estás repleto de morfina? –Cogió otro cigarrillo y lo encendió–. Muy bien, Phil, ya sé que te han ocurrido muchas cosas horribles en la cárcel, y ésa es la razón por la que nunca te he hablado de ello ni te lo he echado en cara. Me imagino que para aguantar ese hediondo agujero tenías que evadirte, o algo parecido. Y no te lo hubiese echado en cara si te hubieses convertido en un drogadicto de verdad, si tu adicción hubiese sido profunda.

Carter abrió las manos.

–Hablas como si ahora fuera un drogadicto. ¡Por Dios, Hazel, ésta es la primera, no, la segunda vez que me pincho desde que salí de chirona.

–¡Ah!, la segunda. Sí, me parece que sé cuándo te pinchaste la primera vez. El jueves pasado, cuando dijiste que habías salido a dar un paseo. —Y durante un instante, mientras miraba de lado a la mesilla de noche, quedó al descubierto su bello perfil.

—Sientes la misma fobia que tanta gente siente hacia esos seres horribles que se drogan. ¿Qué tiene de mucho mejor el alcohol? Lo que ocurre, sencillamente, es que las bebidas alcohólicas son legales en este país.

—¿Entonces por qué no es legal la droga también?

—Quizá porque hay mucha gente que hace dinero con ella.

—¿O sea que defiendes la droga como costumbre social, como tomarse una copa antes de cenar?

—¡Muy bien, pues no la defiendo!

—Las pastillas que tomas están llenas de morfina. Se lo pregunté al doctor McKensie. Timmie también lo ha notado. No sabes ya ni jugar con él como lo hacías antes, y eso que jugar con un chico de doce años es más fácil que con uno de seis.

—No necesariamente, y, como sabes muy bien, el comportamiento de Timmie desde que salí de la cárcel no ha sido muy fácil. No le culpo, pues todo es cuestión de tiempo y, además, me doy perfectamente cuenta de lo que ha tenido que aguantar en el colegio por culpa mía.

—¿Y no te das cuenta de lo que yo he tenido que aguantar también? ¿Acaso piensas que una mujer se siente orgullosa de tener a su marido en chirona? ¿Acaso crees que es fácil mantener el prestigio de un padre ante los ojos de un hijo cuando éste sabe que su padre está en la cárcel?

—Cariño, me doy cuenta de todo eso. Pero ¿qué más puedo hacer que decir que lamento todo ese maldito asunto? Sin embargo, tú te estás yendo por las ramas.

Hazel se quedó silenciosa. Sabía a qué se refería su marido.

—¿A quién quieres, a Sullivan o a mí? —preguntó Carter.

—Echo de menos a David. No puedo vivir sin verle, sin hablar con él.

—¿Y sin acostarte con él?

Ella no respondió a eso.

—Eso es parte de la cosa, ¿no es así?

—Lo ha sido. He tratado..., bueno, quiero decir que el acostarme con él no es lo más importante.

—Quizá no lo sea para ti —replicó Carter.

—Supongo que no podrás comprender que, para mí, el verle de vez en cuando, algunas tardes, durante una hora o incluso menos, nada más que para hablar con él, era una necesidad vital.

—Gawill sí que lo cree. Tiene fotos tuyas muy recientes entrando en casa de Sullivan.

—Muy bien, pues ahora ya lo sabes. Espero que esto sirva para cortarle las alas a Gawill, si es que las tiene.

—Si para ti es una necesidad, no pensarás dejarlo, ¿verdad? —preguntó Carter—. ¿O es que estabas hablando en pasado?

—Tú no comprendes a las mujeres. O no me comprendes a mí. Nunca me has comprendido.

Carter apagó su cigarrillo.

—Deja de decir lugares comunes. Comprendo que te guste hablar con Sullivan, comprendo que seáis amigos, desgraciadamente comprendo también que a una mujer le apetezca echar un poco de sal al guiso acostándose con un amigo, si éste se lo pide. Y comprendo muy bien que Sullivan te lo pidiera. ¿Qué hombre no lo haría? Pero ¿es que no puedes entender que estás casada conmigo? ¿Es demasiado difícil?

—Eso sucedió cuando estabas en la cárcel. ¿Acaso fuiste tú tan inocente en la cárcel? Nunca te lo he preguntado, ¿verdad?

Carter sonrió.

—En chirona no hay ligues. A no ser que te encapriches de un hombre. De ésos los hay en abundancia.

—¿Y tú y Max?

—¿Qué pasa con Max?

—Eso, ¿qué pasa con Max?

Carter advirtió que se estaba ruborizando.

—Yo le quería, efectivamente, pero no de la manera que estás insinuando.

—¿Ni siquiera pensaste en ello alguna vez?

Carter entornó los ojos y en ese momento la odió. Aquello era ruin, mezquino, repugnante, malintencionado.

—Ni siquiera te voy a contestar a eso.

—Quizá sea suficiente esa respuesta. En todo caso lo que ocurrió es que quizá Max se murió demasiado pronto.

—Cállate, Hazel, estás empeorando las cosas.

—¡Ah, ya! ¡Conque estoy empeorando las cosas!

—Lo que quieres es castigarme. Hacerme pensar en ello. Naturalmente que se me pasó por la mente, y quizá a Max también. ¿Pero es que quieres que te dé una vulgar explicación de las cosas de ese tipo que ocurrían continuamente en la cárcel porque no había nada mejor que hacer? Pues no te la voy a dar. ¿Cómo puedes comparar a Max con Sullivan? Max fue lo mejor que tuve en ese hediondo lugar, fue más agradable y mejor que pensar en que te estabas acostando con Sullivan, o en que quizá lo estuvieses haciendo. Entonces te concedía un margen de confianza. Para que sepas la verdad, te diré que me drogaba para dejar de pensar en ti y en Sullivan. Para no mortificarme pensando todos esos años en que estabas acostándote con él, pues eso habría acabado conmigo.

—Muy bien, pero te drogabas.

La violencia de Hazel le recordó los celos que se despertaron en ella cuando le habló por primera vez de Max. Había captado intuitivamente lo importante que era Max para él, y él también lo había captado. Pero Max había desaparecido, y Carter no recordaba que hubiesen tenido el menor contacto físico, excepto la tarde en que Max le había dado un empujón en el hombro para que se tumbase en la litera. A Carter nunca se le había pasado por la mente pensar: «amo a Max», y sin embargo durante algún tiempo había dependido emocionalmente de él tanto como de Hazel sencillamente porque estaba allí. Era una cuestión a la vez sencilla y compleja. Carter parpadeó y la miró.

—¿En qué estás pensando? —Ahora en su bello rostro no había más que belleza, pero una belleza totalmente vacía, como si fuese un campo seco que esperaba la lluvia de sus pensamientos.

—Estoy pensando que todas las palabras que has pronunciado esta noche, todo lo que has dicho con tanta acritud, forma parte de tu empeño por conservar a David. No vas a dejarle, ¿verdad?

Hazel se reclinó más profundamente en la almohada, revolviéndose con desasosiego.

—No lo sé.

Dio un paso hacia ella.

—Agradecería un poco de sinceridad. Di sí o no.

—No puedo —tenía los ojos cerrados.

—Te deseo, Hazel. Quiero que vuelvas a mí.

—No puedo hablar más sobre ello esta noche.

Carter se sintió desconcertado.

—Sullivan... Me hizo ir a su casa para contarme también que el asunto había durado dos semanas y cuatro días. Todo muy bien ensayado. No tuvo agallas para admitir la verdad. ¿Es que te gustan los hombres sin agallas?

—Efectivamente, es débil. Lo sé.

—Es un cobarde —dijo Carter—. El asunto sigue, ¿verdad?

—No, no, en realidad no sigue. Déjame dormir —dijo Hazel con los ojos cerrados y el ceño fruncido.

Carter desistió de seguir esa noche. Su droga no era la morfina. Su droga era Hazel, pensó con cierto desprendimiento humorístico. Se dio cuenta entonces de que no le había puesto ningún ultimátum. No le había dicho «abandónalo o si no haré esto o aquello». No había creído que Hazel necesitase un ultimátum. Carter se apartó del armario donde acababa de dejar la bata y la miró. Tenía la cara vuelta hacia el borde de la cama, los ojos cerrados.

21

–¿Qué hay, Phil? Soy Greg –dijo la voz de Gawill–. ¿Cómo van las cosas?

Carter echó automáticamente un vistazo por la vacía sala de estar, aunque sabía que Timmie estaba en su cuarto con la puerta cerrada.

–Todo va bien –dijo Carter.

–Pensé que quizá habrías hablado con tu mujer la otra noche.

–Qué va. –Carter aspiró el humo del cigarrillo a medio fumar.

–Vamos, Phil. Que conmigo puedes hablar. No hay nadie ahí, ¿verdad?, ¿o está el chico?

–Qué va –repitió Carter.

–Sé que Hazel no está –dijo Gawill arrastrando las palabras con su voz de barítono; Gawill, el que lo sabía todo.

Hazel se había retrasado un poco esa noche, pero podía aparecer por la puerta de un momento a otro, pensó Carter. Aunque, evidentemente, Gawill tenía a alguien vigilando la casa en este momento, pues él acababa de llegar.

–¿Qué se te ha ocurrido ahora, Greg? –preguntó Carter.

–¿Va a seguir viendo tu mujer a ese majadero? ¿Te prometió algo?

A Carter le apetecía colgar el teléfono pero no hizo más que apretarlo con la mano izquierda, indignado y sin decir ni palabra.

–No sé por qué no me contestas, Phil.

–Porque no tengo nada que decirte. Lo siento. –Y colgó el auricular.

Entró entonces en la cocina y se sirvió un whisky que se bebió de un trago. Las cosas no habían progresado ni un ápice desde que había hablado con Hazel el martes por la noche. Hoy era jueves. Entre ellos las relaciones eran de auténtica hostilidad y a Carter le preocupaba que Timmie lo hubiese notado. Carter estaba en realidad esperando que Hazel dijese algo, pero Hazel no había dicho nada más. Sería cuestión de una semana, o quizá algo más, hasta que surgiese otro compromiso falso, como ir una noche a casa de Phyllis Millen, estudiar con las que trabajaban en la oficina los casos de los que era responsable, o cualquier otra cosa, y se volvería a ir con Sullivan. Tal vez estuviese con él ahora, aunque ya era un poco tarde, después de una de sus *heures bleues* que habría empezado ese día después de las cinco. Bueno, en realidad, Hazel había dado su respuesta, iba a continuar viendo a Sullivan y acostándose con él. Si sus intenciones en sentido contrario fuesen serias, ya se lo habría dicho a esas alturas. Hazel se figuraba que la quería tanto que lo aguantaría. Ésa era la cuestión.

Carter se sintió más inclinado a hacer lo que estaba pensando desde la conversación del martes por la noche: hablar con Sullivan y pedirle que dejase de verla o... o ¿qué? La ley no podía intervenir para proteger sus derechos y vigilar a Hazel. Carter sonrió. Lo único con lo que podía contar era con una buena causa de divorcio. Pero perdería a Hazel. El mundo era muy curioso.

Hazel entró, se fijó en el vaso que tenía en la mano y le dijo:

–Buenas noches.

–Muy buenas. ¿Te sirvo una copa?

–Acabo de tomarme una, gracias. El señor Piers, nuestro sociólogo máximo, se presentó hoy e insistió en que me fuese a tomar una copa con él. De paso me ha dado otro mamotreto de sesenta páginas para que se lo acabe esta noche. –Dejó caer las fotocopias grapadas de un manuscrito en la mesa de delante del sofá, luego se estiró y se desperezó sonriendo–. Perdona, estoy entumecida. ¿Nos vamos a cenar esta noche a ese restaurante chino? Es un sitio que a Timmie le gusta, y a mí no me apetece preparar la cena teniendo que hacer esto esta noche.

–Por supuesto. Muy bien –y Carter se fue a darle a Timmie la buena noticia de que iban a ir a un restaurante chino.

En conjunto se sentía un poco mejor esa noche que las dos anteriores, pues había tomado una decisión. Por muy inútil y estúpido que fuese, iba a pedir a Sullivan que dejase de acostarse con su mujer. Así conseguiría, al menos, alguna contestación por parte de Sullivan: la promesa de que lo haría, una promesa a medias, o un «vete a la mierda». Meditó sobre los pros y los contras de llamarle por teléfono para concertar una cita, y decidió no hacerlo por la sencilla razón de que Sullivan podía o escurrir el bulto o posponerla, pues Carter no tenía la menor duda de que Hazel le había contado la conversación que habían tenido el martes por la noche.

El viernes, Carter se fue directamente desde la oficina a casa de Sullivan en el autobús de la Segunda Avenida. Llovía ligeramente y había cierta fragancia primaveral en el aire fresco. Carter tocó el timbre del piso de Sullivan y miró su reloj: eran las seis menos diecisiete minutos. Podía ser incluso demasiado pronto. También pensó, sonriendo forzadamente, que Hazel podía estar con él. Oyó entonces el portero automático y, en vez de meterse en el pequeño y lento ascensor, la emprendió escaleras arriba. Al llegar al tercer piso, el de Sullivan, un hombre que bajaba precipitadamente le dio un empujón que casi le derribó. El rudo golpe enfureció a Carter. El individuo no pronunció ni una palabra para excusarse y siguió bajando las escaleras a tal velocidad que la chaqueta se le levantó por detrás. La puerta de abajo se cerró de un portazo.

–¡Phil, Phil! –dijo Sullivan jadeando. Estaba de pie en el umbral de su puerta, que estaba abierta, y se asía a ella desesperadamente.

Carter frunció el ceño.

–¿Qué ha pasado? –preguntó mientras subía los últimos escalones.

–Entra. –Sullivan se aflojó la corbata y se desabrochó el cuello–. ¡Jesús! Pasa. Me has salvado la vida. Vamos, vamos a tomar una copa –dijo, dirigiéndose hacia el carrito de las bebidas que tenía en una esquina de la sala de estar.

Carter cerró la puerta después de entrar.

–¿Que te he salvado la vida?

–Perdona, lo necesito –añadió mientras se llevaba a los labios un vaso de whisky solo–. Ese tipo... ¿Viste a ese individuo corriendo escaleras abajo?

–Sí.

–Es uno de los amigos de Gawill. Tocó el timbre. Yo no sabía quién era pero le dejé entrar. Me dijo que venía a verme para algo de mi seguro, o algo parecido. –Sullivan se pasó la lengua por los labios. Hasta los labios se le habían quedado blancos como la leche y tenía cara de muerto, como si se hubiese quedado sin sangre–. Sacó una navaja y arremetió contra mí, agarrándome por la camisa.

Carter vio que tenía un botón de la chaqueta medio arrancado y que la pechera de la camisa estaba arrugada.

–Si no hubiese oído tu llamada habría acabado conmigo –dijo Sullivan.

Sullivan le pareció despreciable. Éste es el cerdo cobarde que se acuesta con Hazel, pensó Carter en un abrir y cerrar de ojos, y echó a andar hacia Sullivan. Sullivan no se dio cuenta de sus intenciones hasta que tuvo a Carter encima, entonces Carter le asestó un golpe con la mano en un lado del cuello.

El golpe dejó a Sullivan anonadado. En ese momento Carter se cegó como se había cegado en la cárcel después de encontrar muerto a Max, aunque ahora no pensaba ni en Max ni en nada. Carter no vio realmente a Sullivan hasta que éste estuvo en el suelo, retorcido, agarrándose el estómago como si le doliera, pero inmóvil. Entonces se quedó parado un par de segundos, para recobrar el aliento, y luego le escupió y le dio una patada que falló.

Se dirigió hacia la puerta y se volvió. No le cabía duda de que Sullivan estaba muerto. En ese momento vio en el asiento de la butaca, cerca de la cual yacía Sullivan, uno de los pies griegos de mármol: se fijó en él porque ése no era su sitio. A continuación cerró la puerta y bajó las escaleras. Las bajó a un paso normal, consciente de que su velocidad era normal, pero intrigado por quién sería el hombre de Gawill. ¿Sería el individuo musculoso que había visto en casa de Gawill con la rubia?

Al llegar a la acera se sintió ligeramente mareado durante un momento y se paró para tomar aire varias veces. Pero, por Dios, se dijo a sí mismo, no te pares a pensar. Sigue adelante. Meditó sobre esas palabras, «sigue adelante», pero sin concederles un sentido específico y sin que supusiesen un plan de acción a seguir. Irguió la cabeza y continuó andando hasta la esquina para dirigirse en dirección norte. No estaba más que a unas diez manzanas de su casa y le apetecía andar. En un bar se paró y se tomó rápidamente un whisky con agua.

–¡Hola, Phil! –exclamó Hazel alegremente cuando entraba por la puerta–. ¿Sabes lo que ha ocurrido hoy? ¡Algo increíble!

–¿Qué? –Dejó caer en el sofá el *World-Telegram* que acababa de comprar.

–Que me han ascendido.

–¡Vaya! ¡Enhorabuena!

Le miró mientras seguía sonriendo.

–Y para celebrarlo he comprado unos pichones. Los vi en un escaparate y no pude resistir la tentación. ¿Te apetece un pichón?

–Creo que sí. ¿Y a ti te apetece una copa?

–Sí, por supuesto.

Y todo transcurrió tranquila y muy agradablemente hasta poco antes de las nueve, cuando sonó el teléfono.

–¿Está la señora Carter, por favor? –preguntó una voz de hombre.

–Sí, un momento –dijo Carter–. Es para ti, Hazel.

Hazel vino de la cocina donde estaba apilando los platos y cogió el teléfono.

Carter encendió un cigarrillo. Sabía de lo que se trataba.

–¡Dios mío! –exclamó–. No... No... Ciertamente no... No,

no le he visto. –Miró a Carter, que le devolvió una mirada interrogativa...–. Creo que hace tres días, tal vez cuatro, pero he hablado con él esta misma mañana... ¡Oh! –Se dejó caer en el borde de la butaca–. Muy bien... Muy bien, naturalmente. Gracias. –Soltó el auricular y, como lo colgó mal, se cayó del receptor con estrépito; luego lo volvió a colocar en su sitio.

–¿Qué pasa? –preguntó Carter.

–¿Qué ocurre, mamá? –Timmie se levantó del suelo, dejando sus libros, y se dirigió hacia ella.

–David ha muerto.

–¿Muerto? –dijo Timmie–. ¿Se ha matado en coche?

–Le han asesinado –dijo Hazel con voz temblorosa–. Gawill, tiene que haber sido él. Gawill o uno de sus amigos. Ese canalla vicioso. –Golpeó con el puño el brazo de la butaca.

Carter le trajo un whisky solo.

Ella agarró el vaso mecánicamente, pero no se lo bebió.

–Han dicho que fue hace un par de horas. Iba a cenar con los Lafferty, que fueron a recogerle. Entraron en la casa y un vecino les contó que había oído un ruido extraño hacia las seis, como de una persona que se caía. Lafferty, entonces, pidió al conserje que abriera la puerta y le encontraron. –Las lágrimas dieron cierta tirantez a su voz.

–¿Cómo le han matado? –preguntó Carter.

–Le golpearon la cabeza con algo. Creen que con uno de los chismes griegos de mármol –dijo Hazel.

Carter tragó saliva. Estaba de pie entre Hazel y la cocina.

–¿Quieren que vayas allí?

–No. Dijeron que quizá tengan que hablar conmigo mañana. Los Lafferty les dijeron que me llamasen. Supongo que estarán llamando a todos sus amigos, pero no sé qué van a conseguir con eso, cuando a quien deberían llamar es a Gawill. –Cogió el teléfono y empezó a marcar un número.

–¿Está la policía en casa de Sullivan? –preguntó Carter. Por primera vez se le ocurrió pensar en las huellas dactilares del chisme de mármol y, por supuesto, del tirador de la puerta.

Hazel no le contestó.

–Oiga, soy la señora Carter. Quiero decirles que sé casualmente que David tenía un enemigo. Gregory Gawill. Vive en Long Island. No sé la dirección. Espere un momento. Phil, ¿cuáles son las señas de Gawill?

Carter tuvo que pensarlo un momento, pero las sabía.

–Calle 147, número 1788, de Jackson Heights.

Hazel repitió claramente ante el teléfono:

–Calle 147, número 1788, de Jackson Heights.

Carter sabía que lanzar a la policía contra Gawill era lanzarla directamente contra él. El hombre que bajaba las escaleras debió de verle. Pero Carter se dio cuenta de que él no podría identificar a aquel individuo si tuviese que hacerlo. No le había visto lo suficiente. Hoy había llegado un poco tarde a casa. ¿Cómo lo iba a justificar? Hacia las 6.10 en vez de a las seis. En cualquier caso, iba a insistir en que no había estado en el apartamento de Sullivan, a no ser que las huellas dactilares le delatasen.

–Es muy complicado –decía Hazel por teléfono–. David supo siempre que era un granuja y que le detestaba. –Se quedó callada escuchando–. Perfectamente... De acuerdo. ¿Puedo volver a llamarle esta noche más tarde? ¿Habrá alguien ahí?... Ah... De acuerdo. Cuando quiera. Adiós. –Colgó el teléfono–. Van a ir directamente a casa de Gawill. No le van a llamar por teléfono.

–¿Cuándo sucedió?

–Creen que entre las cinco y las siete. Yo he dicho que David generalmente no llegaba a casa hasta después de las cinco y media. Según parece alguien que le seguía entró en su casa detrás de él. No creo que haya sido Gawill personalmente, ¿no te parece? –Miró seriamente a Carter como si éste supiese la respuesta.

Carter pensó que en el rostro de Hazel ya se observaban los estragos del dolor, a pesar de la lógica de sus palabras. Si a él le hubiese ocurrido algo, algo irremediable, su semblante no habría adquirido esa expresión. Carter sacudió la cabeza rápidamente.

–No lo sé. Supongo que pudo haber sido Gawill. Las huellas dactilares podrán aclararlo –empezó a decir.

Timmie miraba alucinado a Hazel, con la boca ligeramente abierta. Carter pensó que tenía el aspecto de un niño al que acababan de matar a su padre.

—No parece que estés nada impresionado —dijo Hazel a Carter.

—¡Impresionado! —exclamó Carter abriendo los brazos—. ¿Qué quieres que haga? ¡Claro que estoy impresionado! ¿Van a volverte a llamar esta noche?

—No sé. No creo. —Miró el reloj—. Llamaré a los Lafferty más tarde, esta misma noche. Yo... —Se levantó despacio con una mano en la garganta.

—¡Hazel! ¿Te sientes mal? —Carter se acercó más a ella.

—Un poco mareada. Me parece que me voy a tumbar. Pero si llaman por teléfono...

Carter asintió con la cabeza.

—¿Y por qué no te tomas esa copa? Te sentará bien.

—No, gracias. —Entró en el cuarto de baño.

Volverían a llamar por teléfono de nuevo esa noche. Carter estaba seguro de ello. Carter puso una mano en el hombro de Timmie, que estaba de rodillas al lado de la butaca mirando fijamente el sitio vacío donde Hazel había estado.

—Timmie, quizá debieras irte a la cama tú también.

La contestación de Timmie fue un sonoro gruñido al que siguió un torrente de lágrimas, mientras apoyaba la cabeza en el asiento del sillón. Pero de repente se puso de pie.

—¡Pon la radio! A lo mejor nos dicen quién lo hizo. ¡La tele!

Carter puso la televisión, aunque sabía que en las noticias de las diez no dirían nada.

22

El teléfono sonó a las diez y Carter contestó.

–Soy el detective Ostreicher. ¿Es el señor Carter?

–Sí.

–Si no tienen inconveniente, desearíamos hablar con usted y con su esposa durante unos minutos esta misma noche.

–Muy bien, de acuerdo.

–Estaremos ahí dentro de diez minutos.

Hazel estaba de pie en el umbral de la puerta en camisón.

–Es la policía. Vienen ahora a hablar con nosotros –dijo Carter.

–¿Han dicho algo más?

–No.

Volvió a entrar en el dormitorio. En todo ese tiempo no había apagado la luz.

Carter vació un cenicero y ordenó unos periódicos que había en el sofá.

En menos de diez minutos se presentó la policía. El detective Ostreicher era un muchacho fornido de ojos azules que no habría cumplido los treinta años. Le acompañaba otro agente, un tipo moreno, también bastante joven. Hazel entró en la sala de estar con su bata azul y se sentó en el sofá. Los dos hombres se sentaron también, después de quitarse los abrigos, y cada uno sacó un bloc y un bolígrafo.

Primero preguntaron a Carter su nombre, edad, profesión y lugar de trabajo, y luego los mismos datos a Hazel.

–¿Dónde estuvo usted hoy entre las cinco y las siete de la tarde, señor Carter? –preguntó Ostreicher con calma sin hacer uso del bolígrafo–. Éstas son preguntas de rutina que estamos haciendo a todos los amigos del señor Sullivan.

–Estuve en la oficina y luego vine para casa –dijo Carter–. Llegué hacia las seis.

–¿Puede contarnos sus movimientos con exactitud? Usted ha dicho que su oficina está en la esquina de la Segunda Avenida y la calle 43.

–Sí. Cogí el autobús de la Segunda Avenida hacia el centro.

–¿A qué hora fue eso?

–Creo que hacia... las cinco y media. –Carter se dio cuenta de que había sido un par de minutos antes–. El autobús estaba muy lleno y tuve que esperar unos minutos. Me bajé antes de mi parada, en la calle 34, y seguí andando hasta casa. Compré un periódico.

–¿Por qué se bajó allí?

–El autobús iba muy lleno y decidí recorrer a pie las siete manzanas que faltaban.

–Señora Carter, ¿estaba usted en casa cuando llegó?

–Sí.

–¿Coincide esto? ¿Llegó a casa hacia las seis?

Hazel asintió lentamente con la cabeza.

–Sí.

Carter pensó que podía haber dicho que eran las 6.10 si se hubiese dado cuenta, pero quizá no se había percatado de ello.

–Señor Carter, ¿cuándo vio usted al señor Sullivan por última vez?

Carter se volvió automáticamente hacia Hazel.

–¿No fue cuando vino a cenar aquí la última vez?

–Sí. Hace unos diez días –dijo Hazel.

Hazel le había visto después, y ese asunto iba a salir a relucir de un momento a otro, pensó Carter, y se frotó nerviosamente las palmas de las manos, juntándolas después entre las piernas con los rojizos dedos pulgares apuntando hacia arriba. Estaba sentado en una silla.

–¿Y usted, señora Carter?

–Le vi el... martes.

–¿El martes, a última hora de la tarde?

–Sí.

–¡Ah! ¿Tenía usted por costumbre ver al señor Sullivan sin su marido, señora Carter?

Hazel movió la cabeza lateralmente contra el respaldo de la butaca.

–Estoy segura de saber lo que Gawill le ha contado, así que no nos andemos con rodeos.

–¿Es verdad, señora Carter?

–En parte, sí.

–¿Eran amantes?

–Sí, éramos amantes.

–¿Con el consentimiento de su marido? –Ostreicher miró a Carter.

Carter no se inmutó, por lo menos así le pareció a él, y fijó la vista en un punto determinado de la mesa de delante del sofá.

–No, no enteramente con el consentimiento de mi marido.

–¿Y ustedes discutieron algo sobre ello el martes por la noche?

–Sí. El martes por la noche ya tarde, cuando volví a casa.

Ostreicher echó otra mirada a Carter.

–¿Lanzó su marido alguna amenaza contra el señor Sullivan entonces, o en cualquier otro momento?

–No –contestó Hazel.

Ostreicher miró a Carter.

–Señor Carter, ¿cuál era, sinceramente, su actitud hacia el señor Sullivan? ¿Qué sentía hacia él?

Carter abrió las manos.

–Yo... –Repentinamente le faltaron las palabras del todo. Pero Ostreicher estaba esperando–. Sabía que hace años tuvieron un breve idilio. Esta semana me enteré de que la cosa seguía más o menos. –Le parecía abominable tener que decir eso, pero Carter estaba seguro de que Gawill lo habría contado, que habría dado las fechas y las horas en que Carter le había visitado y que habría hablado de las cintas–. Quiero decir que apenas si he tenido tiempo de analizar lo que siento hacia él o, mejor dicho, lo que sentía hacia él.

–¿Usted no trató de verle, de hablar con él, desde el martes por la noche? Gawill fue quien me informó de lo del martes –añadió Ostreicher.

–No.

–¿Pensaba usted hacerlo?

Carter le miró.

–En realidad no había dado por terminada la conversación con mi mujer para saber qué pensaba hacer –dijo Carter.

–Siento tener que hacerles estas preguntas tan íntimas, pero ¿qué tipo de conversación mantuvieron ustedes el martes por la noche?

Ostreicher les miró primero a uno, luego al otro.

Carter de repente se dio cuenta de que Timmie estaba en pijama en la puerta que daba al vestíbulo y se levantó.

–Timmie, es mejor que te vuelvas a la cama. –Carter echó a andar hacia él–. Vamos. Te lo contaremos todo por la mañana.

–¿Saben quién mató a David? –preguntó Timmie.

–No se sabe nada todavía. Te iré a ver luego, cariño –le dijo, dándole unas palmadas en la espalda y conduciéndole, aunque el niño se resistía, a su cuarto. Después cerró la puerta.

–¿Cuál fue el resultado de su conversación, señor Carter? –preguntó Ostreicher al volver Carter.

–Que mi mujer admitió que el asunto seguía –dijo Carter–. Bueno, más o menos. –Al decir esto miró a Hazel.

–¿Y le pidió usted que lo dejase?

–No, no exactamente.

–Me preguntó qué pensaba hacer –dijo Hazel–, y yo le dije que no lo sabía, lo cual era verdad.

–Señora Carter, ¿estaba usted enamorada del señor Sullivan? –preguntó Ostreicher.

–Creo que sí –dijo con voz muy apagada.

–¿Y se lo dijo usted a su marido?

–Más o menos –dijo Hazel.

–¿Tenía usted la intención de disolver su matrimonio?

Hazel sacudió la cabeza.

–Sabe, tenemos un hijo.

–Sí, ya lo sé. En ese caso, la cuestión estaba esta semana en
una situación de incertidumbre.

–Eso me parece.

Ostreicher dirigió a Carter una mirada interrogativa.

–Sí –dijo Carter.

Ostreicher pasó una página de su bloc, luego unas pocas
más, mirando lo que tenía escrito. Entonces dijo bruscamente:

–Señor Carter, tendremos que tomarle las huellas dactilares.

El agente, que iba de uniforme, sacó el material necesario
de su cartera.

Carter supuso que esto significaba que en el apartamento
de Sullivan habían encontrado huellas lo suficientemente claras
como para poder probar algo.

–Gawill nos ha contado que en el penal tuvo usted una lesión en los dedos pulgares –comentó Ostreicher mientras le
presionaba la punta de los otros dedos.

–Sí. –Los pulgares le habían dolido mucho desde las seis y
Carter había tomado un par de Pananods antes de cenar. Ahora
temía que Ostreicher se los apretase.

–Le dejaré que ponga usted mismo los pulgares, si puede
hacerlos girar presionando con fuerza.

Carter lo hizo con fuerza para no tener que repetirlo.

–Tenemos una huella del piso del señor Sullivan pero, desgraciadamente, no es muy buena. Es del pie de mármol con el
que creemos que le mataron, y el mármol tiene la superficie áspera, por lo menos donde está la huella. Los tiradores de las
puertas están demasiado manoseados como para servirnos de

algo. La huella que tenemos es de un dedo de en medio, de éste —dijo señalando la huella que estaba al lado del dedo índice en la hoja de papel de Carter.

Carter no dijo nada. Sabía que el primer golpe que había dado a Sullivan era en un lado del cuello. Evidentemente la contusión no era visible, o no se habían fijado en ella.

Ostreicher volvió a preguntar sobre Gawill. ¿Cuánto tiempo hacía que le conocía Carter? ¿Qué pensaba de él? ¿Creía que había estado implicado en el fraude que llevó a Carter a presidio? ¿Qué razón le había inducido a Carter a ir a ver a Gawill, por iniciativa propia, el martes por la tarde?

Carter explicó que Gawill había acusado a su mujer, en relación con Sullivan, y había querido averiguar si Gawill tenía pruebas.

—¿Y las tenía?

—Bueno..., algunas —dijo Carter—. Pero no tantas como alardeaba tener. Probablemente ya se habrá dado usted cuenta de que está un poco chiflado.

—¿Cómo chiflado?

—Es un paranoico. Odiaba a Sullivan y exageraba lo que Sullivan estaba haciendo contra él, lo mismo que trataba de exagerar el asunto entre Sullivan y mi mujer. —A Carter le sobrevino una extraña emoción al decir esto, y se dijo que debía estar sobre aviso. Pero ¿acaso podía exagerarse un asunto así?, o eran amantes o no lo eran—. La cuestión es que, a mi modo de ver, Gawill trataba de instigarme para que yo matase a Sullivan. Se le notaba tanto que resultaba gracioso. Y el martes por la noche le dije: «No me pienso preocupar. Me azuzas porque le odias más que yo.»

Ostreicher le escuchaba con atención, con tanta atención que se había olvidado de escribir, pero el agente no dejaba de hacerlo.

—Usted dijo que no pensaba preocuparse.

—Dije algo así. Pero estoy seguro de que Gawill no le ha contado eso, ¿verdad que no? No me cabe duda de que lo que quiere es que yo cargue con la culpa.

–Sí, en realidad es lo que quiere. Claro que usted quiere que sea él el que cargue con ella. –Ostreicher esbozó una sonrisa.

Carter miró a Hazel. Tenía desencajado el semblante y seguía con la cabeza reclinada en el respaldo de la butaca.

–Le dijo usted alguna vez a Gawill... –Ostreicher volvió a empezar–. Según Gawill usted amenazó con matar a Sullivan. El martes por la noche usted dijo que lo iba a hacer.

–Pues no es verdad. –Carter tomó aliento–. Estoy completamente seguro de que es Gawill quien se lo ha dicho. Y estoy completamente seguro de que quiere que usted se lo crea. –Carter miró a Hazel–. Pregunte a mi mujer si estaba tan iracundo como para eso, o si proferí la menor amenaza contra él. –Carter se levantó y se dirigió hacia la cocina–. Perdone, pero voy a por un vaso de agua. ¿Quiere alguien agua?

Nadie quería.

–Mi marido no profirió, desde luego, ninguna amenaza –dijo Hazel.

Carter oyó su diáfana voz muy claramente. Al volver a la sala, Ostreicher le preguntó:

–¿Estuvo usted alguna otra vez en la cárcel, antes de ese lío del Sur?

–No –contestó Carter.

–La condena que usted cumplió fue de seis años, según Gawill.

–Sobre eso, Gawill ha dicho la verdad –dijo Carter–. Seis años.

Ostreicher miró al agente, que levantó la vista.

–Veremos lo que las huellas dactilares nos pueden revelar.

El joven agente asintió con la cabeza, y dijo:

–Sí, señor.

Ambos se pusieron de pie. Ostreicher sonrió.

–Adiós, señor Carter –y volviéndose hacia Hazel dijo–: Buenas noches, señora.

Hazel se levantó.

–¿Nos llamará usted mañana?, o ¿podemos llamarle nosotros? Ostreicher asintió con la cabeza.

–Estoy seguro de que les llamaremos mañana.

–¿Harán indagaciones sobre todos los amigos de Gawill? –preguntó Hazel.

–Sí, sobre todos ellos, no tenga cuidado. Gawill tiene una coartada indiscutible para esa noche.

–Claro, estaba segura de que la tendría –dijo Hazel–. Por eso ni me he molestado en preguntarlo.

–Desde las seis a las diez estuvo tomando unas copas y cenando con dos amigos. Hablé con los dos por teléfono esta noche, así como con el dueño del restaurante donde estuvieron, pero, evidentemente, también hablaremos con todos ellos personalmente.

–Yo no creo que Gawill lo haya hecho –dijo Hazel con una sonrisita amarga–, pero tiene muchos amigos de antecedentes oscuros.

–Sí, ya me he dado cuenta –replicó Ostreicher saludando con la mano y dirigiéndose hacia la puerta acompañado del joven agente.

Carter les abrió la puerta.

Hazel se detuvo cuando iba hacia el dormitorio y miró a Carter:

–Con la huella quizá podamos saber algo mañana, ¿no te parece?

Carter asintió con la cabeza.

–Si es lo suficientemente clara.

Carter vació el cenicero, lavó su vaso de agua y lo guardó. Todo dependía de que el asesino a sueldo de Gawill hubiese hablado con él esa noche, pensó Carter. Pero Gawill probablemente le habría dicho que no telefonease. En realidad, todo dependía, como siempre, del dinero: si el asesino de Gawill no había cobrado, quizá le dijese a Gawill que había matado a Sullivan cuando la noticia apareciese al día siguiente en los periódicos. Sin embargo, si había cobrado por adelantado, podía decir: «Yo no lo hice, pero vi a Carter subir las escaleras.» A pesar de todo, la solución intermedia era la más probable: el asesino de Gawill cobraría el dinero por haber dado muerte a Sullivan (la cantidad podía ser cinco mil dólares o quizá diez mil) y luego, si la policía le seguía la pista, o daba con él, contaría la verdad, es decir, que él no había cometido el asesinato pero que había visto a Carter entrar en el piso. Carter llegó a la conclusión de que sus días estaban contados o, en el mejor de los casos, que sus probabilidades de salir absuelto eran mínimas.

23

–Qué estúpidos hemos sido de no haber preguntado a la policía a qué número podríamos llamarles –dijo Hazel, malhumorada, cuando estaban desayunando.

No había mermelada en la mesa y Carter no se levantó a buscarla. Ninguno de los dos se comió los huevos revueltos. Tan sólo Timmie se comió lenta y solemnemente su desayuno habitual, que se componía de cereales, huevos, tostadas y leche con una gota de café para darle sabor. Timmie les había acosado a preguntas tan pronto como se había despertado, pero las respuestas no le habían convencido.

Era preciso hacer la compra habitual del sábado. Carter se ofreció a hacerla porque Hazel, evidentemente, deseaba quedarse cerca del teléfono. No descansaría, pensó Carter, hasta que hubiese averiguado quién había matado a Sullivan y hasta que se castigase convenientemente al asesino, enchironándolo o ejecutándolo. ¿Qué había pensado él que iba a conseguir matando a Sullivan? La verdad era que no había pensado en ello. Carter empezó a hacer la lista de lo que había que comprar. No valía la pena preguntar a Hazel lo que quería para el fin de semana. Hazel entró en la sala de estar para llamar a los Lafferty. Tenía el número en su agenda. Mientras hablaba con ellos, Carter fregó los cacharros. La conversación duró largo rato, hasta que Carter estaba a punto de salir con el carrito de la compra.

Carter volvió a cerrar la puerta.

—¿Saben algo los Lafferty?

Hazel no se había pintado los labios y estaba muy pálida.

—Bueno, dicen que podía tener otros enemigos además de Gawill.

—Puede ser verdad, puesto que era abogado.

—Si los tiene, no sé quiénes son. Los Lafferty tampoco lo saben.

Hazel se levantó y se dirigió lentamente hacia la cocina, pero podía igualmente haber echado a andar en dirección contraria, pensó Carter, porque parecía estar ausente, como en una nube.

—Creo que estaré de vuelta dentro de cuarenta y cinco minutos —dijo Carter, y salió.

Cuando Carter volvió, la policía había llamado por teléfono y habían dejado el recado de que les llamase.

—¿Qué dijeron? —preguntó Carter a Hazel. Estaba de pie junto a la mesa de la cocina descargando dos grandes bolsas de comestibles.

—Las huellas dactilares no sirven —dijo Hazel.

Carter frunció el ceño.

—¿Cómo que no sirven?

—La que tienen no está muy clara. Podría ser de muchas personas.

Carter supuso entonces que indagarían con más detalle lo que él había hecho desde que salió de la oficina hasta que llegó a casa. Carter guardó cada cosa en su sitio, el zumo de naranja congelado, el papel higiénico, los huevos, el beicon, un trozo grande de añojo para el día siguiente —esto en la parte inferior del frigorífico porque a Hazel no le gustaba muy congelado—, chuletas de cordero, Corn Flakes, pasta de dientes, Kleenex, coles de Bruselas y una lechuga.

—¿No vas a llamar? —preguntó Hazel. No se había vestido todavía y estaba sentada en el sofá, hojeando el *Times* que Carter acababa de comprar. En el *Times* no había nada sobre David Sullivan.

–Sí, es que quería quitar de en medio las cosas de comer. –Carter se dirigió hacia el teléfono. Hazel había escrito el número con trazos firmes, en el cuadernillo, y lo había subrayado tres veces.

–Phil, ¡mira que de todos los periódicos haber comprado éste! ¿No podías haber comprado un periódico más sensacionalista?

–No he visto nada en la primera página de ninguno de esos periódicos –dijo Carter, lo cual era verdad. Había habido un accidente de avión en Long Island y eso era lo que ocupaba las primeras páginas. Marcó el número–: Soy Philip Carter –dijo al hombre que contestó al teléfono–. Quisiera hablar con el detective Ostreicher.

A Carter le pasaron la comunicación en seguida.

–Buenos días, señor Carter –dijo Ostreicher–. Gracias por llamar. Supongo que su mujer le habrá contado lo de las huellas, no son claras. Pero hemos hablado con su secretaria esta mañana y nos ha dicho que usted se marchó de la oficina hacia las cinco y veinte.

–Sí, es posible. ¿Qué dije yo, las cinco y media?

–Sí –dijo Ostreicher, y esperó.

Carter se quedó esperando también.

–La chica dice que está segura porque ella no se marchó hasta las cinco y media, y luego se retrasó hasta las cinco treinta y cinco, o algo así, para llevar unas cartas al Correo. Le digo esto porque vamos a tener que comprobar al minuto lo que hizo todo el mundo con mucha exactitud, puesto que no hay ninguna pista. Y su mujer dijo esta mañana que usted pudo haber llegado a las seis y diez, que no lo recuerda exactamente.

Hubo un nuevo silencio que duró unos segundos.

Carter se preguntaba si sería Ostreicher quien había sugerido a Hazel la posibilidad de que hubiese llegado más tarde de lo que había dicho, ¿o se le habría ocurrido a ella espontáneamente?

–Puede tener razón –dijo Carter–, yo no miré el reloj. –Podría haber mencionado que se había parado para tomar una copa, pero Ostreicher preguntaría al barman, y el bar en el que había estado se encontraba justamente al sur de la calle 38–. ¿Quiere usted que vaya a la comisaría, o algo así?

–Oh, no, gracias. Probablemente volveremos a hablar con usted durante el fin de semana. ¿Se quedará usted por aquí sin salir de la ciudad?

Carter contestó afirmativamente.

Carter colgó el teléfono y miró a Hazel.

–Me han hecho más preguntas sobre cada minuto –dijo–. ¿Las seis? ¿Las seis y diez cuando llegué a casa? No me acuerdo, ¿y tú?

–Creo que fue un poco después de las seis. Tampoco me acuerdo exactamente –dijo tranquilamente. Hazel generalmente tenía algo que hacer los sábados por la mañana: escribir unas cartas, ir a la biblioteca de la calle 23. Ahora permanecía sentada con los brazos cruzados.

–Me parece que voy a seguir con este trabajo de la oficina –dijo Carter dirigiéndose hacia la mesa del teléfono en la que estaban los folletos de Jenkins and Field. Era información sobre la fábrica de Detroit que le habían encargado reformar.

Hazel entró en el dormitorio.

Y ese sábado no sucedió nada más.

Phyllis Millen les había invitado a un cóctel el domingo, pero, hacia las dos del mismo día, Hazel la llamó para disculpar su asistencia. Hazel y Phyllis hablaron durante largo rato, pues para entonces la noticia ya había aparecido en los periódicos. El *Times,* el *Herald Tribune* y el *Sunday News,* todos mencionaban que, según se afirmaba, la señora Hazel Carter mantenía relaciones íntimas con David Sullivan, pero esta información, decían todos los periódicos, provenía de Gregory Gawill y Gawill era un enemigo declarado de Sullivan. Carter pensó que era un detalle delicado, por parte de la policía y del detective Ostreicher, no haber revelado a la prensa que la propia Hazel había admitido que eran amantes. Sin embargo, era inevitable que esto saliese a relucir en los próximos días, y entonces el dedo acusador, como todos los periódicos lo llamaban (que el domingo todavía no señalaba a nadie, ni siquiera a Gawill), se dirigiría a él. Carter no escuchó la conversación de Hazel con Phyllis. Por el contrario, se fue al dormitorio y se sentó al escritorio con su trabajo. Carter se puso tenazmente a hacer notas y bocetos de planos para el arquitecto de Detroit con el que iba a trabajar, sin saber si jamás llegaría a ir a Detroit. Pensó en que Hazel había telegrafiado la tarde anterior a los padres de Sullivan, que vivían en Massachusetts. La policía habría dado la noticia a los Sullivan, naturalmente, pero Hazel había querido enviar un telegrama de pésame.

—¿Los conoces? —había preguntado Carter.

—Sí, he estado con ellos dos veces. Vinieron a Nueva York un fin de semana cuando yo estaba aquí pasando el verano, y otra vez fuimos David y yo a verlos a Stockbridge. —Se lo contó a Carter desinteresada e indiferentemente y Carter tuvo esa sensación de estar al margen, y de que le daban de lado, que tantas veces había experimentado en la cárcel cuando Hazel le contaba, con retraso, algo que había hecho o que iba a hacer. Creía recordar vagamente que sí le había dicho que conocía a los padres de Sullivan, pero si le había contado que había ido a verles, eso se le había olvidado. A Carter le parecía que su preocupación por expresar su pena y su dolor por la muerte de Sullivan era la que, en estas circunstancias, habría tenido una nuera.

Cuando a las 10.15 de la noche sonó el teléfono, Carter apenas si se dio cuenta, ya que había sonado muchas veces. Pero ahora era la policía la que llamaba. Carter lo notó por la tirantez con que oyó decir a Hazel, desde el dormitorio:

—Sí..., sí. —Entró lentamente en la sala de estar—. Naturalmente. Muy bien... bien. —Tras de lo cual colgó—. Ahora viene la policía —dijo a Carter.

—¿Saben algo?

—No me han dicho nada. —Se puso de pie. Timmie había salido de su cuarto al vestíbulo.

—¿Puedo quedarme levantado, mamá?

Hazel se pasó la mano por el pelo.

–Sí. Muy bien. Quédate levantado en tu cuarto, si quieres, pero no vengas cuando la policía esté aquí, cariño.

–¿Por qué no?

Hazel sacudió la cabeza, y se puso tan nerviosa que dio la impresión de que iba a romper a llorar.

–Porque te contaremos todo lo que digan, te lo prometo.

¿Le contaría también lo de su lío?, se preguntó Carter, ¿o es que Timmie ya lo sabía y lo daba por supuesto? «¿Qué quiere decir "relaciones íntimas"?», había preguntado Timmie a Carter mientras escudriñaba los periódicos, y Carter le había contestado que quería decir que Hazel y Sullivan eran íntimos amigos. Pero Carter pensó que Timmie debía de saberlo por intuición. Carter volvió a conducir a Timmie hacia su cuarto.

–Después de que se marchen tomaremos un chocolate con leche y te contaré todo lo que hayan dicho –le dijo Carter, levantando la mano que le había apoyado en la espalda y dándole una palmadita en el hombro–. Hasta luego, hijo.

Carter volvió a la sala de estar. Hazel estaba de pie junto a la butaca y él le pasó el brazo derecho por la cintura atrayéndola hacia sí, movido por el deseo de consolarla, pero Hazel se apartó.

–Perdona. Estoy nerviosa –dijo.

Se fue al dormitorio.

Entonces sonó el timbre.

Era Ostreicher con el joven agente.

–Bueno, hemos pasado todo el día con Gawill y sus amigos –dijo Ostreicher–. Naturalmente, también les hemos tomado las huellas dactilares.

Carter se sentó muy derecho, escuchando. Ostreicher no había venido para darle noticias de Gawill, estaba seguro de ello.

–¿Y qué hay de las huellas? –preguntó Hazel.

–No hay más que una –dijo Ostreicher sonriendo–. Podría ser del señor O'Brien, podría ser de su marido, podría ser de... ¿Cómo se llama? Charles Ewart. –Ostreicher miró al agente, que asintió con la cabeza. Ostreicher tenía ojeras.

–Christopher Ewart –dijo el agente. Estaba con los brazos cruzados y no tomaba notas, aunque tenía el bloc sobre las rodillas.

Carter recordó que Anthony era el nombre del individuo que estaba en el apartamento de Gawill con la rubia. Era un tipo fornido, que parecía un boxeador o un jugador de fútbol. Carter supuso que podía ser él el que bajó las escaleras corriendo, aunque no pudo ver si se trataba de un tipo musculoso porque le tapaba la chaqueta que se le había levantado con la velocidad. Y Carter pegó un pequeño respingo involuntario al darse cuenta de que, tan pronto como había oído lo que le dijo Sullivan esa noche, había sabido que la culpa o la sospecha de haber asesinado a Sullivan recaería sobre la persona que bajó las escaleras corriendo.

–Los dos amigos con los que Gawill cenó el viernes por la noche –dijo Ostreicher– son dos señores de New Jersey. Uno de ellos es griego. Cenaron en un restaurante griego de Manhattan. Hemos visto a los dos. Son conocidos de Gawill a los que, según parece, no ve con frecuencia. Ambos tienen trabajo y están casados y, en todo caso, sus huellas están libres de toda sospecha. No coinciden. –Sacó de su bloc una fotografía de unos cuarenta centímetros cuadrados–. Lo único que tenemos en concreto es esta línea y estas espirales, o más bien arcos, que hay encima.

Carter cogió la fotografía que Ostreicher le enseñaba y Hazel se levantó para mirarla por encima del hombro de Carter. Era aproximadamente la tercera parte de una huella dactilar del dedo de en medio, con una breve línea vertical que atravesaba unas espiras que había en el borde exterior. Era, sin duda, parcial.

–Esta huella parcial podría pertenecer a miles de personas –dijo Ostreicher–. La huella nos servirá de ayuda, de guía, pues no nos molestaremos en interrogar a ninguna persona que no tenga una huella como ésta –añadió esbozando una sonrisa.

–¿Y O'Brien? –preguntó Hazel–, ¿quién es?

–Un barman de Jackson Heights, amigo de Gawill. Según

contaron O'Brien y su compañero de cuarto, aquél volvió a su apartamento de Jackson Heights a las cinco de la tarde del viernes; después, hacia las cinco y cuarto, su compañero se fue y, según O'Brien, él se quedó en casa hasta las siete para darse una ducha y echarse una siesta, y luego salió; comió una hamburguesa por allí cerca y se fue a ver una película. Desde luego, ha visto la película, pero nadie puede asegurar que estuviese en el sitio de las hamburguesas el viernes, o que fuese a ver la película ese día. Pudo haber ido el jueves. Esa película la daban también el jueves, y O'Brien libró la tarde del jueves. Entró de turno el jueves por la noche y trabajó de nuevo el viernes por la noche. No tiene, sin embargo, antecedentes penales. –Ostreicher dio una chupada a su cigarrillo.

–¿Pero usted sospecha de él? –preguntó Hazel.

Ostreicher tragó saliva y miró a Hazel.

–Tenemos que interrogar a todo el mundo, señora Carter. Hay una o dos personas que Sullivan conocía (y de una de ellas podría, efectivamente, ser esta huella) que son de dudosa moralidad, de antecedentes oscuros y algo sospechosos hasta ahora –sonrió resignadamente–. El móvil de este asesinato ha sido el odio, el odio de la persona que lo cometió o de la persona que pagó a otro para cometerlo. Todo abogado puede despertar el odio de una persona a la que va a arruinar, y el señor Sullivan tenía entre manos un caso así, pero no hay quien mate a un abogado por eso, a quien se mata es a la persona a quien representa, ¿no le parece? –Ostreicher se desabrochó la chaqueta–. Dada la situación, parece que quedan Gawill... y usted, señor Carter.

–¿Y qué van a hacer con la historia de O'Brien, por ejemplo? ¿Con su coartada? –preguntó Hazel.

–Continuar las investigaciones –dijo Ostreicher–. Seguir vigilándole, al mismo tiempo que a otros. Controlaremos los movimientos de dinero en las cuentas bancarias de la gente, vigilaremos a las personas mismas, observaremos a quién ven y con quién hablan. Lo normal. Creo que sabremos algo dentro de un par de días –añadió en un tono algo más animado.

–¿Y quién es ese que se llama Ewart? –preguntó.

–Ewart se reunió con Gawill y los otros dos el viernes por la noche en el restaurante. También es de New Jersey; vende coches. Le he mencionado únicamente porque también podría ser suya la huella, pero tiene coartada. Llevó el coche a New Jersey a que se lo revisasen y estuvo allí desde las cinco hasta las seis. Lo comprobamos en la estación de servicio. Luego se fue al restaurante de Manhattan –Ostreicher suspiró y miró al vacío–. Gawill pudo comprar a alguien. Vamos a hacer averiguaciones en su cuenta bancaria mañana.

–No creo que sea tan estúpido como para que le cojan por ahí –dijo Carter.

–Miraremos de todas maneras. –Ostreicher parpadeó al sonreír, como era habitual en él–. Señor Carter, usted no es zurdo, ¿verdad?

–No –dijo Carter, que sabía que las huellas dactilares eran del dedo de en medio de una mano derecha.

–¿No tiene usted más fuerza en una mano que en otra a causa de la lesión de sus pulgares?

–No. –El pulgar izquierdo le dolía menos, pero eso no influía en la fuerza de la mano.

–Tengo que volverles a preguntar a los dos –dijo Ostreicher inclinándose hacia delante en la silla– si tenían algún proyecto o si habían tomado alguna decisión o llegado a algún acuerdo, incluso amistoso, acerca de su futuro –señaló con la cabeza a Hazel–, y del suyo –hizo otro gesto con la cabeza señalando a Carter–, en relación con el señor Sullivan como consecuencia de las conversaciones que mantuvieron la pasada semana.

Hazel contestó primero:

–No decidimos nada. Quizá sea eso peor que llegar a un acuerdo.

–No necesariamente. Ya les he dicho que, según Gawill, el señor Carter estaba furioso, pero no piensen que me creo todo lo que Gawill me cuenta. –Se volvió hacia Carter–. ¿No tenía usted la menor intención de hablar con el señor Sullivan sobre la situación?

–Sí, sí la tenía –dijo Carter pausadamente–. Traté de verle el martes por la noche, como Gawill le habrá contado. Pero fue la tarde en que me encontré a mi mujer en la acera camino de su casa. –Se irguió más, esforzándose por mantenerse tranquilo–. Quería, efectivamente, hablar con Sullivan para preguntarle si era verdad que el asunto seguía y, en ese caso, que me dijese lo que pensaba hacer ahora que yo me había enterado de ello, pero no llegué a verle esa tarde.

–Es cierto. Gawill me lo contó. –Ostreicher esbozó una leve sonrisa.

–¿Usted no trató de ver al señor Sullivan después de eso?

–No.

–¿Por qué no?

–Porque... el encontrar a mi mujer yendo a verle era, en parte, la respuesta que quería –dijo Carter–. Lo que me quedaba por hablar, prefería hacerlo con mi mujer.

–¿De verdad? ¿Por qué? –Ostreicher hacía sus preguntas de forma monótona y automática, como si no le interesasen las respuestas. O como si no se creyese la última respuesta de Carter.

–Porque me parecía que lo que Sullivan quería hacer, o estaba haciendo, el tener un lío con una mujer casada, era asunto suyo; pero yo tenía derecho a preguntar a mi mujer sus intenciones, porque es mi mujer.

Ostreicher movió la cabeza y esbozó una leve sonrisa que parecía denotar incredulidad.

–¿Qué pensaba usted hacer, señora Carter?

Carter observó la expresión de preocupación y de sufrimiento que invadía el rostro de Hazel, pero ¿es que se podía repicar campanas e ir en la procesión?

–Sinceramente, no lo sé –dijo Hazel–. El martes por la noche estaba hecha un mar de confusiones. Sí, supongo que habría dejado a David.

–¿Pero esto no se lo dijo a su marido?

–No. No claramente.

Ostreicher suspiró.

–¿Habló de esto con el señor Sullivan el martes por la noche?

Hazel respondió que no.

–¿No le dijo que acababa de ver a su marido en la acera, allí mismo?

Hazel negó con la cabeza rápidamente:

–No. –Repentinamente miró a Carter y le dijo–: ¿No crees que deberías contarle al señor Ostreicher lo de la droga de Gawill? ¿Sencillamente el hecho de que la tenía?

–¿Droga? –dijo Ostreicher.

–Sí –dijo Carter–. Me ofreció droga, heroína, y me pinché dos veces. Yo tenía que tomar morfina en la enfermería del penal por lo de los dedos y Gawill tenía bastante cantidad.

–¿Cuánta?

–Me pareció que más de doscientas ampollas de plástico en forma líquida. Gawill me dijo que cada una contenía sesenta miligramos.

Ostreicher frunció el ceño.

–Ya no la tiene. Le registramos el apartamento ¿Por qué se inyectó, señor Carter?

Carter tomó aliento.

–Ayuda a quitar el dolor de los dedos. Y además me gusta.

–Dice que se inyectó en dos ocasiones. ¿Tiene la costumbre de inyectarse todos los días?

–No. Las pastillas que tomo me van bien y, en realidad, están hechas a base de morfina. –Miró a Hazel–. Tomo unas cuatro al día, a veces seis, y calculo que eso equivale a dos o tres gramos de morfina.

–¿No le pareció extraño que Gawill tuviese tanta droga en su apartamento? ¿Dónde cree usted que la adquirió?

–Sí, me pareció raro. Pero teniendo en cuenta la gente con quien anda... –Carter se encogió de hombros–. Yo no le pregunté nada a Gawill, pues ésa no era la razón por la que iba a verle.

–¿No trató usted de averiguar dónde la podía haber adquirido?

–No. No me importaba. –Carter observó que a Hazel, y a Ostreicher también, les parecía mal ese comentario: el tener heroína era ilegal, y no solamente no lo había denunciado, sino que se había aprovechado de ello–. Lo que trataba era de conseguir información de Gawill, y la verdad es que no quería ponerme a mal con él.

–Podría habérmelo mencionado antes –dijo Ostreicher mirando a su colega Charles, que estaba escribiendo en el bloc–. Esto abre la posibilidad de que se trate de un caso de tráfico de drogas. De traficantes, que son un hato de sinvergüenzas, y muy numerosos. –Sacudió la cabeza, como si se sintiese abrumado porque iba a tener que enfrentarse con un nuevo problema, pero no se dirigió al teléfono.

Carter tenía la impresión de que Ostreicher sospechaba seriamente de él, de que había abrigado sospechas todo el tiempo y de que estaba tan seguro de ello que no tenía por qué precipitarse. Carter tragó saliva y miró a Hazel.

Hazel estaba inclinada hacia delante con los brazos apoyados en las rodillas, mirando fijamente al suelo. Repentinamente levantó la vista hacia Ostreicher.

–¿Como cuánto tiempo cree usted realmente que se tardará en averiguar quién lo hizo?

Ostreicher tardó algún tiempo en contestar, y acabó contestando lo de siempre:

–Quizá dos o tres días. Quizá incluso menos. Ya veremos lo que los bancos de Gawill nos revelan mañana. Tendremos que investigar en el suyo también, señor Carter.

Carter asintió con la cabeza y se levantó al mismo tiempo que Ostreicher.

–Y, por supuesto, trataremos de lo de la droga de Gawill –dijo Ostreicher–. Quizá sepa algo Grasso, el jefe de Gawill. En realidad, no parece tener la menor idea de que Gawill planease el asesinato de Sullivan, o que tuviese que ver con ello, pero puede suceder que Gawill esté teniendo mucho cuidado. Gawill y Grasso están muy unidos, personalmente, quiero decir. Son verdaderos amigos. –Ostreicher se rascó la barbilla y dirigió la mirada durante un momento hacia la pared, luego miró a Carter y sonrió–. Volveremos a tener trabajo esta noche. Hay que vigilar la casa de Grasso y también la de O'Brien a causa de la droga. ¿Cómo estaba embalada?

—En una caja de cartón de un palmo de lado —dijo Carter—. Las ampollas estaban en capas, entre algodones.

—Probablemente estén ya en frascos de mahonesa —murmuró Ostreicher—, o en frascos de algún líquido para abrillantar la plata. —Rió entre dientes—. Vámonos, Charles.

Timmie apareció al cerrarse la puerta del piso. Carter fue a prepararle el chocolate con leche prometido, mientras Hazel trataba de responder a sus preguntas. La respuesta a la gran pregunta estaba todavía por contestar. Pero a Timmie le interesó mucho O'Brien. Se sentó en el sofá cogiendo el vaso de chocolate.

—Quizá sepan que O'Brien lo hizo y estén esperando algo muy definitivo.

Hazel miró con cansancio a Carter.

—No creo que podamos averiguar nada más esta noche. —Carter tampoco sabía qué decir. Timmie había visto películas en la televisión en las que los detectives se callaban lo que sabían hasta que podían dejarlo caer de golpe sobre el culpable. Este tipo de situación era lo que estaba tratando de imaginar ahora.

—Timmie, es todavía demasiado pronto para saber nada —dijo Carter.

Una vez en la cama, Carter trató de rodear a Hazel con el brazo, para tenerla abrazada mientras se dormía, pero ella se apartó lentamente con la tensión de quien está completamente despierto, y dijo:

—Lo siento, no puedo. No soporto que me toquen ahora.

—Hazel, te amo. —Carter le presionó el hombro con la mano—. ¿Es que no podemos dormirnos juntos, sencillamente?

Pero ella no quería, y ninguno de los dos se durmió hasta pasado un buen rato.

24

–Señora Carter, ¿podemos hablar un momento con usted?

Se disparó el fogonazo de una máquina fotográfica.

–Señora Carter –dijo el periodista de aspecto nervioso sonriendo–. Nada más que una pregunta, sobre Sullivan...

–Lárguese –dijo Carter.

Había tres periodistas y dos llevaban máquinas fotográficas.

–¡No me toquen! –exclamó Hazel soltando el brazo que le había agarrado el joven nervioso.

Carter la rodeó con el brazo y se precipitaron hacia el coche de Hazel, que estaba a unos seis metros de distancia.

–Entra. Te dejaré en la oficina –le dijo Hazel.

Carter subió al coche y, al cerrar la portezuela, casi le pilló los dedos a uno de los periodistas.

Hazel arrancó.

–Es extraño que no hayan venido hasta ahora –dijo Carter.

–Llamaron ayer tres o cuatro veces. Lo que pasa es que no me molesté en decírtelo.

Carter no dijo nada, pues sabía que Hazel estaba avergonzada, furiosa, y que, si intentaba hablar con ella, descargaría su furia contra él al igual que contra los periodistas. Pero a los pocos minutos dijo suavemente:

–No hace falta que me lleves hasta la misma oficina. Ya nos hemos librado de ellos.

Hazel se desvió hacia el bordillo de una acera tan pronto como pudo y paró el coche.

–Gracias –dijo al bajarse–. Hasta luego. –No valía la pena darle ánimos ni decirle que la quería, aunque estuvo a punto de hacerlo. Estaba avergonzada porque en su oficina todo el mundo se iba a enterar de su lío con Sullivan, avergonzada también porque los periódicos y la radio lanzaban esa mañana a los cuatro vientos la noticia de que su marido era un ex presidiario.

Carter entró en su oficina y sintió cierta turbación al ver a Elizabeth en la mesa de la entrada. Era la chica de pelo rojizo que había dicho a la policía que el viernes él se había ido, no a las 5.30, sino a las 5.20.

–Buenos días, Elizabeth –dijo Carter.

–Buenos días, señor Carter. Ah... –Se deslizó de detrás de la mesa y se puso de pie. Era alta y delgada y con los tacones resultaba casi de la misma estatura que Carter. Su joven rostro denotaba preocupación, estaba serio–. Espero que no esté usted enfadado por lo que declaré a la policía. Me interrogaron muy minuciosamente hasta el último minuto. Yo no hice más que decir lo que recordaba y que creía que era verdad.

–No, está perfectamente bien –dijo Carter con una breve sonrisa–. No hay por qué preocuparse. –Y siguió hasta su despacho.

El señor Jenkins, un hombre alto de pelo gris, venía en dirección contraria por el pasillo enmoquetado de verde.

–Buenos días, señor Carter.

–Buenos días –contestó Carter.

El señor Jenkins se detuvo.

–Entre un momento, por favor.

Carter entró con él en su despacho, y Jenkins cerró la puerta.

–Siento mucho todo este asunto tan molesto –dijo el señor Jenkins–. ¿Qué va a pasar?

–No lo sé. –Carter le devolvió la mirada–. Sin embargo, en primer lugar, comprendo la dificultad que para usted puede suponer el que yo siga aquí, así que, si considera oportuno que presente la dimisión, estoy dispuesto a hacerlo, señor Jenkins.

–Bueno, en realidad no estaba pensando en eso por ahora –replicó el señor Jenkins, algo azorado–. Pero estaba previsto que usted fuese a Detroit el próximo jueves. Sin embargo, no podrá hacerlo si la policía no lo ha aclarado, ¿no es cierto? Me imagino que estarán todavía en contacto con usted. –Miró a Carter como si en pocos segundos fuese capaz de decidir si Carter había cometido el asesinato o no.

–Efectivamente, así es. Pero he pensado que podría hacer un informe por escrito, y el señor Butterworth quizá pudiese ir en mi lugar.

El señor Jenkins suspiró y abrió los brazos con gesto de impaciencia.

–Bueno, bueno, ya veremos. ¿Tiene usted la menor idea de quién lo hizo?

Carter vaciló:

–Yo creo que alguien relacionado con Gawill, el enemigo de Sullivan desde hace muchos años. Pero no lo sé, señor Jenkins.

El señor Jenkins le miró un momento sin decir nada, sin embargo, Carter sabía que estaba pensando en que su mujer había tenido «relaciones íntimas» con el hombre asesinado. Eso y el hecho de que Sullivan fuese precisamente quien le había recomendado para este trabajo, y que probablemente habían sido muy buenos amigos, era una situación muy extraña.

Después de haber entrado en su propio despacho y de cerrar la puerta, a Carter se le ocurrió que Jenkins no le había hecho una pregunta tan obvia como ¿supongo que es usted, naturalmente, del todo inocente y que no ha tenido nada que ver con esto? No podía existir más que una razón para que no le hubiese dicho algo así: que el señor Jenkins pensaba que podía ser culpable.

Carter estaba preparado para mantener una conversación desagradable con Butterworth esa mañana pero, por alguna razón, Butterworth no estaba en la oficina. Empezó entonces a escribir a máquina su informe sobre la fábrica de Detroit pero, una y otra vez, sus pensamientos derivaban hacia Timmie:

Timmie en su colegio de la calle 19 soportando las preguntas de los otros chicos, que le mirarían descaradamente, que le acosarían porque su padre había estado en la cárcel; y, por supuesto, los chicos no dejarían de comentar la historia de que su madre se había acostado con otro hombre. Hazel había dicho una vez: «Timmie está mucho mejor desde que hemos venido a Nueva York, porque los chicos de aquí no saben nada del asunto de la cárcel.» Ahora todo eso iba a salir a relucir otra vez.

El teléfono de Carter sonó justo después de las once.

—Señor Carter, soy Ostreicher. ¿Podría usted venir a la comisaría unos minutos? Es muy importante...

Cartel le dijo a Elizabeth que tenía que salir un rato, y que quizá volviese antes de comer, pero que no estaba seguro. ¿Habría escuchado la conversación y, por lo tanto, sabría que lo había llamado la policía? Seguramente.

La comisaría del distrito de Ostreicher estaba hacia la calle 50 Este. Carter recorrió a pie las seis manzanas. Un agente de mediana edad le condujo a una habitación al fondo del vestíbulo.

—Pase, señor Carter —dijo Ostreicher levantándose de la mesa.

En el amplio despacho, repleto de archivadores ordenados en hileras, estaban Gawill, O'Brien y dos hombres y una mujer que Carter no conocía. Carter saludó a Gawill con una inclinación de cabeza, pero Gawill no contestó el saludo. Estaba hundido en su silla con aspecto malhumorado, con las manos entrelazadas sobre el estómago.

—Señor Carter, me parece que usted conoce al señor Gawill. Éste es el señor O'Brien, y éstos son el señor y la señora Ferres y el señor Devlin. Estos señores viven en el mismo edificio que el señor Sullivan.

Carter asintió con la cabeza y murmuró:

—Tanto gusto. —Se había quitado el sombrero. Los tres vecinos de Sullivan le miraron fijamente.

—¿Recuerda alguno de ustedes haber visto al señor Carter en casa del señor Sullivan en algún momento? —preguntó Ostreicher.

La mujer fue la primera en contestar, sacudiendo la cabeza negativamente:

–No.

Los hombres respondieron también negativamente.

–Estas personas se hallaban por casualidad en sus respectivos domicilios a la hora en que se cometió el asesinato –dijo Ostreicher– y han tenido la amabilidad de venir esta mañana por si, casualmente, hubiesen visto a alguno de ustedes entrar en la casa del señor Sullivan el viernes por la tarde. –La mirada de Ostreicher abarcaba a Gawill, a O'Brien y a Carter. Su voz era, como siempre, seca y agradable–. Fue la señora Ferres la que oyó un ruido que podía ser la caída de un cuerpo al suelo, cree que fue a las seis o un par de minutos antes. No oyó nada más después. No oyó a nadie bajar las escaleras corriendo ni nada semejante.

Carter evitaba la mirada de O'Brien, y tenía la impresión de que éste evitaba la suya también. O'Brien llevaba un traje demasiado azul, de rayas, y el pelo le relucía por exceso de brillantina.

–Señor Carter, ¿ha visto usted alguna vez al señor O'Brien? –preguntó Ostreicher, que estaba todavía de pie detrás de la mesa.

Carter miró a O'Brien brevemente. O'Brien en ese momento se contemplaba los zapatos.

–Creo que le conocí una noche en el apartamento de Gawill.

–¿Cuándo fue eso?

–Hace unos diez días, me parece –contestó Carter. ¿Lo habrían negado Gawill y O'Brien?, se preguntó Carter. La expresión de sus rostros no daba a entender nada.

–¿Le ha vuelto a ver desde entonces? –preguntó Ostreicher.

–No –dijo Carter.

–Señor O'Brien, ¿ha vuelto usted a ver al señor Carter desde entonces? –preguntó Ostreicher.

–No –dijo O'Brien, levantando la vista un momento.

–¿Hablaron ustedes mucho la noche que se conocieron?

O'Brien no contestó.

–No creo que le dirigiese la palabra más que para saludarle –dijo Carter.

–Anthony no estuvo mucho tiempo esa noche, sobre todo después de llegar Phil –comentó Gawill.

Ostreicher movió la cabeza y se dio la vuelta para abrir un armario que había detrás de su mesa y del que sacó un objeto que había en una tabla. Era un pie griego de mármol, un pie izquierdo. Lo colocó con ambas manos en medio de su mesa, observando a Gawill, a O'Brien y a Carter al hacerlo.

–Ésta es el arma asesina –dijo Ostreicher–. La cogieron así, rodeando con la mano la parte estrecha del empeine. El señor Sullivan fue probablemente golpeado con la parte de los dedos.

Gawill contempló el pie con aire de indiferencia y aburrimiento. O'Brien abrió mucho los ojos, pero su estúpido rostro permaneció imperturbable.

–Señor Carter, déjeme ver cómo coge usted esto –dijo Ostreicher.

Carter se acercó a la mesa de Ostreicher y alargó la mano izquierda, luego cambió a la derecha y cogió el pie colocando el dedo gordo debajo del empeine y los otros dedos alrededor de la parte exterior del pie.

–Dele la vuelta, por favor, girando sencillamente la muñeca –explicó Ostreicher haciendo girar su muñeca para ilustrar lo que quería decir–. ¡Hummm...! –dijo Ostreicher, y le movió a Carter los dedos de manera que el dedo de en medio quedase sobre la marca, empujando después el pie de mármol para medir la fuerza con que Carter lo tenía sujeto.

Carter depositó el pie en la mesa.

Ostreicher le miró y se dirigió a O'Brien.

–Señor O'Brien, ¿haría el favor?

O'Brien se levantó obedientemente y cogió el pie, que era el único objeto que había en la mesa y que estaba en la misma posición que cuando Carter lo había cogido. La manera más lógica de agarrarlo era colocando el dedo pulgar debajo del empeine, porque lo que quedaba del tobillo era un trozo saliente y desigual que iba en disminución hacia el arco lateral del pie.

Ostreicher hizo girar la mano a O'Brien y Carter vio que su dedo de en medio se apoyaba en el círculo, pero Carter se dio cuenta también de que en la noche de marras él había asido el pie con mucha fuerza. Ostreicher no hizo ningún comentario sobre la forma en que O'Brien agarraba el pie, por el contrario, se volvió hacia los tres vecinos de Sullivan.

—No considero necesario que se queden ustedes aquí más tiempo —dijo—. Les agradezco mucho a todos que hayan venido. Su presencia ha sido muy útil.

Carter pensó que su presencia no había servido de nada. Los tres se agitaron en sus respectivas sillas y se levantaron con cierta mala gana, como si se les pidiese marcharse antes de terminar la función. Ostreicher salió con ellos al vestíbulo, pero volvió inmediatamente y cerró la puerta.

—Bueno, vamos a ver... —Ostreicher se sentó de lado en la mesa y juntó las palmas de las manos—. Uno de ustedes es el culpable y vamos a averiguar quién es.

—Si me implica a mí es que no sabe por dónde se anda —dijo Gawill, indignado.

Ostreicher no le hizo caso y dirigió una leve sonrisa a Carter.

—Señor Carter, su coartada no está del todo clara. Usted tuvo tiempo suficiente, sobre todo si cogió un taxi en vez del autobús, de ir al apartamento de Sullivan el viernes por la tarde, de permanecer allí cinco minutos, e incluso diez, y de tomar otro taxi para volver a su casa. No me parece que se tarde más de diez minutos en matar a un hombre con un chisme como éste, ¿no le parece?

Esta acusación tan mesurada era algo nuevo para Carter, pues nada tenía que ver con sus experiencias carcelarias.

—No, claro que no —dijo.

Ostreicher miró el reloj y entonces se volvió hacia Gawill.

—Señor Gawill, ¿tiene usted idea de por qué no le ha dado la gana a su jefe de venir esta mañana?

—Ni la menor idea —dijo Gawill—. Quizá tuviese que hacer algo en alguno de sus apartamentos, yo qué sé.

—Como asegurarse de que su droga está a buen recaudo, o

algo parecido —dijo Ostreicher frunciendo el ceño y apretando sus recias mandíbulas, lo cual era el primer gesto de mal humor que evidenciaba—. No pasa mucho tiempo en la fábrica de tubos, ¿verdad?

—Dónde pasa el tiempo es cosa suya —dijo Gawill. Ostreicher se volvió hacia Carter de nuevo.

—No hay razón, supongo, para que usted cambie las declaraciones que ha hecho en cuanto a cómo pasó el tiempo el viernes por la tarde.

—No —dijo Carter.

—¿Haría el favor de quitarse la chaqueta, señor Carter? —Ostreicher se dirigió de nuevo a su armario—. Quiero hacerle una prueba con el detector de mentiras —añadió mientras sacaba el aparato.

Ante la sorpresa de Carter, a Gawill y a O'Brien no les dijo que se marcharan y a él no lo condujeron a otra habitación. Le puso en el pecho una plancha de goma que sujetó con una correa, le ató al brazo otro pedazo de goma para la presión arterial y, entonces, Ostreicher empezó el interrogatorio: sus movimientos minuto a minuto, cuando se marchó de la oficina, el trayecto en el autobús, el paseo, la compra del periódico, la llegada a casa cuando Hazel ya estaba allí. Luego le hizo las preguntas de forma distinta:

—¿No tomó usted el autobús a la calle 38 el viernes y después fue a ver a David Sullivan?

Carter no creía que su corazón latiese con mucha más fuerza, aunque sí un poco más, pero se encontró con que respondía a las preguntas mecánicamente, como si no le importasen y no las considerase importantes, y pensó que eso era precisamente lo que pasaba, que no le importaba demasiado lo que le podía suceder.

—¿No le dijo usted a Sullivan «ya he aguantado bastante tu doble juego, tu hipocresía», o algo así, cogiendo después ese pie de mármol de una de sus estanterías y...?

—No —contestó Carter.

—Señor Carter, es usted hoy un hombre sorprendentemente frío, gélido.

Carter suspiró y miró a Ostreicher. Sentía que Gawill y O'Brien tenían los ojos fijos en él, pero él no les había dirigido la mirada ni una sola vez, aunque los tenía casi enfrente.

—En la conversación que sostuvo con su mujer el martes por la noche, ¿estuvo usted tan frío?

—No —respondió Carter.

—¿Le pidió que dejase de ver a Sullivan?

Carter se sintió de repente terriblemente molesto ante la presencia de Gawill y O'Brien y se revolvió en la silla.

—Le pregunté si podía. O si quería.

—Entonces usted le pidió que eligiese. «Decídete por mí o por otro.» Señor Carter, dígame exactamente cómo lo planteó.

—No fue de esa forma —dijo Carter mirando a Ostreicher—. Yo no le di a elegir.

—¿Qué le contestó realmente su mujer?

—Me contestó... lo que he dicho —respondió Carter con cuidado—. Dijo que no sabía qué hacer o qué no hacer.

Ostreicher sonrió con impaciencia:

—Ésa es una respuesta poco satisfactoria desde su punto de vista, ¿no le parece?

A Carter le estaba resultando odiosa la prueba a la que le estaban sometiendo ahora. Era como cuando el doctor Cassini hacía un reconocimiento y buscaba a tientas, torpemente, en una herida un pedazo de cuchilla.

—No fue tan poco satisfactoria como a usted puede parecerle.

—Señor Carter, yo comprendo que usted tenía motivos más que suficientes para odiar al señor Sullivan y para querer quitárselo de en medio. Usted tuvo motivos más que suficientes la semana pasada para que le cegara un odio asesino.

Carter siguió inconmovible en su silla.

—¿Qué diría usted si le asegurase que voy a demostrar más allá de toda duda que es usted culpable? —dijo Ostreicher acercándose a Carter a la vez que movía un dedo amenazadoramente.

Pero Carter comprendió que ni siquiera el ataque de Ostreicher era real. Era como si Ostreicher estuviese representando una función. Cuando la función terminase, al cabo de unos minutos, empezarían a actuar de nuevo como eran en realidad, es decir, como personas que no estaban relacionadas unas con otras.

—Yo le diría que siguiese adelante y que lo intentase —respondió Carter.

—¡Vaya si es frío el tío! —exclamó Gawill—. ¡Bien hecho, chico! —Y se rió entre dientes.

Ostreicher no hizo más que mirar a Gawill. Entonces desabrochó la correa del pecho de Carter. El aparato había trazado una línea fina dentada en un tambor que había sobre la mesa. Carter no se fijó mucho en ella, y se dijo que le traía sin cuidado lo que mostrase. Ostreicher la miró, inclinándose sobre la mesa. Luego cambió el papel.

Llamaron a la puerta.

—Adelante —dijo Ostreicher.

Entró un hombre bajo y moreno que Carter supuso que era Grasso. Sonrió a Gawill y le saludó con una inclinación de cabeza.

—Hola —dijo Gawill.

—Buenos días, señor Grasso —dijo Ostreicher.

—Buenos días —respondió Grasso. Era un italiano rechoncho de ojos oscuros, cejas arqueadas que le daban cierto aire de interrogación, boca gruesa y algo caída, pero en conjunto su rostro no tenía realmente una expresión especial, y eso le hizo pensar a Carter que era una buena máscara. Grasso probablemente había tenido que disimular sus sentimientos con esa inexpresividad a lo largo de su vida.

—¿Hace el favor de sentarse, señor Grasso? ¿Señor O'Brien?

O'Brien se levantó, se quitó la chaqueta y se sentó en la silla de la que Carter se había levantado. Los músculos de los hombros llenaban la camisa, que le quedaba tirante sobre sus potentes deltoides. Incluso la cintura era musculosa pero estaba desprovista de grasa. Carter pensó que de un solo golpe, aun sin emplear más que la mitad de su fuerza potencial, podía haberle deshecho la cabeza a Sullivan.

—Vamos a ver, el viernes —empezó Ostreicher.

¿Iba a tener Gawill que aguantar esto también?, se preguntó

Carter. Gawill no parecía estar todavía nada nervioso, pero sí algo aburrido.

–Me fui directamente a casa desde el bar Rainbow –dijo O'Brien con una voz ligeramente gutural–. Me di una ducha y me eché una siesta. Salí alrededor de las siete a tomar algo. Luego me fui al cine. –El tono de su voz era como un zumbido monótono, era como si estuviese recitando algo que se había aprendido de memoria.

–Su compañero de cuarto salió alrededor de las cinco y cuarto –dijo Ostreicher–. Usted pudo tomar rápidamente un taxi y llegar a Manhattan en menos de quince minutos.

O'Brien se encogió ligeramente de hombros:

–¿A qué iba a ir a Manhattan?

–A matar a Sullivan, porque le pagan por eso, quizá –dijo Ostreicher retractándose un poco.

O'Brien bajó la mirada hacia el suelo y se frotó la nariz con un dedo simulando indiferencia.

–Usted dijo que los viernes generalmente va al gimnasio para hacer ejercicio, y en el gimnasio lo han confirmado. ¿Por qué no fue ese viernes?

–Porque creí que había cogido un resfriado, por eso me eché una siesta.

Carter pensó que Gawill debía de haberle aleccionado sobre eso.

–¿Es la primera vez que mata a alguien, O'Brien?

O'Brien no contestó.

Gawill se rió de forma apenas audible.

–En el sitio de las hamburguesas no recuerdan haberle visto.

–¿Por qué iban a acordarse? –preguntó O'Brien–. Estaba atestado.

O'Brien iba a hacer todo lo posible por conservar el dinero que Gawill le había pagado. El temple de O'Brien le resultaba tranquilizador a Carter.

–O'Brien, ¿dónde vivía Sullivan? –preguntó Ostreicher, y miró el tambor que daba vueltas lentamente.

–En Manhattan.

–¿En qué sitio de Manhattan? Usted sabe la dirección, venga, díganosla.

–No la sé –dijo O'Brien mirando a Ostreicher–. ¿Por qué había de saber sus señas exactas?

–Porque Gawill le dijo que las recordase, y usted las recordó –dijo Ostreicher.

O'Brien se protegió revolviéndose en la silla y echándose a reír.

–¿A cuál de los dos acusa usted, a mí o a Carter?

–O'Brien, lo que Gawill le ha pagado no va a poder disfrutarlo mucho tiempo, si es que lo llega a disfrutar. –Ostreicher le desató.

Fue un final muy flojo por parte de Ostreicher, y O'Brien sonrió un poco. Gawill hizo lo mismo.

–Señor Carter, no hay motivo para que usted se quede más tiempo –dijo Ostreicher.

Carter se puso de pie, se dirigió hacia la puerta y dijo:

–Adiós.

Ostreicher le saludó con la cabeza mirando a Carter con aire preocupado.

–Adiós. Ah, señor Carter, por favor, no se vaya de la ciudad hasta que vuelva a tener noticias mías. En su oficina me dijeron que tenía el propósito de marcharse a algún sitio al final de la semana.

–Sí –dijo Carter–, de acuerdo. Lo comprendo –y cerró la puerta.

Sin duda Ostreicher había hablado, quizá directamente, con Jenkins, Field y Butterworth durante el fin de semana.

Butterworth volvió por la tarde y le dijo a Carter por teléfono que hiciese el favor de ir a su despacho. Carter acudió a la llamada. Butterworth tenía aire cansado y algo hinchados los párpados inferiores. Su actitud fue más amable que nunca cuando le indicó que se sentase y le expresó su pesar por la pérdida de su amigo David Sullivan.

–Me han dicho que ha hablado usted con la policía esta mañana –dijo Butterworth–. A mí me volvieron a llamar también. ¿Ha averiguado usted algo más?

–No. Han hablado también con Gawill y un amigo suyo llamado O'Brien –dijo Carter reclinándose hacia atrás en la silla y entrelazando las manos como había hecho Gawill al inclinarse hacia delante–. Todavía les estaban interrogando cuando yo me marché, así que no sé lo que ha pasado.

–¿Tiene usted alguna idea? ¿Alguna sospecha?

–Aparte de que pueda tener alguna relación con Gawill, no. Y si existe alguna relación, estoy seguro de que lo averiguarán. No sé si Sullivan le hablaría a usted alguna vez de Gawill.

–Sí, ya lo creo. Yo le sugerí a David varias veces que tomase un guardaespaldas o que, ante todo, informase a la policía de que le estaban siguiendo. Pero, Dios mío, nunca pensé que fuese a terminar en un asesinato a sangre fría. Y, claro, también está el otro asunto. –Butterworth se inclinó apoyándose en las manos y se frotó la frente–. Debo decir que eso me ha sorprendido; supongo que a usted también –dijo Butterworth y miró a Carter–. Me refiero a lo de David y su mujer, ¿o es que no es verdad esa historia?

–Sí, es verdad. Pe...ro, yo no... Bueno... –Carter tartamudeó sonrojándose–. Yo lo había sospechado, debo confesarlo, pero no creía, en verdad, que la cosa siguiera. Creo que todo se ha exagerado un poco, y a mi mujer no le he preguntado demasiado sobre ello porque está muy afectada por la muerte de David. –A Carter le seguía ardiendo la cara. Y se dio cuenta de que estaba tratando de disimular las cosas, más que por sí mismo, por Hazel–. A propósito, la policía me dijo esta mañana que no quieren que me marche de la ciudad durante los próximos días, por lo que me temo que no voy a poder ir a Detroit. Ya se lo he dicho al señor Jenkins.

–Sí, sí, ya he pensado en eso. He pasado la mañana arreglándolo.

Carter se puso de pie.

Cuando alrededor de las cuatro de la tarde revisaron las notas de Carter, no se mencionó el asunto de Sullivan.

Carter hojeó los periódicos con gran interés a las 5.30 mientras esperaba el autobús en la esquina de la calle 50 y la Segunda

Avenida. A Sullivan le habían enterrado en el panteón familiar en su ciudad natal de Massachusetts y había una fotografía de sus padres con algunos familiares, de pie con las cabezas inclinadas, al lado de la sepultura. El padre se parecía mucho a Sullivan. Carter observó detenidamente las caras y trató de imaginarse a Hazel hablando con ellos cuando les conoció. Era fácil imaginarlo, pero era también molesto. Se alegraba de que ella no hubiese ido al entierro. Tenía esperanzas de que los interrogatorios de Gawill y de Grasso, su jefe, hubiesen dado algún resultado, sin embargo no se decía nada. Lo único que mencionaban era que la policía había llamado a Grasso para interrogarle. Nada se decía tampoco de la droga. Ni de que a él y a O'Brien se les hubiese sometido al detector de mentiras. Pero Carter pensó que si les hubiesen golpeado con porras de goma tampoco se habría aludido a ello. Por lo menos, O'Brien no había cantado todavía, pues de haberlo hecho se daría la noticia. Carter estuvo a punto de perder el autobús y tuvo que saltar cuando iban a cerrar las puertas.

En casa encontró a Hazel de pie en la sala de estar con lágrimas en los ojos y a Timmie boca abajo en la cama sacudido por los sollozos. Carter se dirigió hacia ella.

–No necesitas contármelo. Lo sé.

Ella se apartó un poco hacia atrás, aunque no iba a tocarla.

–Vino a casa a la hora de comer –dijo–, ha estado aquí toda la tarde.

–¡Dios mío! –exclamó Carter. Colgó el abrigo y se fue a ver a su hijo–. Timmie. –Hubo un largo silencio.

–¿Qué?

Carter se sentó a los pies de la cama porque Timmie estaba tan cerca del borde que no había sitio a su lado.

–¿Qué ha pasado hoy? Cuéntamelo.

–Dicen que eres un ex presidiario. Que mi padre es un ex presidiario, me decían.

–Bueno. Timmie, eso ya lo has pasado antes y lo has superado, ¿no es cierto?

Timmie retiró la pierna derecha, en la que Carter había apoyado la mano.

–Es lo que dicen de David –replicó sollozando de nuevo contra la almohada–. Le llaman mi tío David y eso significa algo especial para ellos.

–Vamos, Timmie, no llores. Cuéntame lo demás.

–Phil, ¿acaso es necesario que vuelva sobre todo esto otra vez? –dijo Hazel, que estaba junto a la puerta y con el rostro enfurecido.

–Es mejor que se desahogue –dijo Carter.

–Ya se ha desahogado contándomelo todo a mí. No quiero volver sobre lo mismo otra vez.

–Muy bien, pero suponte que yo quiero saberlo –dijo Carter poniéndose de pie.

–¿Es que tú no piensas nunca en nadie más que en ti?

–¡Estoy pensando en Timmie, si no no estaría aquí!

–Podías haber pensado en él antes.

Carter avanzó hacia ella y Hazel retrocedió dando un paso hacia atrás, y luego se dio la vuelta y entró en el dormitorio. Carter salió y cerró la puerta de Timmie.

–Tú sí que podías haber pensando en él cuando te liaste con Sullivan –dijo Carter–. ¡Como si tuvieras derecho a echarme a mí nada en cara!

Hazel no contestó.

–Ahora ha salido a relucir en los periódicos y no puedes soportarlo. Y Timmie tampoco. Lo que le tiene desquiciado es tu lío, no el asunto de la cárcel. Eso ya lo superó hace tiempo. –Ahora estaba claro por qué no había ido al entierro de Sullivan. Y súbitamente Carter tuvo la impresión de que Timmie era literalmente una prolongación de la carne, de la sangre y de la mente de Hazel y que estaba llorando por el mismo motivo: porque la gente se había enterado del secreto que los dos habían compartido desde que empezó el asunto. A Carter le escocían los ojos y parpadeó–. Bueno, Hazel, ya ha sucedido. ¿No podemos acaso tratar de recomponer los vidrios rotos en vez de pelearnos?

–Yo no quiero los vidrios rotos –dijo Hazel, furiosa.

–Estoy refiriéndome a los vidrios rotos de Timmie, por ejemplo. ¿Qué le has contado? ¿Que es verdad?

–Timmie no comprende en realidad lo que dicen los periódicos.

Carter se volvió a indignar de repente.

–No es preciso que lo comprenda. Los chicos se lo explicarán con palabras de cuatro letras. ¡Que no comprende! ¿Acaso crees que es retrasado mental? A propósito, ¿sigue queriendo a David?

–¿Por qué crees que está llorando?

–Eso no es una contestación, eso es un *non sequitur*. ¿Te sigue queriendo a ti?

–¡Vamos, cállate! ¡Cállate ya!

Carter se calló. Abrió la puerta del dormitorio y se fue al cuarto de Timmie, donde permaneció un momento contemplando la parte posterior de la cabeza del niño. Finalmente, Timmie se levantó. No tenía la cara tan llorosa como Carter había temido.

–Timmie, no es necesario que hablemos si no quieres.

Timmie frunció el ceño volviendo a romper a llorar.

–Lo que quiero saber es si todo es verdad.

–¿El qué?

–Que... que mataste a David porque estabas celoso y porque lo odiabas.

–Yo no estaba celoso de él. Yo no le odiaba.

–¿Le mataste tú?

–No, Timmie –dijo Carter automáticamente. Su negativa apenas podía computarse como una mentira. Si él no hubiese matado a Sullivan lo habría matado O'Brien, pensó. ¿Y su conciencia? ¿No tenía remordimientos? Carter sacudió la cabeza y parpadeó.

–¿Es verdad... –preguntó Timmie– que mi madre y David...? –Dejó la pregunta en el aire porque se le agarrotó la garganta.

Carter se sintió repentinamente débil, se le tambaleaban las piernas, por lo que se acercó a la puerta para apoyarse en ella...

–Se querían mucho –dijo.

–¿Quiere eso decir...?

Carter se batió en retirada. Deseaba ir al cuarto de baño y lavarse la cara, pero volvió y dijo.

–Sobre eso es mejor que preguntes a tu madre. –Esperó un momento y, al no recibir respuesta, salió de nuevo y se encaminó al dormitorio a través del vestíbulo.

Hazel estaba medio recostada en la cama. Carter supuso que habría oído lo que había dicho a Timmie, aunque daba la impresión de que no había oído nada, de que no estaba de humor para escuchar.

–Hazel... –Carter hubiese deseado sentarse a su lado, cogerle la mano, pero con sólo mirarla una vez a los ojos se dio cuenta de que era inútil.

–¿Qué?

Respiró profundamente.

–No voy a Detroit este fin de semana.

25

El razonamiento de Carter era que si la policía no podía cargarle a él la culpa del asesinato de Sullivan, no era lógico que se la endilgasen a O'Brien. Ostreicher podía sospechar de ellos dos, pero sin más pruebas que las que tenía, ¿qué podía suceder? Nada. No podía suceder nada. Los archivos de la policía estaban llenos de casos de asesinato que no se habían llegado a aclarar nunca. Podría haber un período de tiempo, pensó Carter, de quizá tres meses de duración, durante el cual él, O'Brien y los otros sospechosos estarían estrechamente vigilados (la policía podría incluso no dejar de vigilarlos nunca), pero luego la situación se enfriaría. Tal vez ya para el verano. Carter no había perdido la esperanza de pasarse un mes con Hazel en Europa, y no había perdido la esperanza tampoco en lo que a Hazel se refería. Había amado a Sullivan, pero su muerte había hecho irrumpir en su mente un gran sentido de la culpabilidad, y Carter pensaba que su culpa podría atraerla hacia él de nuevo, si él tenía paciencia. Por ello lamentaba su ataque de furia y de rencor del lunes por la noche, lamentaba todo lo que, en medio de su furia, había dicho sobre ella y Sullivan, por lo que se propuso que no volviese a suceder. Anteriormente se había jurado a sí mismo, muchas veces, que no atacaría a Hazel a causa de Sullivan, y no lo había cumplido. Sus reproches habían demostrado que no andaba descaminado en sus sospechas, y la verdad había salido a relucir, pero si volvía a sacar a relucir algo con violencia, esto se convertiría en una afrenta innecesaria.

El martes por la noche, Carter y Hazel fueron al teatro. Se habían comprometido hacía mucho tiempo con los Elliott y Phyllis Millen para ir a ver una obra de Beckett en el Village. Cenaron antes en Luigi's. Phyllis trajo a su amigo Hugh Steven, un hombre tosco de más de cuarenta años que Carter no había visto más que una o dos veces anteriormente. Los Elliott y Phyllis eludieron hablar del asesinato y no preguntaron nada. Era como si hubiesen decidido que la noche tenía que resultar agradable –por lo menos en apariencia–, igual que cualquier otra noche, o que la noche que habían planeado cuando encargaron a Phyllis que reservase las entradas hacía un mes. Sin embargo, Phyllis no dejó de observar a Hazel y a Carter durante toda la velada, y lo mismo hizo su amigo el agente de bolsa. A Carter le pareció que los Elliott extremaron con él su amabilidad y simpatía, como si, a causa de sus antecedentes carcelarios, le estuviesen haciendo el favor de ser tan tolerantes como para concederle ahora un margen de confianza para demostrar su inocencia. Hazel fingió muy bien el estar de buen humor, pero a Carter le resultaba evidente que tanto Phyllis como Priscilla se dieron cuenta de que la procesión iba por dentro.

Cuando Hazel y Carter llegaron a casa, Hazel dijo:

–Phil, me gustaría ir a algún sitio a pasar una semana. Me hace mucha falta.

–Muy bien –contestó Carter pensando que posiblemente quisiese ir sola–. ¿Adónde?

–A algún sitio no muy lejos. ¿Dónde se puede ir una semana? –Se encogió de hombros con aire cansado, dobló la bufanda dorada y la metió en el cajón del que Carter la había sacado aquella vez que ella le había pedido que se la llevase a casa de Sullivan.

–¿Te parece algún sitio en New England? –Dijo esto porque pensó que los padres de Sullivan vivían en New England y que Hazel quizá estuviese pensando en ir allí–. ¿Qué tipo de sitio se te ocurre?

–Algún hotel sencillo donde no tenga que pensar en nada. Del estilo de algunos que vimos en New Hampshire aquel verano, ¿te acuerdas?

Carter lo recordaba, y el recuerdo que conservaba era muy agradable.

–Es una buena idea –dijo. Entró en el cuarto de baño y se duchó rápidamente. Al salir le preguntó–: Supongo que preferirás ir sola, ¿no? –Quería saber si era así y, en ese caso, saberlo ahora.

–No –dijo levantando la voz y mirándole. Estaba en bata–. No lo prefiero. He pensado que quizá se pueda arreglar para que Timmie venga también. Hasta ahora va bien en sus estudios en el colegio. Yo ya lo he dicho en la oficina y puedo marcharme la semana que viene. Podríamos irnos el viernes por la tarde o el sábado por la mañana.

Carter pensó que quizá fuese él el que no pudiese ir.

–Mejor será saber exactamente dónde me voy, para advertirlo.

–Sí –contestó Hazel tajantemente, y se volvió hacia el espejo.

Carter se pasó la hora de la comida del día siguiente recabando información sobre hoteles en el campo de New Hampshire. No quería volver al que habían ido. Telefoneó a Hazel por la tarde para comentar lo que había encontrado y decidieron ir a uno cerca de Concord. Entonces Carter llamó a Ostreicher y le preguntó si se podía ir allí el sábado por la mañana para pasar nueve días.

Ostreicher dijo que sí, con tal de que Carter llamase por teléfono al llegar y se quedase en el mismo sitio sin moverse.

Partieron el viernes por la tarde y pasaron la noche en un motel muy agradable al lado de un lago. En el motel les pusieron una cama supletoria en la habitación para Timmie. Pero en el hotel Continental de Concord Carter le había reservado una habitación individual.

El Continental era un gran edificio o mansión, de color blanco, situado en lo alto de una pradera que descendía con suave pendiente. La edificación era lo suficientemente antigua

como para que las habitaciones fueran enormes y Timmie estaba muy satisfecho con su gran cuarto para él solo e inmediatamente colocó sus libros del colegio, que Hazel y Carter le habían hecho llevar, sobre la mesa de despacho que había entre
las dos ventanas. Había aros para jugar al croquet en el césped
y una cancha de tenis detrás del hotel. Era un sitio de aspecto
muy agradable. A la mañana siguiente desayunaron en la cama
acompañados por Timmie, que tomó su desayuno sentado en
una mesita que la doncella colocó para él. Después, mientras
Hazel se lavaba la cabeza, Carter salió de paseo con Timmie, a
quien compró una raqueta de tenis, pues aunque en el hotel
había raquetas para los huéspedes, le venía bien una nueva para
el colegio, y a Hazel le compró un jersey de color crudo, hecho
a mano y procedente de Irlanda.

Y esa noche, aunque parecía estar de buen humor, e incluso
se había reído y había bromeado con él a la hora de la cena,
Hazel rechazó sus avances en la cama. Carter vaciló pero después le preguntó en un tono tranquilo y mesurado:

—Bueno, Hazel, ¿cuánto tiempo va a durar esto?

—¿El qué?

—Sabes muy bien a lo que me refiero.

Hubo un silencio terriblemente largo. Finalmente alargó la
mano para coger un cigarrillo de su mesilla de noche.

—Todavía no se ha resuelto nada, ¿no te parece?

Sabía lo que quería decir, pero añadió:

—Te refieres al asunto de Sullivan.

—Sí. ¿A qué otra cosa me iba a referir?

A nosotros, pensó. Estamos nosotros, después de todo, y es
lo que importa. Pero es que ella estaba esperando a que se supiese quién había matado a Sullivan. Porque podía ser él.

—¿Tienes alucinaciones alguna vez, Phil, a causa de la morfina?

—No —contestó Carter—. Ni siquiera en prisión, cuando
realmente me pinchaba. —Entonces recordó que, a veces, soña-
ba despierto con Hazel y Timmie de una forma tan real que
casi podía haberlos tocado si alargaba la mano. ¿Habían sido

esos sueños alucinaciones? De ser así, habían sido casi involuntarias y las únicas que había experimentado.

–¿Nunca tuviste sueños en los que no supieses lo que estabas haciendo? –preguntó ella–. ¿Como pasearte o algo semejante?

Él se dio cuenta de lo que ella estaba queriendo decir.

–No.

Cayeron en un silencio que no aclaraba nada. Como no se había aclarado nada en el caso de Sullivan. Hazel podría haberle preguntado directamente: ¿Entonces lo hiciste cuando estabas perfectamente consciente? ¿Por qué no se lo preguntó? ¿Porque estaba segura de que lo había hecho? ¿Se comportaría ahora de diferente manera si supiera que lo había hecho? Carter no lo creía así. A su modo, Hazel no querría llamar más la atención alegando sus sospechas y abandonándole. Hazel apagó el cigarrillo. No se dieron ni siquiera las buenas noches, y Hazel finalmente se durmió, como pudo advertir Carter por su forma de respirar. Carter pensó que ella no consentiría en hacer el amor hasta que supiese la verdad. Si deseaba a Hazel tendría que conseguir que la culpa recayese sobre O'Brien. O que O'Brien cargase con ella. Esto no era imposible, naturalmente. En cuanto a los escrúpulos, ¿acaso los tenía? O'Brien estuvo a punto de hacerlo, y ¿por qué iba él a tener escrúpulos? ¡Que O'Brien se fuese al cuerno! Carter frunció el ceño en la oscuridad, y trató de escudriñar su conciencia, o el vacío que supone no tenerla, pero se le desvaneció. A lo mejor ya no la tenía, pues no sentía el menor remordimiento por lo que había hecho con Sullivan, por haberle matado a golpes. Tan sólo sintió un poco de repugnancia ante la idea de la sangre, que ni siquiera recordaba, y un pequeño escalofrío ante la idea de que era él quien había cometido la fechoría. Había matado a otro hombre en el penal con menos motivos, con muchos menos realmente, y esto nunca le había preocupado. Mickey Castle le vino también a la memoria. Recordaba que la mañana de la muerte de Mickey se había dicho a sí mismo que si se hubiese molestado en interponerse entre él y el obstáculo contra el que se había golpeado, Mickey no se habría desangrado. Pero ¿acaso era él el guardián de su hermano? El caso es que al cabo de un par de días no había vuelto a pensar en ello. ¿Era eso lo que ocurría con la conciencia de los hombres en la cárcel?

A Carter le apetecía levantarse y darse un paseo bajo la luna, pero no lo hizo por temor a despertar a Hazel. Permaneció tumbado dando vueltas a sus pensamientos, sabiendo que no podría ir más allá de lo que había ido esa noche, que Hazel y él no irían más allá, aunque les quedaban siete noches más allí. Lo único que podía hacer era comportarse de la manera más agradable posible, no volver a acercarse a Hazel y procurar que ella pasase unas buenas vacaciones.

Y esto fue lo que hizo Carter. Su única recompensa fue que Hazel no cambió a peor: seguía tratándole amistosamente y con buen humor, y los días que pasaron lejos de Nueva York le sentaron a ella verdaderamente bien.

Carter volvió a la oficina el lunes por la mañana. Había explicado al señor Jenkins que, aunque la policía le había autorizado a ir a New Hampshire a un hotel determinado, no le permitía ir a Detroit, lo cual era verdad. A Carter le había parecido un poco osado pedir a la empresa una semana de permiso, pero se lo habían concedido sin mayor dificultad, y, en cuanto a despedirle o no, Carter pensó que probablemente habrían tomado ya una decisión hacía días y darle una semana de permiso no iba a cambiar la decisión. Como Hazel, seguramente estarían esperando.

El lunes por la tarde llamó a Ostreicher y, después de tres intentos, dio con él.

—No hay noticias importantes —dijo Ostreicher— desde su punto de vista. Encontramos la droga en el apartamento de uno de los amigos de Grasso. Podríamos detener o multar a Gawill por esconderla, pero le estamos soltando un poco las riendas: es un hombre libre —dijo Ostreicher tan de pasada, dando un suspiro, que Carter sospechó que estaba fingiendo. A Gawill seguramente le vigilaban todos los movimientos y Gawill indudablemente lo sabía—. A diferencia de Grasso —continuó Ostreicher—, pues Grasso tiene que pagar una multa de cinco mil dólares.

–¿Y O'Brien? –preguntó Carter.

–Ése tiene muchos gastos y ni una gorda. Una situación muy interesante.

Carter comprendió. Gawill no podía darse el lujo de pagarle ahora. No podía darse el lujo de que le descubrieran pagándole. Pero O'Brien había contado con el dinero.

–¿Es O'Brien un hombre libre también?

–Claro –dijo Ostreicher con voz sonriente–. ¿Y usted, señor Carter, ya está de vuelta en su trabajo?

Carter se sintió muy inquieto después de colgar. Ostreicher les había aflojado las riendas, les había dejado unas riendas muy largas para ver qué hacían. Ostreicher le podía haber trincado, pensó, le podía haber dado una paliza, como hacía la policía algunas veces con los delincuentes peligrosos, lo que se suponía que él era, por haber estado ya en presidio, o lo que al menos daban a entender los periódicos. La gente no sabía, o no se preocupaba de saber, lo que sucedía a los delincuentes de los que la ley sospechaba que habían cometido nuevos delitos. Carter pensó que él se había librado por la sencilla razón de que ahora tenía un trabajo honrado, dinero y una mujer que estaba colocada en una obra de beneficencia pública. Si le pegasen correría la noticia. Pero Carter pensó que, evidentemente, estaba tan vigilado como Gawill y O'Brien. A pesar de todo telefoneó a Gawill ese lunes por la noche hacia las diez, al salir a comprar cigarrillos, y cuando volvió a casa le dijo a Hazel:

–Acabo de llamar a Gawill y me parece que voy a ir a su casa a verle. Así es que si la policía me llama es allí donde estoy.

Hazel le miró sorprendida. Estaba sentada en el sofá remendando unos pantalones nuevos de pana de Timmie, que los había roto por la rodilla cuando estaban en New Hampshire, donde se los habían comprado.

–¿Por qué?

–He pensado que quizá pueda averiguar algo. Gawill me cuenta a veces algunas cosas.

Hazel miró su reloj.

–¿A qué hora estarás de vuelta?

Carter se relajó un poco y sonrió. Parecía importarle que volviese.

–Para las doce, en cualquier caso. Si me retraso, te llamaré antes de las doce. –Carter tiró en el sofá una de las dos cajetillas de cigarrillos que había comprado, diciendo–: Adiós, cariño. –Y volvió a salir.

Cogió un taxi. Gawill se había mostrado bastante afable por teléfono.

–¿Eres Phil? ¡Qué sorpresa! De acuerdo, muy bien, ¿por qué no? –Y aunque no se había excedido en amabilidad, sí estaba dispuesto a verle, que es lo que Carter deseaba.

Gawill estaba solo, según parecía. Tenía la radio puesta y el sofá, como la otra vez, cubierto de periódicos.

–¿Qué te trae por aquí? Siéntate –dijo Gawill.

Carter se sentó después de colocar el abrigo sobre el brazo de la butaca. Gawill estaba a la expectativa.

–He venido para que me cuentes lo que tú puedas saber que yo no sé –dijo Carter.

Gawill pegó un bufido:

–¿Y crees que te lo voy a soltar a título de favor?

–Podrías hacerlo.

–¿Después de que me has hecho el favor de dar el chivatazo de que tenía mercancía aquí, voy a hacerte yo un favor a ti?

Carter se acordó de que era Hazel la que había sacado a relucir lo de la droga. Él no lo hubiera hecho.

–Lo hubiesen averiguado de todas maneras. Registraron el apartamento, o apartamentos, de Grasso motu proprio, ¿no es cierto?

–Tú soltaste que fue en mi apartamento donde la habías conseguido. Y que la habías visto.

–Lo siento –dijo Carter.

–Me lo figuro. Y tan contento sin Sullivan en tu camino y paseándote en libertad.

–No estoy más libre que tú.

Gawill no estaba más que ligeramente enfadado.

Carter esperaba que le soltase: «Tú lo hiciste y mi muchacho o mi amigo O'Brien está cargando con la culpa», pero Gawill no lo decía y Carter seguía esperando.

–¿Es que no hay nada de beber en esta casa?

Gawill se levantó.

–Claro que hay. –Y se fue a la cocina.

–La próxima vez te traeré algo.

–Promesas, nada más que promesas.

Carter sonrió, y Gawill volvió con un whisky con soda recién servido y otro a medio beber que debía de ser el suyo.

–Gracias. –Carter bebió un trago.

Ambos esperaban que el otro hablase.

Gawill fue el primero en romper el silencio:

–¿Cómo te las estás arreglando hasta ahora con Hazel?

–Eso es cosa mía.

–No parece que fardes de nada.

–No fardaría en ningún caso –dijo Carter.

–¡Vaya si me lo contarías si las cosas fuesen de color de rosa! Además se te notaría.

Carter no hizo caso. La radio le fastidiaba, aunque no estaba puesta muy alta, pero no quería molestar a Gawill pidiéndole que la quitara.

–¿Cuándo vas a pagar a O'Brien? –Carter hizo la pregunta clave y bebió tranquilamente de su vaso.

–Nunca. O'Brien no estuvo nunca en ese apartamento. El que estuvo fuiste tú. –Gawill le miró impávido.

Pero, por la forma que lo dijo, Carter se dio cuenta de que estaba mintiendo. De repente se alegró, se alegró mucho de conocer a Gawill tan bien, de conocerle desde los días agridulces en que trabajaban en Triumph, de conocerle desde que le iba a ver al penal, y saber cuándo mentía, exageraba o sencillamente falseaba las cosas. Lo que decía ahora era una mezcla de mentiras y falsedades.

–Deja de bromear –dijo Carter–. Para mí eres transparente. Sé que tienes que pagar a O'Brien y que O'Brien está en las últimas, me enteré hoy por Ostreicher. Está cargado de deudas. O de gastos. ¿No está esperando tu dinero?

–¡Vaya! ¿Es que crees que no podría soltarle la pasta si tuviese que hacerlo? ¿Si se la debiese? Haría que otro tipo se la diese por mí. –Gawill se encogió de hombros y levantó la mano, que era muy grande, con la palma hacia arriba.

–No, ¡qué va! ¿En quién ibas a poder confiar, por ejemplo? Tendrías que explicar por qué le debías a O'Brien la pasta, ¿no te parece?

Gawill miró hacia el suelo y se repantingó más en el sofá.

Carter no sabía lo que estaba pensando Gawill. Era difícil de adivinar, puesto que estaba un poco chiflado. Pero sabía que si Gawill quisiese hundirle no tenía más que decirle: «Sé que tú te cargaste a Sullivan porque O'Brien ha dicho que te encontró subiendo las escaleras cuando él bajaba, cuando Sullivan estaba todavía vivo.» Pero Gawill no dijo eso:

–Si hubiese comprado a O'Brien, ¿no crees que ya le habría pagado? Y si le hubiese comprado, ¿crees que alguien lo hubiese averiguado? No, lo único que se ha sabido es lo de la mierda de mercancía que ni siquiera era mía.

Gawill estaba furioso con lo de la droga, mucho más que con la cuestión de O'Brien.

–Y ahora me siguen como si fuese un camello, cuando nada tengo que ver con esa mierda de droga –dijo Gawill poniéndose de pie.

–Entonces, ¿por qué la tenías en tu casa?

–Pues porque se la iba a guardar a Grasso un par de días. Yo jamás saqué nada de eso.

Carter se hartó de repente de las lamentaciones de Gawill.

–Como tampoco lo sacaste del asunto de Triumph, supongo. De todo aquel fraude. Tú nunca sacaste nada de él.

Gawill se volvió desencajado de furia:

–¡Nunca! –gritó con voz ronca y estentórea.

Carter pensó que había caído en una trampa por mentir descaradamente, o por decir verdades descaradamente, que también las decía a veces. Carter colocó su vaso vacío en el suelo al lado de la butaca y se puso de pie.

–Nunca sacaste nada, ni siquiera en tus numerosos fines de semana en Nueva York con Palmer.

–¡No! –gritó Gawill de nuevo, como si le estuvieran torturando.

–Me marcho –dijo Carter.

Se fue. Había averiguado lo que quería averiguar. O'Brien era la única persona que sabía la verdad.

Al salir de la casa donde estaba el apartamento de Gawill advirtió un coche negro aparcado junto al bordillo de la acera de enfrente en la oscura calle. Parecía un coche de policía. ¿Estaba ahí antes? Carter no se acordaba y le tenía sin cuidado. Había un hombre sentado en su interior que le miró. Después se encendió una luz en el interior del coche y el hombre se inclinó, probablemente para escribir la hora en que se iba. Carter miró su reloj a la luz de una farola de la esquina, eran las 11.35.

Hazel estaba aún levantada y no se había desvestido todavía cuando Carter llegó a su casa. Estaba acurrucada en una esquina del sofá, con los zapatos quitados y leyendo unos papeles mecanografiados de la oficina.

Le sonrió mientras colgaba el abrigo en el armario.

–Bueno... ¿Qué hay?

Carter entró en la sala de estar despacio, desabrochándose la chaqueta, y sintiéndose feliz de volver a respirar el olor de su casa.

–Gawill no ha pagado a O'Brien, no sabe cómo hacerlo. Dice, naturalmente, que no le debe nada a O'Brien.

–¿Has averiguado algo que no supieras?

–Gawill está furioso porque la policía anda detrás de él por tener droga en casa.

–¿Cómo que andan detrás de él? No parece que le hayan hecho nada hasta ahora.

–No, pero le tienen cogido aunque le han soltado un poco la cuerda. Seguramente le pondrán una multa. Me parece que actualmente están investigando qué dinero tiene, razón por la que encuentra tan difícil pagar a O'Brien. –Carter se rió suavemente–. Además le siguen a todas partes y eso le pone frenético. Podría darles esquinazo, pero eso no dejaría de sacarle de quicio. Esta noche había un coche de policía enfrente de su casa.

Hazel pareció sorprendida.

—Esto quiere decir que te han visto a ti.

—Sí, pero no me importa. Me tiene tan sin cuidado que por mí podían haber puesto un magnetófono en el apartamento esta noche. Yo he tratado de averiguar qué es lo que Gawill sabe, y la policía está tratando de averiguar lo mismo.

Carter se sentó en el sofá, no muy cerca de Hazel, pero, inesperadamente, ésta extendió el brazo y puso la mano sobre la derecha de Carter. Carter se la retuvo entre sus dedos. Que él recordase, ése era el primer gesto afectuoso, por parte de ella, desde hacía varias semanas.

Hazel miraba hacia delante, sin decir nada, pero no parecía que estuviese ni preocupada ni nerviosa. Era como si el contacto de su mano fuese una declaración de amor y fidelidad que no era preciso traducir en palabras.

Carter apretó las mandíbulas. Había contado a Hazel que creía que en la prueba del detector de mentiras O'Brien había dejado traslucir cierta agitación, más que él, en todo caso. Eso era verdad, pero el comentario perpetuaba una mentira mayor. Sin embargo, Carter pensó que Hazel no había tomado eso como concluyente. Más tarde, en New Hampshire, le había preguntado si tenía alucinaciones. Hoy continuaba mintiendo porque la quería. No podía vivir sin ella. ¿Era aquello amor o egoísmo? Carter atrajo a su mujer hacia sí y la rodeó con los brazos.

Ella no respondió pero se mantuvo entre sus brazos durante varios minutos, varios minutos maravillosos. Al fin, Hazel se apartó suavemente y dijo:

—Me parece que se está haciendo tarde.

Esa noche no forzó su buena suerte, no la volvió a tocar, pero se sintió profundamente optimista en cuanto a Hazel.

26

¿Qué estaba haciendo la policía, se preguntaba Carter, además de esperar y girar los dedos pulgares? ¿Se tardaba tanto en investigar la cuenta corriente de Gawill, sus fuentes de ingresos, su propia cuenta? ¿Estaban esperando a que O'Brien se impacientase por no recibir el dinero y que atacase a Gawill? Eso era demasiado evidente, y O'Brien no se arriesgaría. El silencio de todos, la tranquilidad que reinaba pusieron nervioso a Carter. También se puso nerviosa Hazel. Las únicas personas para quienes esto era tranquilizador eran Jenkins, Field y Butterworth. La llegada de Carter todas las mañanas a las nueve podía constituir para ellos la garantía de que era inocente y que, por lo tanto, la policía le había dejado en paz.

–Francamente –dijo Butterworth a Carter–, esto parece haber sido un asunto entre Gawill, David y...

–Mi mujer –empezó a decir Carter por él.

–Sería más exacto decir entre Gawill y David Sullivan. –Butterworth hablaba para tantear el terreno, pero era evidente que trataba de ser amable con Carter.

La policía se estaba concentrando en el móvil de Gawill, y a O'Brien se le mencionaba todos los días en los periódicos: la policía le interrogaba con frecuencia. «O'Brien, al ser interrogado hoy por la policía en su apartamento de Jackson Heights...» No se decía si O'Brien seguía de barman, pero desde luego no estaba detenido.

Entonces el viernes por la tarde, a las seis, justo cuando Carter acababa de llegar a su casa, O'Brien le llamó por teléfono. O'Brien se identificó inmediatamente.

–Puede colgar si oye entrar a su mujer –dijo O'Brien–. Desde donde estoy no puedo ver la casa, pero sé que no está ahí ahora. Señor Carter, necesito algo de pasta. Cinco mil dólares.

Carter lo adivinó tan pronto como oyó su voz.

–Sabe que este teléfono puede estar intervenido.

O'Brien vaciló un momento.

–Bueno, ¿qué quiere decir con que puede? ¿Lo está?

–No lo sé. Usted no puede manejar dinero. La policía lo va a localizar tan pronto como lo reciba.

–Bah, qué va. No si es contante y sonante. Lo necesito el viernes, y usted ya sabe la contrapartida, señor Carter. –O'Brien parecía estar muy decidido, muy seguro de sí mismo y resultaba hasta inteligente–. Sé que usted tiene esa pasta. Sáquela de uno de los bancos.

Carter no dijo nada.

–Me citaré con usted en la calle –dijo O'Brien despacio y con mucha claridad–. En la calle 10, esquina con la Octava Avenida del lado Noroeste, el viernes a las once de la noche. ¿Está claro? Usted trae la pasta, en billetes de cincuenta y de cien, y sea puntual, si no a las once y media me chivaré a la policía. Eso es todo, señor Carter. –O'Brien colgó.

Carter colgó el teléfono y miró automáticamente hacia el cuarto de Timmie; la luz estaba apagada y la puerta abierta de par en par. ¿Dónde estaba Timmie? Colgó el abrigo. Cinco mil sería el principio, como decían las víctimas de chantaje, y si cogían a O'Brien con los segundos cinco mil, o incluso con los primeros, le preguntarían de dónde los había sacado y diría que se los había dado Carter. Y ¿por qué? O'Brien cantaría en cualquier caso. O'Brien no diría que se lo había pagado Gawill por el servicio prestado, porque Gawill negaría descarada y convincentemente esa historia. Además, Gawill deduciría inmediatamente la verdad, que Carter había pagado a O'Brien para que guardase silencio. Esto revelaría, naturalmente, que O'Brien había estado en casa de Sullivan, pero, si O'Brien no había cometido el crimen, la intención de Gawill de que Sullivan fuese liquidado no era más que una intención, o una intriga, pero no un hecho consumado.

Está usted en una situación difícil, señor Carter, se dijo a sí mismo. Sin embargo, se sentía muy tranquilo. Muy, muy tranquilo, pero sin saber qué pensar. No se le ocurría más que una idea ingenua, una fantasía: podía encontrarse con O'Brien y entregarle los cinco mil dólares diciéndole tranquila, amablemente, como si así lo sintiese: «Muy bien, Anthony, ahí lo tienes ya, pero que no se repita. Si sigues actuando fríamente y negándolo todo, ya sabes que los dos seguiremos en libertad. ¿Estás de acuerdo?» Pero un individuo como O'Brien no aguantaría durante mucho tiempo. Tendría la tentación de pedir al cabo de poco. Si a O'Brien no le tentase mucho el dinero, no se habría vendido como asesino. Carter sonrió haciendo una horrible mueca, como el hombre que se encuentra sumergido en un basurero hasta los tobillos.

Eran las 6.10. Hazel había dicho que quizá no volviese a casa hasta las siete, pues le quedaban algunas cosas sueltas que hacer en la oficina. Carter sabía que esto podía implicar que no llegase hasta las ocho. En la oficina de Hazel la estaban tratando con amabilidad. «Se están portando bastante bien», dijo Hazel evasivamente cuando él le preguntó qué actitud había adoptado Ginnie Joplin, su benévola jefa, y el señor Piers, el visitador, y Fannie, la secretaria. Evidentemente, nadie iba a dar un paso hacia delante para repudiarla por inmoral, eso no ocurría hoy en día, pero sí podían presumir de ser más decentes que ella, lo cual era peor; incluso podían hacer alarde de su manga ancha, mientras que, en secreto, la envidiaban. Y quedaba en pie un hecho, el hecho peor, que su marido había estado en la cárcel una vez, y que todos lo sabían. Aunque todos le conocían, incluso le habían presentado a Fannie una vez que fue a buscar a Hazel, y aunque él era un hombre de aspecto afable, en realidad, como todo el mundo, todos debían de pensar ahora que era un hombre duro, a quien matar a alguien, en las actuales circunstancias, no le haría inmutarse. Por eso, porque su trabajo estaba un poco en el aire, Hazel se quedaba a trabajar hasta tarde.

—¡Que se vayan a la mierda! —dijo Carter, y entró en la cocina para servirse una copa.

Mientras se la estaba sirviendo se abrió la puerta y él se dirigió con el vaso hacia la sala de estar creyendo que era Hazel; pero era Timmie.

Timmie levantó la vista con timidez y se quitó la gorra.

—Hola —dijo.

—¿Qué hay? ¿Dónde has estado?

—He salido a comprar tinta y me he encontrado con Stephen, y hemos ido a dar un paseo. —Timmie esbozó una sonrisa. Tenía chocolate en la comisura de los labios y sacó la lengua para limpiarse la marca de color marrón.

Carter sonrió.

—¿Desde cuándo andas tú por los drugstores?

Timmie agachó la cabeza al dirigirse hacia su cuarto, pero iba sonriendo. De pronto, se detuvo y se volvió diciendo:

—¿No está mamá en casa?

—Todavía no ha llegado. Dijo que vendría un poco tarde.

Timmie siguió, encendió la luz, pero no cerró la puerta.

Carter se quedó mirando la puerta entreabierta con agradecimiento, como si Timmie le hubiese abierto los brazos. Diez días antes, Timmie habría cerrado la puerta, habría cerrado su corazón y sus oídos. Ése era el poder de la prensa, de la opinión pública. Los compañeros de Timmie no se metían ya con él porque pensaban que O'Brien podía haberlo hecho. O quizá, como ocurre con los niños, se habían cansado de la historia. En todo caso, ya no le molestaban tanto, y Timmie se sentía mejor. Eso era lo maravilloso de la infancia, que sus crisis pasaban rápidamente, pensó Carter; incluso el asunto de Hazel y Sullivan podía llegar a desvanecerse de la mente de Timmie, lo mismo que la muerte de Sullivan, que en realidad no había ensombrecido sus vacaciones en New Jersey. Dentro de muchos años, cuando Timmie supiese lo que era un asunto como ése, lo comprendería y, realmente, no se le olvidaría, pero ahora, cuando tenía doce años, por motivos prácticos e inmediatos, Carter creía que se le había olvidado.

Motivos prácticos e inmediatos. El viernes por la noche. Dentro de veinticuatro horas. Había cinco mil dólares en una de sus cuentas de ahorro y dos mil en la otra. Hazel había dicho, hacía un mes, que deberían darle a Tom Elliott otros tres mil para que los invirtiese, que era una tontería tener tanto dinero en una cuenta cuando podían obtener mayor rendimiento invirtiéndolo. Si lo sacaba, podía decir que se lo había dado a Elliott, pero ¿para comprar qué?, pues no habría justificante de Elliott de haber comprado acciones. Eso, además, no implicaría el acabar con O'Brien y era concebible que, si la policía no les acusaba a ninguno de los dos, O'Brien pudiese llegar a sacarle cincuenta mil dólares. Carter se rió por dentro nerviosamente. Esto no le pasaría inadvertido a Hazel. Se paseó por la habitación atento a cualquier ruido que pudiese indicar que Hazel estaba en las escaleras, tratando de pensar al mismo tiempo. Se sirvió un nuevo whisky con agua.

Si pudiese matar a O'Brien, todo se arreglaría. Si matase a O'Brien y saliese impune de eso...

Podría parecer que era una fechoría de otro de los compinches de Gawill. Estaba claro. Gawill quería verle muerto para que no cantase, y así tampoco tendría que pagarle.

La esquina de la calle 10 y la Octava Avenida estaba muy hacia la parte oeste de la ciudad, y quizá no estuviese muy alumbrada, Carter no se acordaba, pero podrían incluso dirigirse algo más hacia el oeste. Carter imaginó, de pronto, a un policía siguiendo a O'Brien (a O'Brien seguro de que le seguirían, a no ser que fuese lo suficientemente astuto como para despistar a sus seguidores) y que les alcanzaba justo en el momento en que el dinero cambiaba de manos. *Muy bien, Carter, eso es lo que queríamos saber.* Carter siguió paseando por la habitación.

Y decidió que no importaba nada de lo que se le ocurriese antes del viernes, pero del dinero, nada. Lo del chantaje, reflexionó Carter, podía ser incluso una trampa urdida por la policía para ver si cedía a ello. Hasta podía suceder que la policía estuviese al lado de O'Brien mientras le llamaba. Carter se sintió algo aliviado ante la idea de no haber dicho a O'Brien que le llevaría el dinero. Claro que tampoco había respondido nada cuando O'Brien le había dicho: «Ya sabe usted la contrapartida, señor Carter...» Carter se enjugó la capa de sudor que le cubría la frente.

No veía más alternativa que matar a O'Brien. Tenía que persuadirle de que se fuesen un poco más hacia el oeste, hacia el río Hudson, donde las calles estaban más oscuras. Entonces sacaría algo del bolsillo, o simularía que lo hacía, como si se tratase del dinero, haría que O'Brien se acercase a él y le espetaría el golpe que mata, como decía Alex. Entonces se acordó del gigantesco porte de O'Brien y empezó a dolerle el pulgar derecho. Carter se derrumbó en la butaca y se miró la mano, tras de lo cual apoyó con fuerza el pulgar derecho contra el dedo índice, dispuesto a asestar el golpe de canto. Ya no tenía callos en la parte lateral de las manos y, aun si tenía éxito, se enterarían por el doctor Cassini y por Hazel de que Carter sabía judo. Los huesos de la parte anterior del cuello de O'Brien se romperían, pero para matarle tendría que utilizar algo como un ladrillo. Carter se levantó de la butaca.

Hazel apareció entonces, tan de repente, que Carter dio un brinco. Hazel sonrió y cerró la puerta.

—No me proponía asustarte. Soy yo.

Carter se dirigió lentamente hacia su mujer, le ofreció la mano derecha y ella se apoyó en el brazo extendido y se reclinó en su pecho.

—¡Vaya día me han dado Hennie-Pennie y el señor Piers! —Llamaba a Ginnie, su jefa, Hennie-Pennie.

—¿Te sirvo una copa?

—Sí, por favor —dijo Hazel.

Estaba cansada, así que Carter fregó los platos después de cenar, y Timmie los secó y los recogió.

Carter dijo, mientras se estaba desnudando para acostarse:

258

–Tengo que cenar con Jenkins y Butterworth el viernes por la noche. Quieren presentarme a un futuro cliente o algo por el estilo. He pensado que si tú quieres salir con alguien...

–No creo que me apetezca hacer nada más que meterme pronto en la cama –dijo Hazel con la cara casi sepultada en la almohada.

Así preparó el terreno para el viernes.

También pensó en la posibilidad de hacer frente a O'Brien. O'Brien no cantaría inmediatamente a la policía, pensó Carter, no lo haría a no ser que estuviese muy enervado y en una situación muy desesperada, y no parecía ser ése el caso todavía. Pero esperaría y volvería a pedir dinero. ¿Y cuánto tiempo esperaría? La verdad era que O'Brien tenía menos que perder exponiéndose que si le juzgaban acusado de asesinato. Además, antes de que le procesasen, contaría la verdad. Había, por lo tanto, un hecho indiscutible, que O'Brien le tenía en sus manos. Y ésa era la única conclusión a la que Carter había llegado el jueves.

Se quedó contemplando por la ventana los barcos desdibujados por la niebla en el East River. Una pareja de remolcadores avanzaba surcando las aguas, y un carguero muy bello, blanco, negro y rojo, navegaba altanero en dirección al Atlántico. Del otro lado de Manhattan entraban o salían, camino de Europa, Sudamérica y las Bahamas, embarcaciones más bonitas. Dentro de tres meses podría él estar a bordo de una de ellas con Hazel. Todo, todo se tranquilizaría en cuanto hubiese superado ese escollo. ¿Acaso no valía la pena tratar de matar a O'Brien? O'Brien nunca consentiría que le endilgasen a él este crimen. Si O'Brien contase su versión de los hechos y no se la creyesen, si a O'Brien le juzgasen y le condenasen, aun en ese caso, su versión sembraría una duda fatal y produciría una herida fatal en la mente de Hazel y en la mente de otras muchas personas. Aun cuando Carter se defendiese contra todos los interrogatorios a que la policía podía someterle, quedaría la duda si O'Brien contaba bien su versión, y la contaría bien, porque era verdad.

El jueves por la noche, Carter y Hazel tuvieron a cenar en su casa a Phyllis Millen, y, de nuevo, nada se habló del asesino no descubierto de Sullivan, ni de lo que la policía estaba haciendo o podía estar haciendo. Mientras tomaban café sonó el teléfono y eran los Lafferty. Hazel habló con la señora Lafferty y luego con su marido. Al cabo de un momento, éste dijo que quería hablar con Carter.

–Hola –dijo Carter, y le volvió a la memoria la conversación que habían tenido en francés en el restaurante japonés. *Cada separación se lleva algo consigo...* Y todo asesinato también, pensó Carter.

–Bueno, Phil, ¿cómo van las cosas? –preguntó Lafferty con su tono de buen humor y de una forma que no exigía respuesta–. ¿Hay novedad en el frente? Tu mujer me ha dicho que tenéis gente, así que quizá no puedas hablar. Pero quería saludarte y desearte suerte.

–Te lo agradezco mucho, pero, en realidad, no tengo nada que contar –dijo Carter, dando la espalda a Hazel y Phyllis, que estaban hablando en el extremo opuesto del gran cuarto de estar–. Las cosas no han cambiado desde hace varios días. Eso es todo lo que sé.

–¿Cuentan todo los periódicos? ¿Todo lo que se sabe?

–Sí –excepto la furia de Gawill, pensó Carter, excepto el hecho de que O'Brien está impaciente por que le paguen–. Sí, eso es más o menos lo que hay. Si hay algo nuevo, estoy seguro de que Hazel os lo comunicará.

Terminaron la conversación sin darle mayor importancia, y Carter volvió a la mesa a servir unas copas de coñac. Tenía la mano muy firme, o mejor las manos, ya que sirvió el coñac valiéndose de las dos.

–Qué amable ha sido llamando –dijo Hazel.

–Sí, él me es muy simpático. –Carter se sentó.

–Tenemos que invitarles un día. Phyllis, tú conoces a los Lafferty, ¿verdad?

Phyllis los conocía.

La conversación siguió su curso. Carter apenas escuchaba.

Miraba a su hijo que estaba terminando su ración de helado. Timmie llevaba puesto su mejor traje azul marino, una camisa blanca y una corbata azul. La luz de las velas brillaba en su cabello rubio bien peinado. El tocadiscos dejó caer otro disco y se empezaron a oír las Variaciones Goldberg. Carter contuvo, parpadeando, unas lágrimas inexplicables. Esa noche tomó una de las pastillas de Seconal de Hazel para estar seguro de que dormiría.

27

A las siete del día siguiente, Carter ya se había tomado muy lentamente dos whiskies con soda en dos bares diferentes en la zona de las calles 40 a 50 Este, y el tiempo seguía discurriendo desesperadamente despacio.

Llamó a Gawill y se encontró con que no estaba en casa. O por lo menos no contestó al teléfono. ¿Qué podía significar eso? ¿Habría la policía detenido a Gawill para tener la seguridad de que no trataría de soplar a Carter que estaban siguiendo a O'Brien esa noche? Eso no parecía lógico, y Carter se dedicó a llamar a Gawill cada cuarto de hora. Hacia las nueve se había convertido en una obsesión el encontrarle, pensó incluso en ir a su casa para ver si estaba y si, sencillamente, no contestaba al teléfono.

Carter estaba cada vez más seguro de que iba a caer en la trampa de la policía. Miró en torno suyo con tanta frecuencia para ver si detectaba a alguien vestido de paisano, que la gente empezó a mirarle a él. Entonces, Carter se esforzó en no volver la cabeza.

Repentinamente entró en un cine en la calle 23.

De vez en cuando, encendía un cigarrillo y miraba el reloj. A las 10.15 no pudo aguantar más el estar sentado y salió, dirigiéndose hacia el sur. Entró entonces en el primer establecimiento que encontró que tenía teléfono; era un estanco, y llamó a Gawill, y Gawill contestó. Carter estuvo a punto de suspirar de alivio.

–Bueno, ¿qué te ocurre ahora? –preguntó Gawill algo irritado, también esto tranquilizó a Carter.

No tenía nada que decirle.

–¿Has pagado ya a O'Brien? –preguntó.

–No, ¿y tú? –replicó Gawill.

Venía tan a cuento, que Carter soltó una ruidosa carcajada, y se sintió mejor, como cuando en el penal se había reído del destino, de la verdad, de los accidentes más perversos. Pero Gawill estaba mortalmente serio, o, más bien, mortalmente desabrido. Esto estaba también en consonancia con el carácter de Gawill y era tranquilizador para Carter. Carter se serenó de repente y dijo:

–¿Estarás en casa dentro de un rato? Quizá me pase para verte. Tengo algo que contarte. –Colgó antes de que Gawill pudiese responder, y abrió de golpe la puerta de la cabina telefónica.

Empezó a caminar rápidamente hacia el centro. *¿Por qué?* Bueno, él sabía la razón. Era para contar con una especie de débil coartada para «hacia las once». Gawill era un ser vil, incluso más vil que O'Brien, tan vil como la fechoría que él iba a cometer esa noche. Carter se obligó a aflojar el paso para ahorrar fuerzas, pero tenía como una prisa interior que le hacía malgastar sus energías.

Llegó con cinco minutos de antelación a la esquina de la calle 10 y la Octava Avenida.

O'Brien apareció procedente del centro, andando tranquilamente con un periódico doblado en la mano izquierda. Llevaba sombrero y una gabardina desabrochada con el cinturón colgando. Al ver a Carter le hizo una seña con el periódico y se reunieron unos metros más hacia el oeste, en la acera norte de la calle 10. Estaban delante de un edificio oscuro, con un par de entradas de garajes cerradas; era la fachada de una casa de pisos baratos. O'Brien miró hacia atrás.

–¿No le han seguido? –preguntó.

–No –contestó Carter.

–¿Ha mirado?

–Sí.

O'Brien aparentaba diez centímetros más de estatura que Carter, y resultaba muy corpulento con la gabardina desabrochada, pero Carter sabía que, en realidad, sólo era un poco más alto, si es que lo era algo, y sí mucho más gordo y más fuerte.

–¿Le han seguido?

–Claro que me han seguido –dijo O'Brien mirando hacia delante y asintiendo con la cabeza con aire resignado–. Como siempre. Pero he cogido varios taxis y ahora no me siguen. Generalmente me trae sin cuidado, me importa una higa. –Esbozó una sonrisa, miró a Carter y gesticuló nerviosamente con la mano derecha, en la que ahora llevaba el periódico–. ¿Lo trae?

–Sí –dijo Carter. Iba contando los pasos, uno, dos, tres, cuatro. Iban más bien despacio, de la forma en que anda la gente cuando va hablando y sin prisa–. Una cosa, O'Brien.

–¿Qué?

–¿Es éste el último pago?, o ¿qué es lo que debo esperar?

O'Brien se rió con una risita breve y nerviosa:

–En realidad no tengo por qué decírselo, ¿no le parece? Muy bien, es el último pago. A no ser que me pesquen los polis, en cuyo caso no voy a dejar que me saquen los dientes y me partan la nariz por usted, como comprenderá.

A Carter apenas le impresionaba la hostilidad como tal hostilidad. Era sencillamente algo que estaba ahí, como lo había estado siempre en el penal, entre los reclusos que iban a su lado que podían volverse contra él, que podían haberse vuelto a causa de su amistad con Max y que, casualmente, nunca se volvieron contra él. O'Brien iba aflojando el paso. Delante de ellos, en la esquina de la izquierda al otro lado de la calle Greenwich, o de lo que a Carter le parecía la calle Greenwich, se perfilaba la fachada lateral, negra, sin ventanas, de un almacén. Debajo había una valla de alambre de tres metros de alto y en la esquina una farola. Un hombre cruzó la calle Greenwich y se encaminó hacia ellos pero por la acera de enfrente.

–Bueno –dijo O'Brien parándose.

Carter miró al hombre que iba por el otro lado de la calle y que pasaba a su altura en ese momento, pero sin mirarles, y metió la mano en el bolsillo interior del abrigo volviéndola a sacar vacía.

–Vamos hacia allí –dijo, señalando la luz con un ademán de la cabeza.

–¿Por qué? –preguntó O'Brien recelosamente.

Porque lo que tenían al lado eran viviendas y, al oír un ruido, podía alguien asomarse o gritar, razonó Carter, y el almacén estaba vacío.

–Más seguro –dijo Carter empezando a cruzar la calle antes de que O'Brien pudiese protestar.

O'Brien le siguió, pero a paso lento, con las manos en los bolsillos de la gabardina. Finalmente, llegaron a estar separados por unos seis metros de distancia; fue en el momento en que Carter se subía a la acera del lado del almacén y O'Brien bajaba el bordillo del lado opuesto para seguirle. O'Brien miró a derecha e izquierda. Los faros de un taxi iluminaron el cruce de la calle Greenwich, la luz que proyectaban se detuvo en el momento de cruzarla y luego siguió hacia delante.

Carter bajó la cabeza hacia las manos, que tenía a la altura del pecho, como si estuviera contando los billetes que acababa de sacar del bolsillo. Estaba a unos cinco metros de la farola, frente a ella.

O'Brien se le acercó, diciendo:

–Coño, ¿es que tiene que volverlo a contar?

Carter se volvió de modo que la farola quedase detrás, para que O'Brien no viese que no llevaba nada.

O'Brien se le puso delante agachándose un poco para mirar.

Carter levantó las dos manos al mismo tiempo, agarrando a O'Brien por debajo del mentón, con lo que no hizo más que empujarle la cabeza hacia atrás, que era lo que Carter se proponía. O'Brien se abalanzó hacia él con un rápido golpe de la derecha, pero Carter lo esquivó dando un paso y asestándole un golpe de lado con la mano izquierda, entre la parte anterior y la lateral de la garganta, donde no le podía romper ningún hueso.

El golpe no pareció conmocionar al corpulento O'Brien, pero le dolió. Entonces se agachó un poco y Carter le descargó otro golpe con el canto de la mano izquierda, y otro con la derecha, en la nuca, justo debajo del cráneo. O'Brien yacía en la acera y Carter le golpeó el cuello con el pie. Luego miró en torno suyo y vio un pedrusco de cemento, pero no lo pudo arrancar porque era parte del soporte de la valla de alambre. Carter volvió a golpear a O'Brien en el cuello con un pie. Estaba inmóvil. Carter pudo haberle pateado la cara que yacía de perfil sobre la acera, pero no pudo, o no quiso.

–¡Oiga! *¡Oigaaa!*

Carter huyó a escape de la voz. Entró en la primera calle de la izquierda corriendo en dirección este. Después siguió al trote, no demasiado deprisa, amparándose en la sombra de los edificios del lado norte de la calle, porque vio un par de individuos que iban andando hacia él. Aminoró entonces el paso y dejó de correr. El que había gritado, quienquiera que fuese, se habría quedado mirando a O'Brien unos segundos antes de salir detrás de él, pensó Carter. Carter cruzó una avenida sin preocuparse por ver qué avenida era. Ahora caminaba normalmente, sin darse prisa, aunque a él le parecía que era como ir a paso muy lento. Se dirigió entonces hacia el sur, zigzagueando hacia el este en todas las calles. La sensación de que algo goteaba de su dedo meñique de la mano derecha le indujo a levantarla y vio que manaba sangre. Carter se chupó el sitio donde le escocía en un lado de la mano. El corte era pequeño, según pudo apreciar al pasarse la lengua por él. Encontró un Kleenex en el bolsillo del abrigo, y se lo aplicó a la herida mientras seguía caminando, limpiándose la sangre que se secaba en el dedo con la sangre fresca que manaba. Cuando se empapó el Kleenex, lo tiró en un cubo de basura y cogió el pañuelo del bolsillo del pecho.

Había llegado a la parte sur de Washington Square. Encontró un taxi aparcado en el bordillo de un club nocturno y le dijo al conductor que le llevase a Times Square. En el taxi trató de relajarse estirando las piernas y aplicando el pañuelo doblado a la herida.

–¿A qué parte de Times Square? –preguntó el taxista.

–A Times Square esquina con la Séptima Avenida –contestó Carter, por decir algo.

El corte estaba dejando de sangrar. Carter hasta consiguió atarse el pañuelo con la ayuda de los dientes, de manera que no se viese la sangre por la parte de afuera. Entonces pagó al conductor con dos billetes de un dólar que llevaba preparados en la mano izquierda.

–Quédese la vuelta.

Fue a pie a la Quinta Avenida y cogió otro taxi.

–¿Me puede llevar a Jackson Heights? –preguntó Carter, recordando que los conductores no estaban siempre dispuestos a ir allí desde Manhattan.

–Está bien –dijo el taxista–. ¿A qué parte?

–Yo se lo indicaré cuando lleguemos.

Carter se inclinó hacia delante al llegar a Jackson Heights y le dijo al taxista que torciese a la derecha, luego a la izquierda y, finalmente, que parase. Era un cruce en el que había varios restaurantes y un bar, y Carter sabía que no estaba a más de cinco minutos a pie de la casa de Gawill. Pagó al taxista y se dirigió a casa de Gawill. En ese momento eran las once menos cuarto.

Se detuvo entonces en una calle oscura y pensó que, en realidad, no tenía por qué ir a casa de Gawill, que debía marcharse en otro taxi a la suya, esta vez sin tener que cambiar a mitad de camino. Sin embargo, comprendió que no podía irse a su casa ahora. Estaba demasiado nervioso. Ni siquiera se sentía capaz de llamar a Hazel y decirle que volvería pronto. Carter se encaminó entonces hacia la casa de Gawill y se detuvo en una tienda de vinos que estaba a punto de cerrar para comprar una botella de Johnny Walker.

Me quedaré media hora, se dijo. Claro que Gawill podría estar enfadado y no dejarle entrar a esa hora: de ser así, le tiraría la botella de whisky y se marcharía. Podía suceder también que se quedase más de media hora. No era posible saberlo de antemano. Se desató el pañuelo y se miró la mano bajo una farola. Tenía un pequeñísimo corte en forma de V entre el final del dedo meñique y la muñeca. Un diente de O'Brien, o algo así, le había producido una incisión en la piel. A través de la herida se veía ahora que tenía mucha callosidad. El corte era profundo pero, en verdad, muy pequeño, y había dejado de sangrar.

Gawill no respondió al timbre del portal, a pesar de lo cual Carter cogió el ascensor y llamó al timbre de la puerta. Al cabo de unos momentos oyó las lentas pisadas de Gawill, y éste abrió la puerta en pijama y bata.

–Vienes tarde –dijo Gawill.

–¿Demasiado tarde? Te traigo whisky.

Gawill sonrió levemente.

–Has cumplido tu promesa. Está bien, entra para tomarte una última copa. ¿Qué te ha hecho retrasarte?

–Cené con gente de la oficina –dijo Carter–, y nos quedamos charlando, ya sabes lo que pasa en estos casos.

Gawill se puso a servir las copas en la cocina. Se oía el agradable gorgoteo del líquido al salir de la botella llena. Carter observó, casi con agrado, la habitación desordenada, fea, masculina, en torno suyo. Gawill entró con los vasos servidos.

–Bueno, ¿qué es lo que tenías que contarme? –preguntó Gawill.

Carter levantó el vaso hacia Gawill, como para brindar, antes de beber; luego se tomó medio vaso de golpe. Se había quitado el abrigo y se hundió pesadamente en la butaca.

–Me preguntaste sobre Hazel –dijo Carter cruzando las piernas–. Sólo quería decirte que nos llevamos divinamente.

Gawill no dijo nada, pero Carter comprendió que le creía.

–Bueno, brindemos por ello. Por la felicidad matrimonial –dijo con acritud, y empezó a beber.

Carter bebió también y apuró su vaso.

–Ha debido de ser una fiesta abstemia a la que has ido esta noche –dijo Gawill.

Carter sonrió.

–Una cena china. Mucho té, pero... –Se puso de pie y se fue a la cocina–. Espero que no te importe que me sirva otra.

–Qué va –dijo Gawill.

Bajo el grifo, y mientras llenaba el vaso con agua, Carter se limpió la sangre que tenía alrededor de la uña del dedo pequeño. El corte en forma de V estaba ya seco y tenía buen aspecto, era como una boquita ñoña o la V de la victoria. Carter sacó el pañuelo manchado de sangre del bolsillo y vaciló entre meterlo en una lata vacía del cubo de la basura o tirarlo por el vertedero que comunicaba con el incinerador de basuras, pero decidió tirarlo por el vertedero. Lo abrió y lo volvió a cerrar sin hacer ruido.

—Ostreicher me ha dicho hoy algo que creo que debo contarte —dijo Carter al volver al cuarto de estar—. Tienen todo el material que Sullivan estaba recogiendo sobre ti y les ha impresionado mucho, como posible motivo de que quisieses quitar a Sullivan de en medio.

—¡Esa mierda otra vez! —exclamó Gawill poniéndose de pie.

—Eso es lo que me han contado y, con ello, a mí se me quita un peso de encima, pero me parece que es muy comprometedor para ti y para O'Brien. ¿Qué vas a hacer con O'Brien? ¿No crees que es un peligro para ti?

—Escucha, por el amor de Dios —balbuceó Gawill gesticulando de tal manera que parte de su whisky fue a parar al suelo—. De una vez para siempre te diré que... Drexel se llevó la mayor parte del dinero. Se llevó la mitad por lo menos. Él se quedó con la mitad y Wally Palmer con la otra mitad.

Carter parpadeó. Drexel. Ese beato decrépito que se parecía a un segundo Jefferson Davies; Drexel, cuya reputación estaba tan fuera de toda duda que apenas le habían interrogado y que, cuando le habían hecho declarar, no había sido acerca de su posible complicidad, sino para que hablase, únicamente, sobre la personalidad de sus empleados. Drexel, que había tranquilizado su conciencia pagando a Carter una fracción de sus honorarios, y que había continuado, después del desastre del colegio, construyendo un par de cosas más en el mismo estado. Drexel, que ni en el lecho de muerte, si es que su ataque le dio tiempo para ello, había sentido la necesidad de confesar. Sullivan jamás había emitido una palabra de sospecha sobre él.

–Bueno –dijo Carter sintiendo que se le iba la cabeza ligeramente–, no es de extrañar que no pudiesen dar con el paradero de todo ese dinero, la mitad de doscientos cincuenta mil dólares...

–Drexel puso a buen recaudo una parte importante...

–Sullivan, desde luego, no lo sabía. ¿O sí lo sabía?

–No, Sullivan no lo sabía –dijo Gawill.

–¿Por qué no se lo dijiste a Sullivan, especialmente después de la muerte de Drexel? Hace meses que murió.

Gawill se derrumbó en el sofá de nuevo pero, luego, se inclinó hacia delante.

–Te diré por qué. Quería disfrutar del fracaso de Sullivan. Quería..., vaya, quería matarle. Eso ya lo sabes tú.

Sí, Carter lo sabía. Gawill era un loco tan especial, que había querido continuar azuzando el fuego de su odio dejando que Sullivan continuase haciendo averiguaciones sobre él.

–Pero, Greg, tú también tienes que haber sacado algo del asunto de Triumph. ¿No sabía Drexel que tú sabías que estaba robando dinero?

–¡Oh! A mí me dieron unas migajas. ¡Calderilla! ¡Nada más que calderilla! Era como si Wally fuese un millonario que me invitaba a ir de vacaciones con él y que me pagaba las cuentas en Nueva York. Eso sucedía algunos fines de semana. ¿Y a eso llamas tú sacar algo? –preguntó Gawill retóricamente con resentimiento.

Carter no pudo por menos de sonreír.

–¿Por qué no les apretaste las clavijas para sacar más, a Palmer, y a Drexel también?

Gawill hizo un gesto como para indicar que se acordaba de que no le había sido posible hacerlo.

Drexel y Palmer habían tenido algo con que callar a Gawill, naturalmente. Eso era lo más probable.

–No importa. Lo comprendo –dijo Carter, y miró al teléfono, que en ese momento empezó a sonar. Carter preguntó rápidamente–: ¿Dónde estuviste esta noche, Greg?

Gawill detuvo la mano en el momento en que iba a coger el teléfono.

–¿Yo? Estuve en un bar viendo un campeonato de lucha en la tele.

–Tú estuviste conmigo. Toda la noche.

–¡Ah! –exclamó Gawill con desasosiego.

El teléfono sonó por tercera vez.

–Nos encontramos en el bar. Tú te viniste a casa primero y yo vine un poco después con una botella de whisky.

–¿Un poco después? ¿Qué es todo esto? –preguntó Gawill, arrugando el entrecejo.

–Contesta al teléfono.

Gawill retiró la mano con la que iba a coger el teléfono llevándosela hasta el regazo, luego la volvió a extender y cogió el auricular.

–¿Diga?

Carter no oía más que una voz masculina. Observó la cara de Gawill.

–Sí, sí; ¡ah!, sí. –Con el semblante tenso y turbado Gawill miró a Carter–. No, no. Sí, estaré aquí. De acuerdo. –Colgó–. O'Brien ha muerto. –Sus ojos oscuros parecían empequeñecerse a medida que se daba cuenta de la verdad–. Y tú lo mataste.

–Evidentemente, o tú o yo le hemos matado. Pero, Greg, sería mejor que no lo hubiésemos matado ninguno de los dos y, por tanto, es mejor que hayamos estado juntos esta noche. A Hazel le contaré una mentira sobre la cena de la oficina y que, en su lugar, vine a verte. Nos encontramos en el bar. ¿Había mucha gente?

–Sí.

–¿Dónde es?

–En el Jackson Heights Boulevard. No es el de O'Brien, pero no sé cómo se llama. Ah, sí, Roger's Tavern.

–Vale. ¿Qué ha sido de tu sabueso esta noche? ¿No hay abajo un policía? –Carter se puso de pie súbitamente y miró hacia la puerta, luego miró a Gawill–. No he visto ningún coche de la policía al entrar, claro que no me he fijado.

Gawill se enjugó el sudor de la frente y se pasó la mano por debajo del cuello del pijama.

—¿Por qué mataste a O'Brien? ¿Te estaba chantajeando?, y eso, ¿por qué?

—Sullivan ha muerto, ¿no es cierto? ¿Qué más te da el porqué? Sí, yo maté a O'Brien. ¿Quieres que diga que vi al hombre pagado por ti bajando las escaleras apresuradamente en el preciso momento en que yo entraba en casa de Sullivan? Tú no querrás que cuente que habías proyectado matar a Sullivan, ¿verdad?

—¡Je...sús! —gritó Gawill tapándose la cara con las manos, de una forma característica en él, y que parecía indicar que se daba cuenta de que había vuelto a picar por incauto y que le estaban torturando. Carter le sonrió. Encendió un cigarrillo.

—No tienes alternativa, Greg. Yo tampoco. Pero podemos llegar a un acuerdo. Es otra persona la que mató a O'Brien, quizá alguien a quien debía dinero, pero no nosotros.

—¡Jesús! —repitió Gawill más tranquilo a través de las manos.

—¿Trato hecho?

Sonó el timbre del portal de Gawill.

Gawill se levantó, se dirigió pesadamente hacia la cocina y apretó el portero automático, y regresó con su pesada forma de andar.

—¿Cuándo fuiste al bar esta noche? —preguntó Carter sin saber si la respuesta de Gawill sería negativa, hostil o positiva.

—A las ocho y media —dijo Gawill, mirándole con desamparo.

Carter pensó que la balanza de su destino empezaba a oscilar, y añadió en un tono más tranquilo:

—Yo me reuní contigo hacia las ocho y media. Te llamé hacia las seis y media de esta tarde para citarnos. —El timbre de la puerta empezó a sonar al pronunciar las últimas palabras—. ¿Estabas en casa a las seis y media?

—Sí —dijo Gawill dirigiéndose hacia la puerta. Entraron Ostreicher y un agente de policía al que Carter no había visto nunca.

—Vaya, señor Carter —dijo Ostreicher—. Buenas noches.

—Buenas noches —dijo Carter.

—Ya veo que el señor Gawill está preparado para irse a la cama.

—A esta hora es lo normal —dijo Gawill.

Ostreicher y su acompañante no se sentaron. Ostreicher se las arregló para poder observar los rostros, tanto de Carter como de Gawill, al decir:

—Señor Carter, ya se habrá enterado de la noticia. O'Brien ha aparecido asesinado esta noche en el oeste de la ciudad. Le han matado a golpes.

Carter no dijo nada, no hizo más que mirar a Ostreicher. Tenía un vaso a medio beber en la mano derecha con el dedo meñique por debajo.

—¿Dónde estaban ustedes dos esta noche hacia las once? A ver, señor Carter.

—Hacia esa hora andaba por el Jackson Heights Boulevard, me parece. Pasé parte de la tarde y las primeras horas de la noche con Gawill.

—¿Qué parte?

—Desde las ocho y media hasta alrededor de las diez y media, no estoy seguro.

—Hasta las diez y media, y ¿entonces se separaron? —preguntó Ostreicher—. Agente, tome nota de esto.

El agente se apresuró a sacar el bloc y el bolígrafo.

—Estuvimos un rato en un bar charlando —dijo Carter—. Después, Gawill se marchó. Pero yo no había terminado de comentar lo que habíamos hablado, así que compré una botella de whisky y me vine.

Ostreicher abrió un poco la boca pero no dijo nada. Miró a Carter, luego a Gawill, y viceversa, como si estuviese pensando que lo que tenía que haber hecho era preguntarles por separado dónde habían estado.

—Y usted, señor Gawill, ¿dónde estuvo?

—Me marché del bar alrededor de las...

—¿Qué bar?

—Roger's Tavern —dijo Gawill, y se llevó a la boca un cigarrillo. Estaba también de pie—. Me vine a casa alrededor de las diez y media, me parece, pero no lo sé seguro. Pregunte al guardia que está abajo. Él lo sabrá. ¿O es usted el guardia?

—preguntó al agente que escribía, pero el policía no hizo más que mirarle y no dijo nada.

Ostreicher le dijo al agente:

—¿A qué hora entró?

El agente miró otra hoja de su bloc:

—A las diez y cuarto —dijo.

—¿Y Carter?

El agente volvió a mirar y se encogió de hombros como disculpándose.

—Lo siento, no apunté la hora de llegada de este caballero.

Ostreicher se mostró enojado.

—¿A qué hora vino a Jackson Heights, señor Carter?

—Hacia las ocho y media —dijo Carter.

—¿De qué habló con Gawill?

—¿De qué cree usted que iba a hablar con Gawill? —dijo Carter.

Los ojos azules de Ostreicher brillaron al mirar a Gawill.

—¿A quién contrató usted para matar a O'Brien, Gawill, y cuánto le pagó? ¿O no le pagó?

—¡Déjeme en paz con eso! —le contestó Gawill gritando.

—¡Un cuerno que le voy a dejar en paz! Esta vez sí que no. Esta vez va a pasar unos días encerrado. Y también algunas noches.

—Yo no sé quién mató a O'Brien, y además me tiene sin cuidado quién lo hizo, así que de mí no va a sacar nada en limpio —replicó Gawill.

Carter sintió admiración por él en ese momento.

Ostreicher parecía derrotado. Se dio la vuelta y murmuró algo al agente, que estaba todavía escribiendo, y el agente asintió con la cabeza. Entonces, Ostreicher se dirigió al teléfono y lo cogió. Marcó un número y ordenó secamente a quien le contestó: «Dile a Hollingsworth que se quede.» Ostreicher colgó el teléfono y se volvió hacia Carter y Gawill:

—Vístase, Gawill. Vamos al bar donde han estado.

Gawill se puso en movimiento y entonces miró el reloj.

—Es de los que cierran pronto. Cierran hacia las doce y media.

—Ya encontraremos a alguien —replicó Ostreicher.

El bar estaba cerrado cuando llegaron en el coche de la policía. Ostreicher entró en otro bar más grande, más abajo, que estaba todavía abierto, probablemente para telefonear al que estaba cerrado y apagado por si contestaba alguien, o quizá para preguntar el nombre del propietario, que Gawill no sabía, o no quiso decir cuando se lo preguntó Ostreicher. Volvió al cabo de cinco minutos.

—Vamos a la comisaría —dijo Ostreicher al agente que conducía.

Tan pronto como llegaron, Carter preguntó si podía telefonear a su mujer. Ostreicher dijo que sí, pero se quedó groseramente a un metro de distancia de Carter mientras llamaba desde el mostrador, para poder oír lo que decía.

—¿Dónde estás? —preguntó Hazel.

—Estoy bien —dijo Carter, sin sonreír, pero en un tono de inconfundible alegría—. No puedo hablar contigo porque no estoy solo, pero estoy bien y no quiero que te preocupes —no, que no se preocupase, aunque esa noche le moliesen a palos. Podía aguantarlo, estaba bien y finalmente volvería a casa.

Ostreicher los tuvo levantados hasta las cuatro de la mañana, interrogándoles separadamente por turnos. Carter no volvió a ver ni una sola vez a Gawill después de llegar a la comisaría. Hacia las tres de la mañana, Ostreicher empezó a tener un aire de derrota tan evidente, como que sus preguntas se repetían. Después empezó a simular que Gawill se había derrumbado.

—Gawill ha dicho que usted se negó a pagar a O'Brien de su parte, aunque él le había prometido que le reembolsaría el dinero más tarde. Usted iba a pagar para ayudar a Gawill a salir de este lío. ¿A quién iba usted a pagar, Carter? Lo averiguaremos y relacionaremos a esa persona con usted, de la misma manera que relacionamos a Gawill con O'Brien. ¿Por qué retrasarlo?

—¿Por qué razón iba yo a ayudar a Gawill? —Carter estaba sentado tranquilamente en una silla, con los brazos y las piernas cruzados. Era un interrogatorio versallesco comparado con las experiencias del penal, comparado con el hecho de haberle colgado de los dedos pulgares—. Está usted perdiendo el tiempo

–dijo Carter pausadamente. Estaba preparado, al menos mentalmente, a quedarse levantado el resto de la noche, todo el día siguiente, mientras Ostreicher durmiese, y toda la noche siguiente, aguantando a Ostreicher de nuevo. Y estaba seguro de que Gawill no se había derrumbado, pues, de ser así, Ostreicher haría sus afirmaciones con más convicción, quizá incluso subrayándolas con un puñetazo en las costillas. En estas circunstancias, Carter se sentía muy seguro teniendo a Gawill como socio, pues Gawill estaba decidido a protegerse.

–Usted es el que está perdiendo el suyo. Yo no pierdo el mío –dijo Ostreicher, y esto le recordó a Carter súbitamente los servicios religiosos de los domingos por la mañana en el penal: *Aquí no perdéis el tiempo porque podéis aprovecharlo para meditar sobre...*

Carter le miró fijamente a los ojos.

Un poco después, Ostreicher le dejó por aquella noche. A Carter le condujo un agente que había estado sentado con él, mientras Ostreicher estaba con Gawill, a una celda al fondo del vestíbulo, donde, sobre una cama empotrada en la pared, le habían colocado un pijama gris con el mismo esmero con que lo hubiera hecho una doncella. No había más que agua fría en el único grifo del lavabo, pero el retrete estaba impecablemente limpio; la celda era como la habitación de un hotel comparada con las que Carter había conocido en el penal. Carter seguía sin tener noticias de Gawill, pero estaba seguro de que también estaba pasando la noche en un lugar próximo.

No ocurrió nada hasta las diez de la mañana, cuando Ostreicher apareció con dos hombres que Carter no había visto nunca; eran el propietario y el barman de Roger's Tavern. Ambos dijeron que no habían visto a Carter en el bar, pero que les podía haber pasado inadvertido. No conocían a Gawill de nombre, pero sí le conocían de vista porque había estado allí «algunas veces». Carter estaba delante cuando Ostreicher enfrentó a Gawill con los dos individuos, para preguntar a éstos si se acordaban de haber visto a Carter y a Gawill juntos.

–No me acuerdo –dijo el barman sacudiendo la cabeza–,

pero había tal gentío anoche viendo la lucha, que algunos clientes venían personalmente a coger las copas para llevárselas a sus amigos a la mesa.

–¿Le recuerda pidiendo anoche dos copas en algún momento? –preguntó Ostreicher, señalando a Gawill con un movimiento de cabeza.

El barman se mojó los labios y dijo con cautela: «La verdad, francamente no, pero podría estar equivocado. Lo que quiero decir es que había tanta gente que delante de la barra se formó una fila de tres en fondo, y, claro, como comprenderá, no quiero hacer alegaciones que puedan comprometer a nadie. Sencillamente no me acuerdo.»

Muy bien hecho, pensó Carter. Un excelente partidario del lema del ciudadano medio: *no te comprometas en nada*.

El propietario tampoco recordaba si Gawill había pedido dos copas. Según dio a entender, él había pasado gran parte de la velada en un rincón, en la parte trasera del local, con dos antiguos compañeros.

–Está bien –dijo Ostreicher a los dos–. Quizá tengamos que volver a hablar con ustedes otra vez.

Dicho esto, despidió a los dos hombres.

Después Ostreicher habló con Carter a solas en la celda de éste. Carter vestía su propia ropa pero estaba en mangas de camisa.

–Volvamos a hablar de la noche pasada –dijo Ostreicher–. He visto a su mujer esta mañana. Me ha contado que usted le había dicho que iba a salir con unas personas de su oficina. ¿Por qué mintió?

–Porque sabía que le preocuparía saber que iba a ver a Gawill.

–¿Por qué le preocuparía? Usted había ido a verle otras dos veces.

–Gawill no es amigo mío. Anda con gente de mala calaña y mi mujer se quedó preocupada cuando le dije que había ido a verle.

–¿Y por qué dijo que le había visto? ¿Por qué motivo?

–Para saber si admitía que había contratado a O'Brien. Pensé que, aunque hubiese mentido a la policía, yo podría averiguar si había dicho la verdad o no.

Ostreicher entornó los ojos.

–Pero ¿qué podría usted remediar con eso?

Carter miró a Ostreicher con la misma astucia e irritación.

–¿Acaso no es interesante saber la verdad, aunque no se remedie nada con ello?

–Su mujer dijo que había averiguado, satisfactoriamente para usted, hace días, que Gawill había contratado a O'Brien. ¿Por qué quiso usted verle anoche?

Carter estaba sentado en el borde de su duro camastro.

–Quería saber más detalles, como, por ejemplo, cuánto pagó, o prometió pagar Gawill a O'Brien. Gawill nunca me confesó que hubiese contratado a O'Brien. Me lo negó. Pero yo creía que lo había hecho, y eso es lo que le dije a mi mujer. Mi idea era que si podía presionarle un poco más para que pagase la cantidad que había prometido, yo podría salir de este lío.

–¡Ah! Admite usted que está metido en un lío –dijo Ostreicher.

–Naturalmente.

–Pues ahora está metido en un lío mayor. Supongamos que Gawill contrató a O'Brien pero que fue usted, en realidad, quien mató a Sullivan. Si usted lo hizo, y O'Brien lo sabía, éste estaba en una situación muy ventajosa para chantajearle. ¿Acaso no es verdad que estaba tratando de hacerle chantaje, señor Carter, y que usted decidió darle muerte? ¿Y que lo hizo? ¿No se citó O'Brien con usted?

–No –dijo Carter.

–¿Anoche?

–Como podrá comprobar, yo no he sacado dinero de mi banco. Averígüelo si quiere.

–Tampoco han sacado dinero del de Gawill. Usted no lo habría sacado si pensaba matarle.

–Yo no pensaba matarle. Él era una pesadilla para Gawill, pero no para mí. –Carter separó las manos y luego las dejó caer

relajadamente entre las piernas. Cogió un cigarrillo con parsi-
monia, el último que le quedaba, dándose cuenta de que tenía
aspecto tranquilo y sereno. No obstante, se alegraba de que Ostreicher no le hubiese aplicado ahora en el pecho el detector de
mentiras. Ahora las cosas eran diferentes de como habían sido
durante la entrevista de hacía tres semanas. Ahora a Carter le
importaba lo que pudiese pasar. *Devolveré la justicia que se me
ha hecho,* pensó para sus adentros. Las palabras le cruzaban la
mente sin saber de dónde procedían, y miró a Ostreicher fijamente.

—¿Qué pidió en ese bar anoche? —preguntó Ostreicher.

—Whisky con agua.

—¿Cuántos?

—Creo que dos, pero a lo mejor fueron tres.

—¿Quién los pagó?

—Me parece que pagamos una ronda cada uno —dijo Carter.

—¿Quién fue a buscarlos?

¿Qué habría dicho Gawill a Ostreicher?

—Yo pagué una ronda en la barra, me parece.

—¿Le parece?

—Gawill pagó otra, quizá trajese el camarero las copas, no lo
sé. Estaba muy lleno, había ruido y era un mal sitio para hablar. Ésa es la razón de que volviese a ver a Gawill.

—Después de haber ido a toda prisa a reunirse con O'Brien
hacia las once y de haberle matado, ¿regresó directamente?

Con mucha calma, Carter tiró la ceniza al suelo.

—No.

—¿Acaso no sabía Gawill el motivo? ¿No era ésa la razón por
la que no iba a pagar a O'Brien?, y ¿no se pusieron de acuerdo
para tener usted una coartada anoche si mataba a O'Brien?

Carter frunció el ceño.

—Gawill se quedó tan sorprendido como yo cuando supo
que O'Brien había muerto. ¿Por qué no hace averiguaciones
con los conductores de taxis, si cree que hice todos esos viajes
relámpago?

—Ya las hemos hecho. Puede aún aparecer algún taxista que

nos proporcione la información exacta. Los taxistas que trabajaron anoche están casi todos durmiendo esta mañana.

Eso no le preocupaba a Carter.

—Volveré dentro de un rato —dijo Ostreicher saliendo y cerrando la puerta enrejada. Ostreicher hizo una señal y apareció un guardia que echó la llave a la cerradura.

—¿Puedo llamar a mi mujer? —preguntó Carter al guardia.

A Carter no le estaba permitido hacer más llamadas personales, después de la que había hecho ya, pero sí podía llamar a un abogado si lo deseaba.

—Haré eso —dijo Carter—. Mientras tanto, ¿podría, por favor, traerme una cajetilla de Pall Mall? —Y entregó una moneda de cincuenta centavos entre los barrotes.

El guardia la cogió y se marchó. Volvió al cabo de cinco minutos con la cajetilla y quince centavos de cambio. Carter telefoneó entonces a uno de los tres abogados que le sugirió el sargento de la comisaría, y concertó una entrevista con él para aquella tarde. Carter sabía que, si le concedían la libertad bajo fianza, ésta sería demasiado cuantiosa como para poder pagarla; tampoco le interesaba mucho la intervención del abogado, pero lo quería nombrar porque era lo acostumbrado. A las dos de la tarde llegó el barbero para afeitarle, y el abogado poco después. El abogado, Mathew Ellis, era un hombre alto y gordinflón, de unos treinta años, con un bigotito negro. Habló con Carter en la celda durante veinte minutos y le aseguró que, si no se descubrían más pruebas contra él, no podían tenerle detenido durante más de otras cuarenta y ocho horas. El abogado le prometió que llamaría a Hazel para explicarle la situación, pero no podría conseguir autorización para que fuese a verle. Carter había preguntado esa mañana, primero al guardia, luego al sargento, si su mujer podía visitarle y el sargento le había respondido negativamente, con toda probabilidad, pensó Carter, por orden de Ostreicher.

Cuando ya eran las tres, a Carter le empezó a intrigar si habrían estado interrogando a Gawill todo ese tiempo y, en tal caso, si Gawill habría tenido la suficiente presencia de ánimo como para no contar lo que habían hablado la noche anterior: es decir, si Gawill había contratado o no a O'Brien y la preocupación de Carter por la situación en que se encontraba. O si, por el contrario, habría contado lo que oficialmente habían hablado, que era lo que Carter había dicho a la policía que habían hablado delante de Gawill. Carter pensó que Gawill trataría de que el *statu quo* siguiese siendo el *statu quo* mientras fuese posible. Pues, si Gawill hablaba, se metería en un lío, un lío no tan grande como el de Carter, pero un lío al fin, y Gawill tenía la intención de defenderse. Aunque Gawill había sentido un enorme odio hacia Sullivan, nunca se había atrevido a asestarle él mismo el golpe, sino que había buscado a otra persona para que lo hiciese en su lugar.

Carter estaba fumando tumbado de espaldas y mirando al techo. Usaba como cenicero una jabonera de porcelana. Volvió entonces a pensar en las palabras que se le habían pasado por la mente cuando hablaba de Ostreicher: ... *la justicia que se me ha hecho.* Pues bien, justicia no era la palabra idónea para todo aquello. El ojo por ojo se parecía más a lo que había sentido y, sin embargo, tampoco era eso porque, en principio, no creía en ello. En realidad, haber matado a Sullivan era un acto vil, cometido en un momento de furia. Y el hecho de que no tuviese ningún sentido de culpabilidad lo empeoraba, en principio, y de hecho. El matar a O'Brien había sido un acto calculado a sangre fría para librarse de un acto igualmente vil. Carter admitía ante sí mismo que ambos actos eran viles, no obstante no tenía remordimientos de conciencia, o si los tenía eran mínimos, ni por ninguno de ellos ni por los dos juntos. Lamentaba que, uno y otro, hubiesen tenido que suceder, pero también lamentaba que Hazel hubiese sido la amante, y que hubiese continuado siéndolo, de Sullivan. Carter apoyó las piernas en el suelo y se puso de pie. ¿Y habría otra víctima, y después otra? ¿Es que cada vez que sintiese rencor hacia alguien, o el deseo de ver desaparecer a alguien, lo iba a matar como un salvaje? Carter miró al espejo que había sobre el lavabo, aunque no lo tenía enfrente, y el espejo le devolvió la imagen de los barrotes de la puerta de su celda. Estaba seguro de que no volvería a matar. En buena lógica, no podía estar seguro de ello, pero sabía que sería así. Porque si Hazel volvía a traicionarle de alguna manera con alguien, preferiría sencillamente matarse él.

El guardia se aproximó a la puerta.

—Una carta para usted —dijo, metiéndola entre los barrotes.

Carter la cogió y la abrió. Era del abogado, decía que había hablado con Hazel por teléfono. «Le envía un abrazo, le pide que no se preocupe por ella y que vendrá a verle tan pronto como se lo permitan.» Había todo un mundo de intenciones en el «que no se preocupe por ella». Carter sonrió y le invadió una nueva fuerza.

La iba a necesitar para esa tarde. Ostreicher volvió justo después de las cinco, cuando acababan de servirle la cena en una bandeja.

—Debe entregarse, Carter. Gawill ha cantado finalmente —dijo Ostreicher—. Ayer no le vio hasta cerca de las doce. Usted no estuvo con él en ese bar. Usted mató a Sullivan porque O'Brien no lo hizo. Usted llegó allí, al lugar del suceso, antes que O'Brien, si es que O'Brien llegó. Usted...

Carter se cerró mentalmente, y luego casi cerró los oídos. No lo creía, no creía que Gawill lo hubiese contado. Y si Gawill lo había hecho, ¿qué podía perder ahora por negar la verdad que había en todo ello? Carter respiró profundamente, se quitó la corbata y se desabrochó el cuello de la camisa: de esta manera su camisa se parecía más a la de la cárcel. Miró a Ostreicher con calma, con la inexpresividad y con la neutralidad que eran la mejor expresión para la cárcel, pues ocultaban las emociones y antagonizaban en el menor grado posible a la gente, además de ser una forma de ahorrar energías.

Después de media hora, se trasladaron a una habitación de abajo desprovista de muebles, a excepción de un pequeño escritorio marrón y dos sillas. Carter se sentó en una silla y Ostreicher en otra. La luz del techo no se balanceaba, pero era potente y tenía encima una amplia pantalla blanca pintada también de blanco en su cara interior. En primer lugar, Ostreicher hizo una descripción con trazos muy sombríos del modo de ser de Carter, aunque la descripción empezó en los días de su condena y era en su mayor parte producto de la imaginación de Ostreicher: expuso las consecuencias que se derivan de haber estado en relación con gente de mala calaña durante seis años enteros, los efectos desmoralizadores de la morfina, a la que Carter se había aficionado como se aficionan todas las personas de carácter débil, lesionando primero el cerebro y luego la fuerza moral o lo que de ella quedase. Después, Carter había mantenido, como ocurre al hombre sin nervio que ha perdido el amor propio, una amistad enfermiza y falsa con el hombre que se acostaba con su mujer, también había aceptado un empleo de él y, finalmente, con la mentalidad propia del delincuente, había permitido que sus relaciones desembocasen en asesinato. Había gravitado hacia Gawill, un «compañero de chanchullos» en el fraude de Triumph y, aunque Carter negaba ahora su amistad íntima con él, se había drogado dos veces en casa de Gawill y no había denunciado lo de la droga a la policía. Al final, con la misma fría premeditación, había asesinado a la única persona de quien no se podía fiar, Anthony O'Brien. Carter había pensado, dijo Ostreicher, que podía fiarse de Gawill, pero entre delincuentes no existía el sentimiento del verdadero honor.

Y tú eres la piedra sobre la que edificaré..., pensó Carter mientras tanto, como también se entretenía en pensar en cosas triviales y en lugares comunes. Su piedra era Hazel, y aunque algo resquebrajada y averiada como él, todavía estaba ahí lo suficientemente firme como para agarrarse a ella, a pesar de que «yo no soy más que una piltrafa», pensó Carter, mirando fijamente, y con la cabeza algo agachada, a Ostreicher.

—Usted no responde a nada de lo que le digo, ¿no le parece, Carter? —añadió Ostreicher.

Carter replicó pausadamente:

—Lo que está diciendo no son preguntas. ¿Qué es, por lo tanto, lo que espera que conteste?

—Cualquier hombre normal replicaría, negaría o admitiría

lo que estoy diciendo, pero usted se queda sentado tan tranquilo con la cara de palo del delincuente que es usted.

Carter podría haber sonreído ante esto, pero no lo hizo, y no le costó ningún esfuerzo el no hacerlo, era completamente normal. Los guardias del penal le habían llamado lo mismo, con diferentes palabras, cuando no llevaba encarcelado más que unas semanas, antes de que le colgasen.

—No admito nada de lo que está diciendo, y no tengo más que añadir a lo que ya he dicho.

—¿Adónde cree que le va a conducir todo esto, si Gawill ya me ha contado la verdad? —Ostreicher se sonrojó y amenazó a Carter con el dedo.

—Dudo mucho que le haya contado todo esto porque no es verdad —dijo Carter.

Carter y Ostreicher estuvieron encerrados juntos en la habitación hasta después de las once, sin más interrupción que una pausa de veinte minutos hacia las nueve, en la que Ostreicher probablemente salió para tomar algo. Hacia las diez, Carter sintió hambre, pero no dijo nada. Tenía también sueño a fuerza de oír las mismas preguntas y la historia del alegato de Gawill. Carter, en realidad, no vaciló nunca, aunque hubo un par de veces en que empezó a creer que Gawill se había derrumbado y había hablado, pero cuando esto ocurría, Carter se acordaba de que nada tenía que perder, y todo que ganar, manteniendo su historia; y así lo hizo. No hubo golpes y no había porras de goma a la vista.

—Ya sabe, Carter, lo que hacemos con las personas como usted —dijo Ostreicher cuando estaban a punto de terminar, cuando Ostreicher tenía ya aire de cansado y llevaba la corbata torcida—. No les dejamos descansar. Acabamos con su carrera o lo que queda de ella, les...

—Me gustaría que publicase esa historia que dice que le ha contado Gawill —dijo Carter mientras se ponía de pie, al mismo tiempo que Ostreicher, con las manos en los bolsillos, apretujando su corbata enrollada con la mano derecha—. Cuando salga de aquí la buscaré en los periódicos.

A su pesar, Ostreicher se mostró molesto ante esa declaración, pero no hizo ningún comentario.

Carter durmió como un leño, aunque le dolían los pulgares y no había tomado ninguna pastilla desde hacía más de veinticuatro horas.

A la mañana siguiente, que era domingo, algo antes de las once, Mathew Ellis se dirigió hacia la puerta de Carter sonriendo y dijo:

—Su mujer está aquí. Dentro de un rato se puede ir a casa.

Carter se colocó junto a los barrotes buscándola con la mirada en el lado de la izquierda del vestíbulo, donde estaba la puerta de la comisaría. Un guardia se dirigió hacia él seguido de Hazel, que iba sin sombrero. Llevaba en los brazos un paquete de papel marrón. Al verle sonrió levemente. Sus ojos estaban más sonrientes. Sus ojos le hablaban. Carter retiró las manos de los barrotes y se mantuvo derecho mientras el guardia abría la puerta.

—Te traigo una camisa limpia —dijo Hazel.

—Muchas gracias, amor mío. —La abrazó y las lágrimas se le agolparon en los ojos cerrados. Se acordó de la noche en que volvió a casa del penal.

—Todo se va a arreglar —dijo ella con mucha calma.

Algo en su voz impulsó a Carter a retirarse y mirarla, y entonces se dio cuenta de que Hazel sabía la verdad, sabía todo. Carter contempló a Mathew Ellis, que se mantenía en segundo término, y Ellis movió la cabeza y sonrió. Ellis, que sin duda no lo sabía, porque Hazel nunca se lo habría contado.

—¿Quiere ponerse la camisa primero? —preguntó Ellis, indicando con un gesto que les esperaría delante de la comisaría.

Hazel entregó a Carter la camisa blanca que sacó del paquete de papel marrón sujeto con alfileres, luego sacó de su cartera unas pastillas que tenía envueltas en un pedazo de papel encerado y esperó fuera de la celda mientras él se quitaba la camisa sucia. Carter rompió entonces la banda azul de papel de la lavandería que rodeaba la camisa limpia; lo rompió con un dedo que le dolía. ¿Habría salido Gawill? ¿O le tendrían encerrado unos días más? Gawill no hablaría nunca, no hablaría nunca a la policía, que podía utilizar lo que dijese. Y Carter tuvo la seguridad, también, de que él y Gawill no tratarían nunca de volverse a ver, nunca volverían a cruzar palabra.

Carter no se tomó más que uno de los Pananods en el lavabo de la celda, recogiendo agua en el hueco de la mano, como había hecho muchas veces en el penal. Luego se estiró y abotonó la camisa tiesa y limpia, símbolo de una nueva vida. Se volvió hacia Hazel, que le estaba mirando y que quizá sintiese lo mismo que él –debía de ser así a juzgar por la forma en que le estaba mirando ahora–, que los dos habían cometido tremendos errores, pero que quedaba algo que todavía podían salvar, y que valía la pena salvar. No lo habían destruido todo. Quedaba mucho todavía, incluso muchísimo, y todo iba a salir bien. Al fin, Carter le devolvió la sonrisa.

Ostreicher pasó por delante en el momento en que Carter salía de la celda. Miró a Hazel, luego a Carter.

–No dejaremos de vigilarle, Carter.

–Ya lo sé –dijo Carter–. Ya lo sé.